जयप्रकाश कर्दम

जन्म : 05 जुलाई, 1958, ग्राम-इन्दरगढ़ी, हापुड़ रोड, ग़ाज़ियाबाद (उत्तर प्रदेश)।

शिक्षा : एम.ए. (दर्शनशास्त्र, हिन्दी, इतिहास), पी-एच.डी. (हिन्दी)।

प्रकाशन : गूँगा नहीं था मैं, तिनका-तिनका आग, बस्तियों से बाहर, राहुल (कविता); करुणा, श्मशान का रहस्य, छप्पर (उपन्यास); तलाश, खरोंच (कहानी); जर्मनी में दलित साहित्य : अनुभव और स्मृतियाँ (यात्रा-संस्मरण); मेरे संवाद (साक्षात्कार); श्रीलाल शुक्ल कृत 'राग दरबारी' का समाजशास्त्रीय अध्ययन, इक्कीसवीं सदी में दलित आन्दोलन : साहित्य एवं समाज चिन्तन, दलित विमर्श : साहित्य के आइने में, वर्तमान दलित आन्दोलन, बौद्ध धर्म के आधार स्तम्भ, अम्बेडकरवादी आन्दोलन : दशा और दिशा, हिन्दुत्व और दलित : कुछ प्रश्न कुछ विचार, डॉ. अम्बेडकर, दलित और बौद्ध धर्म, समाज, संस्कृति और दलित, दलित साहित्य : सामाजिक बदलाव की पटकथा, दलित कविता : समकालीन परिदृश्य, दलित साहित्य एवं चिन्तन : समकालीन परिदृश्य (आलोचना व वैचारिक पुस्तकें); चमार (ब्रिटिश लेखक जी.डब्ल्यू. ब्रिग्स द्वारा लिखित पुस्तक 'दि चमार्स' का हिन्दी में अनुवाद); मानवता के दूत, डॉ. अम्बेडकर की कहानी, बुद्ध की शरणागत नारियाँ, बुद्ध और उनके प्रिय शिष्य, महान बौद्ध बालक, आदिवासी देवकथा-लिंगो, हमारे वैज्ञानिक : सी.वी. रमन (बाल-साहित्य)।

सम्मान : केन्द्रीय हिन्दी संस्थान, मानव संसाधन विकास मंत्रालय, भारत सरकार द्वारा महापंडित राहुल सांकृत्यायन पुरस्कार, हिन्दी अकादमी दिल्ली द्वारा विशेष योगदान सम्मान सहित अनेक साहित्यिक, सांस्कृतिक संस्थाओं द्वारा सम्मानित।

सम्प्रति : निदेशक, केन्द्रीय हिन्दी प्रशिक्षण संस्थान, राजभाषा विभाग, गृह मंत्रालय।

सम्पर्क : बी-634, डी.डी.ए. फ्लैट्स (चित्रकूट कॉलोनी), ईस्ट ऑफ़ लोनी रोड, दिल्ली-110093

उत्कोच

जयप्रकाश कर्दम

राधाकृष्ण पेपरबैक्स

राधाकृष्ण पेपरबैक्स में
पहला संस्करण : 2019
दूसरा संस्करण : 2023

राधाकृष्ण पेपरबैक्स : उत्कृष्ट साहित्य के जनसुलभ संस्करण

राधाकृष्ण प्रकाशन प्राइवेट लिमिटेड
जी-17, जगतपुरी, दिल्ली-110 051
द्वारा प्रकाशित

शाखाएँ : अशोक राजपथ, साइंस कॉलेज के सामने, पटना-800 006
पहली मंजिल, दरबारी बिल्डिंग, महात्मा गांधी मार्ग, प्रयागराज-211 001
1, अनमोल सोराबजी संतुक लेन, धोबी तलाव, मरीन लाइंस, मुम्बई-400 002

वेबसाइट : www.radhakrishnaprakashan.com
ई-मेल : info@radhakrishnaprakashan.com

विकास कंप्यूटर एंड प्रिंटर्स
ट्रॉनिका सिटी-201 102
द्वारा मुद्रित

मूल्य : ₹ 199

UTKOCH
Novel by Jaiprakash Kardam

ISBN : 978-81-8361-916-5

इस उपन्यास की नायिका श्यामा को,
जिसके प्रश्नों की धार ने
इस उपन्यास के आधार को पुख्ता किया।

उत्कोच

एक

सुबह आँख खुलते ही रोज की तरह उसकी नजर सामने दीवार पर टँगे श्यामा के चित्र पर पड़ी। देर तक वह चित्र को निहारता रहा। चित्र में श्यामा का चेहरा आभा और कान्ति से दमक रहा था। वह सोचने लगा 'कहाँ चली गई श्यामा के चेहरे की वह हँसी और खिलखिलाहट, जो उसके सुन्दर चेहरे को और अधिक सुन्दर एवं आकर्षक बनाते हुए अपने आसपास के वातावरण में मधुरता सी घोल देती थी। आज उसका चेहरा कितना आभारहित और कान्तिहीन हो गया है। उसकी आँखों से दर्द सा टपकता है। श्यामा के चित्र को देखकर उसे लगा जैसे चित्र नहीं साक्षात श्यामा उसके समक्ष खड़ी है और उससे कई सवाल कर रही है। वह उद्विग्न हो गया। मन की उद्विग्नता को कम करने के लिए उसने टेलीविज़न का स्विच ऑन किया और नेशनल चैनल पर समाचार देखने लगा। अभी मुख्य समाचार भी पूरी तरह नहीं देख पाया था कि फोन की घंटी बज उठी। अनमनेपन से उसने फोन उठाया। फोन श्यामा के भाई आनन्द का था। उसने तुरन्त फोन कान से लगाया और बोला, 'हैलो!'

दूसरी ओर से आनन्द की आवाज कानों में पड़ी, 'जीजा जी...।' इससे आगे के शब्द उसके गले में अटक कर रह गए। उसकी आवाज भर्राई हुई थी।

'क्या हुआ आनन्द?...कुछ परेशान लग रहे हो। क्या बात है?'

'श्यामा नहीं रही...।' भर्राई आवाज में उसने बताया।

यह सुनते ही मनोहर को झटका सा लगा। आनन्द की इस बात पर उसे सहसा विश्वास नहीं हुआ। वह हड़बड़ाते हुए बोला, 'क्या कह रहे हो तुम?...क्या हुआ श्यामा को?'

'मैं सच कह रहा हूँ जीजा जी...।' आनन्द ने विश्वास दिलाते हुए कहा।

मनोहर का मन यह स्वीकार करने को तैयार नहीं हो पा रहा था कि श्यामा अब नहीं रही। वह आश्चर्य व्यक्त करते हुए बोला, 'लेकिन ऐसा कैसे हो सकता है? पिछले सप्ताह ही तो मैं श्यामा को देखकर, उससे मिलकर आया हूँ, वह ठीक थी। कल रात भी मेरी फोन पर बात हुई श्यामा से। तब भी ऐसा कुछ खास नहीं लगा था उसकी बातों से कि वह...।'

'तब वह ठीक थी। रात में अचानक उसे खून की उल्टी हुई और वह बेहोश हो गई थी। उसके बाद वह होश में नहीं आई और आज सुबह उसने अपनी आखिरी सांस ले ली...।'

यह सुनकर वह अवाक् रह गया। उसके पैरों के नीचे से जमीन सी खिसक गई। क्षण भर को उसका मस्तिष्क सुन्न हो गया और वह अन्दर से टूट सा गया। यह सब क्या हो गया। टूटी सी आवाज में ही वह बोला, 'तुमने...रात में ही...क्यों नहीं बताया... ?'

'मुझे जैसे ही अस्पताल से यह खबर मिली, तब से निरन्तर आपको फोन करने की कोशिश कर रहा हूँ, लेकिन शायद नेटवर्क काम नहीं कर रहा है। आपका फोन नहीं लग रहा है। आपको मैसेज भी लिखकर भेजा है। मैं खुद बहुत परेशान था कि आपका फोन लग क्यों नहीं रहा है।' आनन्द ने व्यग्रता व्यक्त करते हुए कहा।

'उफ़्फ़,...।' उसके मुँह से एक कराह सी निकली और सहसा उसका सिर भारी हो गया। एक हाथ से मोबाइल फोन पकड़े हुए दूसरे हाथ से उसने अपना माथा पकड़ लिया। उसे मोबाइल नेटवर्क पर बहुत गुस्सा आ रहा था। 'इस नेटवर्क में भी अभी गड़बड़ होनी थी।' नेटवर्क पर गुस्सा व्यक्त करने के साथ एक गहरी वेदनामयी श्वास छोड़ते हुए वह बोला, 'अब श्यामा कहाँ है ?'

'श्यामा की बॉडी अभी अस्पताल में ही है। आप आ जाइए। आपके आने के पश्चात ही कुछ किया जाएगा।'

भारी कदमों से वह कमरे से बाहर निकला और दालान में बिछी चारपाई पर बैठी माँ के पास आकर अवरुद्ध स्वर में बोला, 'मैं देहरादून जा रहा हूँ माँ।'

'देहरादून ?...इतने सबेरे ?' माँ ने आश्चर्य से पूछा।

'हाँ, माँ। अभी जाना होगा।'

'कोई खास बात है बेटा ?...सब ठीक तो है ?' इतना कहते-कहते माँ चारपाई से उठकर खड़ी हो गई थी।

'हाँ माँ! बहुत खास बात है। बल्कि खास से भी ज्यादा खास है।' मनोहर ने भारी मन से बताया।

यह सुन माँ भी परेशान हो उठी और परेशान स्वर में बोली, 'ऐसी कौन सी बात है बेटा। क्या हो गया है ? तू बहुत परेशान लग रहा है।'

'क्या बताऊँ माँ!...।' इतना कहते-कहते मनोहर का दर्द उसके चेहरे पर उतर आया था।

मनोहर का चेहरा गहरी उदासी में डूबा था। माँ की अनुभवी आँखों को भाँपते देर न लगी कि हो न हो कुछ अनहोनी घट गई है। मनोहर के कन्धों पर हाथ रखकर और उसकी आँखों में देखते हुए वह बोली, 'क्या हुआ बेटा। तेरा चेहरा इतना उदास और उतरा हुआ क्यों है ?'

‘श्यामा नहीं रही माँ।’ मनोहर ने एक झटके में कहा और खामोश हो गया।

सुनते ही माँ को झटका सा लगा। जैसे बिजली के नंगे तार से हाथ छू गया हो। वह हड़बड़ाए से स्वर में बोली, ‘क्या... ? ये क्या कह रहा है तू?’

‘हाँ माँ, अभी आनन्द का फोन आया था। उसने बताया है।’ जैसे-तैसे मनोहर ने बताया।

इतना सुनते ही माँ अपना सिर पकड़कर वहीं जमीन पर बैठ गई और रोने लगी।

पास-पड़ौस के घरों तक माँ के रोने की आवाज पहुँची तो उन्होंने समझ लिया कि कुछ अनिष्ट हो गया है। वे तुरन्त दौड़कर उनके घर पहुँचे और आते ही पूछने लगे, ‘क्या हुआ ?..क्या हुआ ?’ स्त्रियाँ मनोहर की माँ के पास बैठकर सान्त्वना देते हुए उन्हें चुप कराने लगी थीं।

मनोहर जैसे जड़ सा हो गया था। वह सिर नीचा किए एक ओर खड़ा था। उसकी नजरें जमीन में गड़ी थीं। उसके मुँह से कोई शब्द नहीं निकल पा रहे थे।

घर में अचानक इतने लोगों की भीड़ और माँ को रोते देख आँगन के एक कोने में लीच से बँधी राजो भी असहज महसूस कर भोंखने लगी थी। शायद वह भी दुःखी थी और रो रही थी। कपिल ने उसके पास जाकर उसे पुचकार कर चुप कराने की कोशिश की तो वह अपने छोटे-छोटे चपल पंजों को कपिल के शरीर पर चलाते हुए उसके ऊपर चढ़ने लगी थी। शायद वह भी जानना चाह रही थी कि क्या हुआ है। कपिल के पुचकारने के बाद वह भोंकना बन्द कर चुपचाप बैठ गई थी।

कुछ देर तक रोते रहने के बाद माँ का रोना बन्द हो गया था। मनोहर की बात सुन वह उसकी ओर देखते हुए बोली, ‘मैं भी चलूँगी बेटा तेरे साथ देहरादून।’

‘तुम चलोगी ?’ मनोहर ने प्रश्नसूचक दृष्टि से माँ की ओर देखते हुए कहा।

‘हाँ बेटा।...मैं भी देख लूँगी अपनी बच्ची का मुँह आखिरी बार।...वैसे भी, कोई और तो है नहीं यहाँ तेरे साथ जाने को।’ माँ ने कहा।

‘लेकिन इस हालत में तुम चलोगी कैसे। ठीक से चला भी तो जाता नहीं है तुमसे। दूर का रास्ता है, बस से जाना होगा। बहुत थकान हो जाएगी और तनिक में तुम्हें कुछ हो गया तो और मुसीबत हो जाएगी। इससे अच्छा है मैं अकेला ही चला जाता हूँ।’ मनोहर माँ को समझाते हुए बोला।

माँ के पास दुनियादारी का लम्बा अनुभव था। वह दुनियादारी समझाते हुए बोली, ‘पर तू अकेला जाएगा वहाँ तो लोग पता नहीं क्या-क्या सोचेंगे कि तू अकेला ही क्यूँ आया है ? कोई और क्यूँ नहीं आया साथ में ? कोई सोचेगा हमारा परिवार-खानदान नहीं है। कोई सोचेगा हम दुनियादार नहीं हैं, हमारी किसी से बनती नहीं है।’

मनोहर को उनका यह विचार कुछ परम्परा-पोषित सा लगा। वह बोला, 'यह सब औपचारिकताएँ गाँवों में चलती हैं। शहरों में सब अकेले रहते हैं। कहाँ से लाएँगे परिवार-खानदान यहाँ पर। श्यामा के परिवार वाले सब जानते हैं कि हम यहाँ अकेले रहते हैं। वे दुनियादारी को समझते हैं। ऐसा कुछ भी नहीं सोचेंगे जैसा तुम सोच रही हो।...तुम कहती हो तो चलो। लेकिन तब बस से नहीं टैक्सी करके जाना पड़ेगा। उसमें देर लगेगी। देखना पड़ेगा कोई टैक्सी वाला देहरादून चलने को तैयार होता है कि नहीं, और वह कितनी देर में चलेगा। जबकि वहाँ जल्दी पहुँचना जरूरी है।'

'हाँ, ये बात तो है बेटा। पर श्यामा अब इस घर की थी। वो हमारी थी। उसकी आव-मंजल के समय हमें उसके पास होना चाहिए।...वैसे कायदे में तो बेटा उसकी आव-मंजल यहीं पर होनी चाहिए।' मनोहर की बात से सहमति जताने के साथ वह दुनियादारी की नई बात समझाते हुए बोली।

मनोहर को दुनियादारी की इन बातों का अधिक ज्ञान नहीं था। उसने उत्सुकता से पूछा, 'तो क्या श्यामा को यहाँ लाना चाहिए?'

'हाँ बेटा! कायदे से उसकी मिट्‌टी आनी तो यहीं चाहिए। अपने मायके से तो विदा होकर इस घर में आ गई थी वो। अब ये ही उसका अपना घर था। इसलिए उसकी विदाई यहीं से होनी चाहिए, उसके अपने घर से।' माँ ने अपने अनुभव और सामाजिक परम्परा का हवाला देते हुए अपनी बात दोहराई।

माँ की यह बात सुन मनोहर देहरादून जल्दी जाने की जरूरत पर बल देते हुए बोला, 'तब तो और भी जल्दी निकलने की जरूरत है। देहरादून पहुँचने में और वहाँ से डेड बॉडी लेकर आने में बहुत समय लगेगा। अब चला जाएगा वहाँ के लिए तब कहीं रात तक वापस आया जाएगा। जाने में भी समय लगेगा और श्यामा को वहाँ से लाने में भी।'

माँ ने उसकी हाँ में हाँ मिलाते हुए कहा, 'हाँ बेटा। फेर ऐसा कर, हम यहीं रहते हैं। तू वहाँ चला जा अर श्यामा की मिट्‌टी यहाँ ले आ।...अकेले जाना तब भी ठीक नईं रहेगा। किसी कू साथ ले जा।'

माँ की यह बात सुन मनोहर ने अपने एक परिचित को फोन लगाया, जो उसका दूर के रिश्ते में भाई लगता था। श्यामा की मृत्यु की सूचना देते हुए बोला, 'सुरेश, श्यामा नहीं रही। जल्दी से आ। देहरादून चलना है अभी।'

मनोहर की बात सुन सुरेश तुरन्त चलने के लिए तैयार होते हुए बोला, 'ठीक है, मैं पाँच मिनट के अन्दर तैयार हो जाता हूँ। कहाँ पहुँचूँ?...मेरा मतलब है टैक्सी से चल रहे हो तो निकल लो घर से, मुझे रास्ते से ले लेना, और बस से जाना है तो मैं सीधा बस स्टेंड पहुँचता हूँ। वहीं मिलूँगा, टाइम बचेगा।'

'टैक्सी का तो पता नहीं कोई मिलेगी भी कि नहीं इतनी दूर जाने के लिए और वह भी इतनी सुबह-सुबह। टैक्सी के चक्कर में टाइम बर्बाद करने से अच्छा है

बस से ही चले चलते हैं। थोड़ी-थोड़ी देर में बस जाती रहती हैं। डीलक्स या सुपरफास्ट ले लेंगे, बस से ही जल्दी पहुँच जाएँगे। तुम बस स्टेंड पर ही मिलो, मैं भी वहीं पहुँच रहा हूँ।' मनोहर ने स्पष्ट करते हुए कहा।

इसके तुरन्त पश्चात मनोहर ने आनन्द को फोन लगाया और आनन्द के 'हैलो' कहते ही वह बोला, 'आनन्द, मैं निकल रहा हूँ यहाँ से। और जल्दी ही पहुँच जाऊँगा। तब तक श्यामा की अन्त्येष्टि का कुछ मत करना।'

'आप चिन्ता मत करें।...वैसे भी, अन्त्येष्टि तो आपके हाथ से ही होनी है। आप आ जाइए, अन्त्येष्टि आपके आने के पश्चात ही होगी।' आनन्द ने आश्वस्त करते हुए कहा।

'हम श्यामा को यहाँ अपने घर लाना चाहते हैं। अन्त्येष्टि यहीं पर करेंगे।' मनोहर बोला।

मनोहर की बात आनन्द को कुछ अव्यावहारिक और अटपटी सी लगी। वह आश्चर्य व्यक्त करते हुए बोला, 'श्यामा की डेड बॉडी वहाँ ले जाएँगे,...क्यों? यहीं पर अन्त्येष्टि कर देते। उसमें क्या दिक्कत है?'

मनोहर ने सामाजिकता का हवाला देते हुए कहा, 'दिक्कत तो कुछ नहीं है। माँ कह रही हैं कि श्यामा की अन्तिम विदाई उसके अपने घर से ही होनी चाहिए।'

आनन्द ने मनोहर के विचार का विरोध नहीं किया। लेकिन व्यावहारिकता समझाते हुए बोला, 'ठीक है, जैसा आप उचित समझें। हमें कोई आपत्ति नहीं है।...लेकिन आपकी भाग-दौड़ बहुत हो जाएगी और देर भी काफ़ी हो जाएगी।'

'मैं जल्दी से जल्दी पहुँचने की कोशिश करता हूँ।' मनोहर ने उसे आश्वस्त किया।

मनोहर की बात पर आनन्द को थोड़ी हैरानी हुई। तथापि, वह अपनी हैरानी को दबाते हुए शान्त स्वर में बोला, 'वैसे मेरा घर श्यामा का घर भी है। यह उसका अपना घर था तभी तो तुमसे अनबन होने पर वह यहाँ पर आई थी। और आप तो इन सामाजिक रूढ़ियों को वैसे भी नहीं मानते हो कि शादी के पश्चात ससुराल ही स्त्री का घर होता है।...मुझे लगता है आपके लिए यह कोई मुद्दा नहीं होना चाहिए कि पति के घर से ही उसकी अर्थी उठे।'

आनन्द की यह बात सुन मनोहर क्षण भर को विचारों के दूसरे प्रवाह में बह गया। उसके मन में सहसा यह विचार कौंधा कि ऐसे अवसर पर आनन्द को मेरे और श्यामा के बीच अनबन की बात याद दिलाने की क्या जरूरत थी? क्या इसके पीछे उसका आशय मुझे यह जताना था कि मैंने श्यामा को ठीक से नहीं रखा और इसलिए परेशान होकर वह मेरा घर छोड़कर अपने मायके चली गई थी? कहीं आनन्द का आशय मुझे लज्जित करने का तो नहीं था? किन्तु तुरन्त आनन्द के सहज, सरल स्वभाव और कई वर्षों के उसके साथ प्रेम और आत्मीय

सम्बन्धों का स्मरण आते ही उसने इस विचार को मस्तिष्क से झटककर बाहर कर दिया। और उसके मन से यह आवाज आई—'नहीं, आनन्द के कहने का आशय मुझे लज्जित करने का कदापि नहीं हो सकता। उसके मुँह से यह बात सहज ही निकली होगी। आखिर उसने भी तो अपनी इकलौती बहन खोयी है।' वह आनन्द से बोला, 'नहीं, मेरे लिए यह कोई मुद्दा नहीं है। माँ पुराने विचारों की है, वह ऐसा सोच रही थी।'

'आप देख लें, जैसा भी उचित लगे आपको।' आनन्द ने कमजोर मन से कहा।

मनोहर ने उसके मन की कमजोरी को भाँप लिया था। सान्त्वना के स्वर में उसने कहा, 'मैं तुमसे सहमत हूँ। मायका और ससुराल, दोनों घर ही स्त्री के अपने होते हैं। तुमने अपना समझकर ही श्यामा को इतने प्यार और सम्मान से रखा, उसका इलाज कराया। तुम्हारे लिए भी वह उतनी ही अपनी है जितनी मेरे लिए है। तुम्हारा भी उस पर उतना ही हक है।'

'तो क्या करना है अब? आप जैसा बताएँगे उसके अनुसार ही आगे की व्यवस्था की जाएगी।' आनन्द ने विनम्र भाव से कहा।

'तुम्हारा घर भी श्यामा का घर है। श्यामा की अन्तिम विदाई तुम्हारे घर से ही होगी। वहीं पर उसकी अन्त्येष्टि करेंगे।' मनोहर ने आनन्द की भावनाओं का सम्मान करते हुए कहा।

आनन्द से अपनी बात समाप्त कर वह माँ से बोला, 'श्यामा के अन्तिम दिनों में आनन्द ने बहुत प्यार से उसको अपने पास रखा और उसकी देखभाल की। अब उसके घर से केवल अन्त्येष्टि करने के लिए श्यामा को हम यहाँ ले आएँगे तो उसे अच्छा नहीं लगेगा। इसलिए श्यामा की अन्त्येष्टि वहीं पर होने देंगे।'

'ठीक है बेटा! यू बात है तै फेर मैं भी जरूर चलूँगी तेरे साथ देहरादून। हम सब चलंगे। कपिल भी अपनी भाभी कू आखरी टैम देख लेगा।' माँ ने निश्चयात्मक स्वर में सुझाव देते हुए कहा।

मनोहर माँ की भावनाओं को समझकर उसके शब्दों का पालन करते हुए बोला, 'ठीक है माँ। तो जल्दी से तैयार हो जाओ सब।'

'मुझै तै बस धोती बदलनी है। दो मिनट लगंगे उसमें। पहलै तुझै कुछ खाने कू दे देती हूँ। जब तक हम कपड़े बदल कै तैयार होवें, तू थोड़ा-बहुत पेट में डाल लै। खाली पेट जाना ठीक नईं है। सारा दिन यूँई गुजर जाएगा, भूखे-प्यासे ही। फेर पता नईं कब कुछ पेट में पडै।' यह कहते हुए वह रसोई की ओर चलने लगी।

मनोहर जल्दी से जल्दी देहरादून पहुँचना चाहता था और एक-एक मिनट की जल्दी थी। उसकी भूख-प्यास सब गायब सी हो गई थी। वह बोला, 'मेरी चिन्ता

मत करो माँ। मुझे भूख नहीं है। तुम लोग खा लो जो कुछ भी खाना है जल्दी से और फटाफट तैयार हो जाओ।'

इतना कहकर जैसे ही उसने अपने कमरे की ओर जाने के लिए कदम बढ़ाए, माँ उसके कन्धे पर हाथ रखते हुए बोली, 'तेरा दुःख समझती हूँ बेटा, पर जो होना था वो हो गया है। ये कोई एक दिन का दुःख नई है, ये तो जन्म भर का है।...ये दुःख तेरे अकेले का नई है। हम सब दुःखी हैं, पर कर क्या सकते हैं। ना खाने सै दुःख कम तो नई हो जाएगा।' यह कहते-कहते माँ की आँखों में आँसू उमड़ आए थे। अपना एक हाथ मनोहर के कन्धे पर रखे हुए वह दूसरे हाथ से आँसुओं को साड़ी के पल्लू से पोंछने लगी।

मनोहर ने माँ के दुःख को महसूस किया। माँ की आँखों से आँसू टपकते देख उसकी आँखें भी नम हो आई थीं और आँसू निकलने के लिए तैयार हो गए थे। किन्तु किसी तरह उसने आँसुओं को आँखों से बाहर निकलने से रोकते हुए बोला, 'माँ, ऐसे ही करते रहेंगे तो बहुत देर हो जाएगी। बस स्टेंड पर सुरेश भी इन्तजार कर रहा होगा। जल्दी चलो।'

इसी दौरान उसने अपने दफ्तर के बड़े बाबू को फोन किया और बोला, 'बड़े बाबू, मैं ऑफिस नहीं आऊँगा। अचानक से देहरादून जाना पड़ रहा है। छुट्टी की एप्लीकेशन भी बाद में दूँगा। मेरी छुट्टी लगवा देना।'

मनोहर की आवाज बहुत धीमी और भर्राई हुई थी। बड़े बाबू को समझते देर नहीं लगी कि हो न हो, अवश्य कुछ अप्रिय हुआ है मनोहर के साथ। उसने सहानुभूति व्यक्त करते हुए पूछा, 'क्या हुआ? सब ठीक तो है मनोहर बाबू?'

मनोहर को रुलाई सी आने लगी थी। किसी तरह अपनी रुलाई को रोकते हुए वह बोला, 'नहीं, बड़े बाबू, कुछ ठीक नहीं है।'

बड़े बाबू को अपना अनुमान सही प्रतीत हुआ। उसने अपनत्व के साथ पूछा, 'क्या हुआ?'

मनोहर के दुःखी मन से बहुत धीरे से शब्द निकले, 'मेरी पत्नी की डेथ हो गई है।'

बड़े बाबू यह सुनकर आश्चर्य से दंग रह गए। दुःख व्यक्त करते हुए बोले, 'अरे, यह तो बहुत बुरा हुआ। कब हुआ यह?'

'आज सुबह ही।' मनोहर ने बुझे स्वर में बताया।

'छुट्टी की चिन्ता तुम मत करो।' बड़े बाबू ने उसे आश्वस्त किया।

पता नहीं कितने दिन लगेंगे ऑफिस जाने में। इस बीच कोई जरूरी फाइल साहब माँग बैठें तो कौन देगा। यह सोच उसने बड़े बाबू से कहा, 'साहब को भी बता देना। और हाँ बड़े बाबू, कहीं साहब कोई फाइल माँग बैठें, इसलिए मैं अपनी अलमारी की चाबी अपने पड़ौसी के घर दे जाऊँगा। कृपया आप किसी से मँगवा लेना।'

बड़ा बाबू एक सुलझा हुआ और जिम्मेदार व्यक्ति था। अपनी ज़िम्मेदारी निभाते हुए बोला, 'ठीक है, चाबी मैं मँगवा लूँगा। चाबी नहीं आएगी तो कोई बात नहीं है। कोई पहाड़ नहीं टूट जाएगा यहाँ पर एक-दो दिन में। फिलहाल तुम दफ्तर की चिन्ता छोड़ो और अपनी ओर ध्यान लगाओ।...कोई भी जरूरत हो किसी भी तरह की तो जरूर बता देना। संकोच मत करना।'

मनोहर को बड़े बाबू के इन शब्दों से बहुत ढाढ़स मिली। वह उसके प्रति आभार व्यक्त करते हुए बोला, 'अच्छा बड़े बाबू। आपसे नहीं कहूँगा तो किस से कहूँगा।'

घर से निकलने को हुए तो मनोहर अपने पास में खड़े पड़ौसी और पारिवारिक मित्र मास्टर रामलखन से बोला, 'घर को खुला छोड़ जाते हैं मास्टर जी। आप देख लेना। कोई मिलने-जुलने वाला आए तो बैठा लेना।'

मास्टर रामलखन ने आश्वस्त करते हुए कहा, 'आप कोई चिन्ता मत करो। हम यहीं पर रहेंगे और सब देख लेंगे।' फिर थोड़ा रुककर बोले, 'शाम के आठ-नौ तो बज ही जाएँगे आप लोगों को देहरादून से लौटने में?'

'हाँ मास्टर जी। इतना टाइम तो हो ही जाएगा।' मनोहर ने सहमति में सिर हिलाते हुए कहा।

पड़ौसी होने के साथ-साथ मास्टर रामलखन बहुत अच्छे, सहयोगी और सामाजिक व्यक्ति थे। अच्छे सामाजिक पड़ौसी का धर्म निभाते हुए वह बोले, 'कोई बात नहीं। आप लोग जाओ। वहाँ का काम निपटा कर आओ। हम यहाँ हैं। निश्चिन्त रहना और किसी भी चीज की जरूरत हो तो बता देना।...और हाँ, रुपए-पैसों की जरूरत तो नहीं है? कुछ कमी हो तो मैं लाकर दे देता हूँ। रखे हैं घर में कुछ पैसे?'

'नहीं, उसकी कोई दिक्कत नहीं है। मेरे पास हैं।' कृतज्ञता और धन्यवाद मिश्रित दृष्टि से मास्टर रामलखन की ओर देखते हुए मनोहर ने कहा।

'फिर भी। कोई भी बात हो संकोच मत करना कहने में। पड़ौसी सबसे बड़ा रिश्तेदार और अपना होता है। ऐसे टाइम में हम काम नहीं आएँगे तो कब आएँगे।'

'जरूर मास्टर जी, कोई दिक्कत होगी किसी तरह की तो आपसे ही कहूँगा। आपसे नहीं कहूँगा तो किस से कहूँगा।'

घर की ज़िम्मेदारी मास्टर जी को सौंप वे गली से बाहर निकले और रिक्शा पकड़कर बस स्टेंड की ओर चल दिए। रिक्शेवाला ठीक-ठाक गति से रिक्शा चला रहा था, किन्तु वह देहरादून की बस पकड़ने की जल्दी में था इसलिए उसे रिक्शे की गति धीमी लग रही थी। उसने रिक्शेवाले को तेज रिक्शा चलाने के लिए कहा, 'थोड़े तेज पैर चलाओ भैया। जल्दी है। इतने धीरे चलोगे तो बहुत देर में पहुँचाओगे।'

'तेज ही चला रहा हूँ बाबू जी। आप कहते हैं तो और तेज लो...।' यह कहते हुए रिक्शेवाले ने और ताकत लगाकर पेडल पर तेज पैर मारने शुरू कर दिए।

वे लोग बस स्टेंड पहुँचे तो देहरादून जाने वाली एक डीलक्स बस स्टेंड जाने के लिए एकदम तैयार खड़ी थी। सुरेश वहीं बस के पास खड़ा उनकी प्रतीक्षा कर रहा था। जल्दी से वे लोग बस में चढ़ गए और देहरादून की ओर चल दिए।

रास्ते भर मनोहर तरह-तरह के विचारों में उलझा रहा। रह-रहकर श्यामा की छवि और उसके साथ बिताए जीवन की स्मृतियाँ उसके मानस-पटल पर उभर रही थीं। उसका मन इस सत्य को स्वीकार करने के लिए तैयार नहीं था कि श्यामा अब नहीं रही है। किन्तु मस्तिष्क इस सत्य को स्वीकार कर बहुत दुःखी था। श्यामा के बिना वह स्वयं को अधूरा सा महसूस कर रहा था। भारी दुःख से बोझिल उसके मन को केवल यही सन्तोष था कि अन्तिम बार ही सही, एक बार और वह श्यामा को देख सकेगा।

चिकनी सड़क पर तेज गति से दौड़ रही बस के साथ-साथ उसका मस्तिष्क भी यादों की सड़क पर दौड़ लगा रहा था। श्यामा के साथ बिताई जिन्दगी का एक-एक पल उसे याद आ रहा था। एक-एक घटना उसके मानस-पटल पर उभर रही थी। उसके मस्तिष्क में विचारों का एक अंधड़ सा बह रहा था और वह इस अंधड़ में बहता जा रहा था। 'यह सब क्यों हुआ?' यह अफसोसजनक सवाल उसके मस्तिष्क में अटका था और उसे परेशान कर रहा था। जीवन में व्यक्ति जिन बातों या घटनाओं को अधिक महत्त्व नहीं देता, प्रायः सब कुछ लूट जाने या खो जाने पर वह उन बातों और घटनाओं पर सोचता है। कुछ ऐसा ही इस समय मनोहर के साथ हो रहा था।

कुछ दिन पहले की ही तो बात है जब बीमार चल रही और निरन्तर कमजोर होती जा रही श्यामा की तबीयत अचानक बिगड़ गई थी। उसे तत्काल एक नर्सिंग होम में भर्ती कराया गया था। वहाँ के इलाज से कोई फायदा नहीं हुआ तो दूसरे डाक्टरों को दिखाया। काफी पैसा भी खर्च किया, लेकिन श्यामा के स्वास्थ्य में कोई सुधार नहीं हुआ। टेस्ट रिपोर्ट से पता चला कि उसके फेफड़े खराब हो चुके थे। दिन-प्रतिदिन उसका स्वास्थ्य गिरता जा रहा था। दवाइयों का कुछ असर न होता था। श्यामा की देखभाल और उसके स्वास्थ्य की चिन्ता में मनोहर की नींद और चैन सब गायब हो गए थे। वह बहुत अस्त-व्यस्त और तनावग्रस्त रहने लगा था। दफ्तर में भी उसका काम में मन नहीं लगता था। हर समय वह उदास और कहीं खोया-खोया सा रहता था। ऑफिस में शंकरलाल नाम के एक सहकर्मी के साथ उसकी घनिष्ठता थी। उसके साथ ही वह अपने सुख-दुःख की बातें साझा कर लिया करता था। एक दिन श्यामा के स्वास्थ्य और इलाज के बारे में बात करने

के दौरान सुन्दरलाल ने उसे सुझाव दिया, 'तुम अपनी पत्नी को प्राइवेट अस्पताल में क्यों दिखा रहे हो? सरकारी अस्पताल में क्यों नहीं दिखाते? वहाँ इलाज कराना ज्यादा अच्छा रहेगा।'

मनोहर सरकारी अस्पतालों की बदहाली से अवगत था। इसलिए सरकारी अस्पताल के प्रति उदासीनता व्यक्त करते उसने कहा, 'सरकारी अस्पतालों में कहाँ ठीक से देखभाल होती है मरीज की, तुम जानते तो हो वहाँ की हालत। प्राइवेट में फिर भी ठीक से देखभाल हो जाती है। इसलिए ही प्राइवेट में दाखिल कराया है। दूसरे, घर से पास में है तो आने-जाने में भी सुविधा है वहाँ से।'

सुन्दरलाल ने उसे समझाते हुए कहा, 'प्राइवेट अस्पतालों में सरकारी अस्पतालों की तुलना में थोड़ी साफ-सफाई तो मिलेगी और टेस्ट भी जल्दी हो जाते हैं। किन्तु उनका लक्ष्य पैसा कमाना होता है, इसलिए वे न तो मरीज को जल्दी से ठीक करते हैं और न ही मरीज के ठीक न होने की स्थिति में जल्दी से उसे दूसरे अस्पताल में ले जाने को कहते हैं। सरकारी अस्पतालों में अधिक सुविधाएँ होती हैं और डाक्टर भी अधिक अनुभवी होते हैं।''

सुन्दरलाल की बात मनोहर को ठीक तो लगी, किन्तु, फिर भी सरकारी अस्पताल को लेकर उसके मन में कुछ आशंकाएँ थीं। इस कारण उसका मन श्यामा का इलाज सरकारी अस्पताल में कराने के लिए तैयार नहीं हो रहा था। वह बोला, 'हाँ, यह बात तो है। पर डाक्टरों की कमी बहुत है सरकारी अस्पतालों में। मरीज और उनके रिश्तेदार इधर से उधर भटकते रहते हैं। और डाक्टरों के पास काम का इतना प्रेशर होता है कि वे मरीजों को ठीक से देख ही नहीं पाते हैं।'

उसकी शंका को दूर करते हुए सुन्दरलाल ने कहा,'ऐसी बात नहीं है। डाक्टरों पर कितना भी प्रेशर क्यों न हो, और भले ही वे मरीज को कम समय देते हों लेकिन वे इलाज ठीक करते हैं।'

'तुम कहते हो तो सरकारी अस्पताल में दिखा देता हूँ।' सुन्दरलाल का सुझाव मानकर मनोहर ने श्यामा को सरकारी अस्पताल में दाखिल करा दिया था। किन्तु यहाँ के इलाज से भी उसे कोई आराम नहीं मिल सका। मनोहर ने अपनी ओर से पूरी कोशिश की कि श्यामा ठीक हो जाए। इसके लिए वह जो कुछ कर सकता था, उसने किया। किन्तु उसकी तमाम कोशिशों और भाग-दौड़ से कोई अच्छा परिणाम सामने नहीं आ रहा था। वह अन्दर से बहुत दुःखी और परेशान हो उठा था।

मनोहर को दुःखी और परेशान देख एक दिन श्यामा ने उससे कहा, 'मैं देख रही हूँ तुम बहुत परेशान हो। इतना पैसा भी खर्च कर रहे हो? इतने परेशान मत हो।'

मनोहर उसे सान्त्वना देते हुए बोला, 'कितना पैसा खर्च हो रहा है, इसकी चिन्ता तुम मत करो। तुम बस जल्दी से ठीक हो जाओ।'

'पता नहीं कहाँ-कहाँ से इन्तजाम कर रहे हो तुम?' श्यामा ने अपनी चिन्ता दोहराई।

'सब कुछ हो जाएगा श्यामा, मैं सब कर लूँगा। तुम इसकी चिन्ता बिलकुल भी मत करो।' मनोहर ने श्यामा को इस ओर से चिन्तामुक्त रखने की कोशिश करते हुए कहा।

'कहाँ से कर लोगे तुम? कोई जमा-पूँजी तो है नहीं तुम्हारे पास। किसी ना किसी से कर्ज लोगे। इतना कर्ज में दब जाओगे तो कहाँ से चुकाओगे?' इस बार श्यामा के शब्दों में चिन्ता से अधिक उलाहना सा था।

मनोहर श्यामा के उलाहने की ओर ध्यान न देते हुए, उसे आश्वस्त करते हुए बोला, 'कोई जमा-पूँजी ना सही, जीपीएफ तो है। जीपीएफ से निकाल रहा हूँ। एप्लाई कर दिया है उसके लिए।'

'तुम्हारे विभाग में जीपीएफ से भी कहाँ आसानी से पैसा निकलता है। तुम बताते तो हो कि कई-कई महीने लग जाते हैं जीपीएफ से पैसा स्वीकृत होने में।' श्यामा ने उलाहने के स्वर में ही कहा।

'हाँ, वो तो है।' मनोहर अपने विभाग की कमजोरी को स्वीकार कर समझाते हुए बोला, 'लेकिन लखनऊ जाकर पैरवी करने से जल्दी हो जाता है।'

'काम जल्दी कराने के लिए रिश्वत देनी पड़ती है। बिना कुछ लिए वे भी कहाँ फाइल आगे बढ़ाते हैं। और तुम रिश्वत दोगे नहीं...।' श्यामा का स्वर व्यंग्यात्मक था।

मनोहर ने श्यामा के इन शब्दों में तैरते व्यंग्य को महसूस किया। कोई अन्य समय होता तो वह शायद श्यामा को कुछ कहता भी, लेकिन यह समय कुछ भी ऐसा कहने का नहीं था जिससे श्यामा के दिल को कोई ठेस लगे। मरीज को सान्त्वना की जरूरत होती है। इस बात का ध्यान रख मनोहर ने और कुछ न कहकर सिर्फ इतना कहा, 'नहीं, ऐसी बात नहीं है। जाकर रिक्वेस्ट करने से बात बन जाएगी। जरूरत पड़ेगी तो यूनियन वालों से कह दूँगा, वे करा देंगे। यह कोई बहुत बड़ा काम नहीं है।'

मनोहर की इस बात से वह बहुत आश्वस्त नहीं थी। उसके मन में अभी भी शंका थी। किन्तु अपनी शंका को दबाकर मनोहर के कथन से सहमत होते हुए बोली, 'हुम्म...अच्छा है ऐसे हो जाए तो।...लेकिन अपना जीपीएफ अब खाली कर दोगे तो बाद में सब काम कैसे करोगे? सुजाता की पढ़ाई, उसकी शादी...। देखते तो हो कितना पैसा लगता है इस सब में...। उस सब के लिए भी तो कुछ चाहिए ना।'

मनोहर ने कहसूस किया कि श्यामा की चिन्ता अर्थहीन नहीं थी। किन्तु, यह समय सुजाता के भविष्य से कहीं अधिक श्यामा की जिन्दगी के लिए

महत्त्वपूर्ण था। इसलिए वह श्यामा को समझाते हुए बोला, 'ये खर्च तब आएँगे जब सुजाता बड़ी होगी। तब तक जीपीएफ में और पैसा जमा हो जाएगा। अभी कोई दिक्कत नहीं है। तुम अपने दिमाग पर इन बातों का बोझ मत डालो। तुम मेरे लिए सबसे अधिक मूल्यवान और जरूरी हो। तुमसे बढ़कर कुछ नहीं है मेरे लिए। तुम रिलेक्स रहो और इन सब बातों पर न सोचकर जल्दी से ठीक होने की कोशिश करो।'

'हाँ, मेरा क्या मूल्य है तुम्हारे लिए यह मैं जानती हूँ। इसलिए...।' श्यामा ने और भी कुछ कहना चाहा लेकिन आगे के शब्द उसके गले में ही अटक कर रह गए। वह चुप हो गई और मनोहर की ओर देखती रह गई। मनोहर ने महसूस किया कि श्यामा मुँह से जो नहीं बोल रही थी, उसकी आँखें वह सब कुछ बोल रही थीं। श्यामा क्या कहते-कहते रुक गई थी, मनोहर यह अच्छी तरह जानता था। प्रतिक्रिया में उसने भी कुछ कहना चाहा, लेकिन 'श्यामा... !...' उसके मुँह से केवल इतना ही निकल पाया। और श्यामा के हाथों को अपने हाथों में लेकर उसने अपनी नजरें श्यामा के चेहरे पर केन्द्रित कर दीं। बहुत देर तक वह उसी तरह श्यामा के हाथ थामे निशब्द उसके पास बैठा रहा और आँखों के जरिए उसके मन से संवाद करता रहा।

आनन्द कभी-कभी आता रहता था। श्यामा का मुर्झाया चेहरा देखकर उसको भी इस बात का अनुमान हो गया था कि श्यामा कुछ परेशान है। उसने श्यामा से पूछा, 'क्या बात है दीदी। आपका चेहरा बहुत बुझा-बुझा सा है। कुछ परेशान सी दिखाई दे रही हो।'

'नहीं, ऐसा कुछ नहीं है। अब मैं कॉलेज में पढ़ने वाली लड़की तो रही नहीं, जिसे देखने का तू अभ्यस्त था। अब मैं एक गृहस्थ स्त्री हूँ। अब कुछ तो अन्तर आएगा ही।' यह कहकर श्यामा ने अपना सच छिपाने की कोशिश की। किन्तु उसके मन का दर्द उसके चेहरे पर झलक रहा था। आनन्द से वह छिप नहीं सका।

मनोहर और श्यामा के बीच संवाद में पहले जैसी गर्मी आनन्द को महसूस नहीं हुई। उसके मस्तिष्क ने इस बात को भाँप लिया कि हो न हो जरूर दोनों के बीच कुछ अनबन है। लेकिन दोनों उससे बड़े थे इसलिए उनके बीच अनबन कब से है, क्यों है, इस बारे में मनोहर या श्यामा से वह कुछ बात नहीं कर सका। पति-पत्नी के बीच खटपट चलती रहती है। कोई बात होगी दोनों के बीच। दूर हो जाएगी। मन में यह सोचकर भी उसने उनकी अनबन के बारे में जानने के प्रति कोई विशेष उत्साह नहीं दिखाया।

काफी दिन तक अस्पताल में भर्ती रहने के बाद भी श्यामा को कोई आराम नहीं मिल पा रहा था। आनन्द उसे देखने के लिए आया हुआ था। मनोहर और श्यामा के बीच सम्बन्धों में शुष्कता को भाँपकर उसने कुछ दिन के लिए श्यामा को

देहरादून ले जाने का निश्चय किया और मनोहर से बोला, 'यहाँ दीदी को आराम नहीं मिल रहा है। कुछ दिन के लिए मैं दीदी को देहरादून ले जाता हूँ।'

मनोहर बीमार-अवस्था में श्यामा को आनन्द के घर भेजने को तैयार नहीं था। वह टालते हुए बोला, 'जब ठीक हो जाए तो ले जाना। बीमारी की हालत में ले जाना ठीक नहीं होगा। इससे फायदा होने की जगह नुकसान हो सकता है।'

आनन्द मनोहर की मन:स्थिति को समझता था। विशेष परिस्थितियों को छोड़कर, बीमार अवस्था में पत्नी को उसके मायके भेजना किसी भी पुरुष के लिए प्राय: एक अपमानजनक स्थिति होती है। इसलिए मनोहर को उस स्थिति से बाहर निकालते हुए वह आग्रह के स्वर में बोला, 'यहाँ पर तो आप दिखा ही चुके हैं और यहाँ के डाक्टरों के इलाज से वह ठीक नहीं हो पा रही हैं। शायद वहीं किसी डाक्टर की समझ में कुछ आ जाए।...कुछ दिन दीदी वहाँ रहेंगी तो शायद अच्छा होगा। कई बार दवाओं से भी अधिक स्वस्थ पर्यावरण लाभदायक होता है। देहरादून का पर्यावरण यहाँ से बहुत अच्छा है। प्रदूषण-मुक्त शुद्ध हवा और चारों ओर हरियाली। हवा-पानी बदलेगा तो शायद दीदी के स्वास्थ्य में कुछ सुधार होगा।'

इससे पहले कि मनोहर उससे कुछ कह पाता, श्यामा मनोहर को सम्बोधित करते हुए बोली, 'ठीक कह रहा है आनन्द। मैं चली जाती हूँ उसके साथ।'

मनोहर ने श्यामा की ओर देखते हुए इतना ही कहा था, 'चली तो जाओ। जाने के लिए मैं मना नहीं कर रहा हूँ। लेकिन ऐसी हालत में जाओगी कैसे?'

इस प्रश्न के जवाब में श्यामा कुछ न कहकर आनन्द की ओर देखने लगी। उसकी आँखें और चेहरा बता रहा था कि वह देहरादून जाने की इच्छुक थी। आनन्द ने इसे महसूस किया और मनोहर से बोला, 'उसकी चिन्ता मत करो। वहाँ भी अस्पताल हैं। सरकारी अस्पताल में कई डाक्टर मेरे जान-पहचान के हैं। उनके माध्यम से वहाँ पर इलाज भी अच्छा हो जाएगा।'

'लेकिन सुजाता... ?' मनोहर ने पूछा।

'सुजाता की चिन्ता भी मत कीजिए आप। वह भी अच्छी तरह रहेगी वहाँ पर।' आनन्द ने उसे आश्वस्त किया।

मनोहर ने भी इस बात को महसूस किया कि श्यामा देहरादून जाने की इच्छुक है। हालाँकि बीमारी की हालत में श्यामा का वहाँ जाना या उसे भेजना मनोहर को उचित नहीं लग रहा था। किन्तु जाने से मना करने पर, बाद में श्यामा कहीं इसी बात को लेकर और परेशान ना हो जाए, इसलिए उसने श्यामा को आनन्द के साथ देहरादून जाने से मना नहीं किया।

किन्तु वहाँ जाकर भी श्यामा के स्वास्थ्य में किसी प्रकार का कोई सुधार नहीं हुआ, बल्कि दिन-प्रतिदिन उसका स्वास्थ्य गिरता गया। वह बहुत कमजोर

हो गई थी। आनन्द ने उसे देहरादून के ही एक अच्छे अस्पताल में भर्ती करा दिया था। आनन्द ने जैसे ही मनोहर को श्यामा के अस्पताल में भर्ती होने की सूचना दी वह सब कुछ छोड़कर तुरन्त देहरादून चला गया था। कई दिन वह देहरादून रहा। अस्पताल की व्यवस्था के अनुसार किसी भी भर्ती मरीज से केवल दिन में दो बार ही मिला जा सकता था। किसी को भी मरीज के पास रहने की अनुमति नहीं थी। मरीजों के रिश्तेदार और परिजन प्रायः अस्पताल के बाहर ही रात-दिन पड़े रहते थे। मनोहर भी दो दिन तक दूसरे लोगों के साथ अस्पताल के बाहर ही पड़ा रहा था और कभी-कभी अस्पताल के अन्दर जाकर श्यामा को देख आता था। श्यामा के पास से आने को उसका मन नहीं हो रहा था, किन्तु न तो उसे अस्पताल से छुट्टी मिल रही थी और न ही डाक्टर यह बता पा रहे थे कि श्यामा को कब तक अस्पताल में रखा जाएगा। श्यामा के भाई से बात कर उसने श्यामा को दिल्ली ले जाकर वहीं उसका इलाज कराना चाहा ताकि वह खुद श्यामा की देखभाल कर सके। किन्तु श्यामा की स्थिति को देखते हुए डाक्टरों ने उसे दिल्ली ले जाने की अनुमति नहीं दी। वह श्यामा को छोड़कर नहीं आना चाहता था। किन्तु आनन्द ने ही उससे कहा, 'आपकी ड्यूटी भी है। लोकल में तो किसी तरह एडजस्ट किया जा सकता है, यहाँ से तो वह सम्भव नहीं है। आप बेशक जाकर अपनी ड्यूटी करिए। यहाँ हम हैं, सब सँभाल लेंगे। आप चिन्ता न करें। आप वीक एंड पर आ जाना। कोई विशेष बात होगी तो मैं आपको खबर कर दूँगा।'

आनन्द की बात मनोहर को सही लगी थी। आनन्द के परामर्श पर वह देहरादून से लौट आया था। किन्तु उसका मन और मस्तिष्क श्यामा में ही अटका रहता था। वह जानता था कि आनन्द बहुत सामाजिक और जिम्मेदार व्यक्ति है तथा उसे बहुत मानता है। इसलिए वह श्यामा का पूरा ध्यान रखेगा, इसका उसे पूरा भरोसा भी था। आनन्द जो कुछ भी कर सकता था, उसने किया। किन्तु, तमाम कोशिशों के बावजूद श्यामा को नहीं बचाया जा सका।

दो

वैवाहिक और गृहस्थ जीवन सन्तुलन और सामंजस्य का नाम है। सन्तुलन और सामंजस्य से ही सह-अस्तित्व स्थापित होता है। 'हम क्यों अपनी जिन्दगी में सन्तुलन और सामंजस्य स्थापित नहीं कर पाए? क्या श्यामा मुझे नहीं समझ पाई

या मैं श्यामा को नहीं समझ सका? क्या श्यामा मेरे साथ तालमेल नहीं बैठा सकी या मैं श्यामा के साथ सामंजस्य नहीं बैठा सका?' बार-बार यही सवाल उसके मस्तिष्क में उमड़-घुमड़ रहे थे, किन्तु इन सवालों का कोई सन्तोषजनक जवाब उसे नहीं मिल रहा था।

मनोहर खिड़की के पास वाली सीट पर बैठा था। आसपास की दुनिया से बेखबर वह बाहर की ओर मुँह किए हुए विचारों में डूबा था। साथ में बैठी माँ का मन भी उद्विग्न था। बीच-बीच में कुछ न कुछ कहती जा रही थी। बस में बैठते ही बिना किसी को सम्बोधित किए, वह दुःखी स्वर में बोली, 'अकेले आदमी की कुछ ज़िनगी नईं होती। बहोत बुरा हो गया मेरे बालक की गैल।'

कहने के साथ उसने वात्सल्य और करुणा मिश्रित दृष्टि से, साथ में बैठे मनोहर की ओर देखा। मनोहर खिड़की की ओर मुँह किए बैठा था। माँ की ओर उसका ध्यान नहीं था। वह जानती थी कि मनोहर का मन दुःखी है। किसी भी बात में उसकी कोई रुचि नहीं है। मनोहर को टोकना उसने ठीक नहीं समझा। एक बार उसने सोचा अवश्य कि मनोहर से कुछ बात करे, किन्तु अपने उद्वेग को अपने अन्दर ही दबा लिया। दाईं ओर बैठे सुरेश का ध्यान माँ की ओर था। उसके मुँह से यह सुन वह सान्त्वना देते हुए बोला, 'सच में हुआ तो बहुत बुरा है यह। पर किया क्या जा सकता है। सब समय का खेल है।'

'हाँ बेटा,...समै की बात तै है ई। इलाज भी बहोत करवाया मनहौर नै, पर पता ई नईं चला बीमारी का कुछ...।' इतना कहते-कहते वह चुप हो गई और घुटनों की ओर झुकते हुए दोनों हाथों से उसने अपना सिर पकड़ लिया।

सुरेश माँ के कन्धों को अपने हाथों से सहलाने के साथ उसे ढाढ़स बँधाते हुए बोला, 'हिम्मत रखो माँ।'

'कैसै हिम्मत रखूँ बेटा। मेरे आँखों के सामनै भरी जवानी में मेरा बालक...।' कहते-कहते शब्द अनायास ही बीच में रुक गए थे। 'किसी का कभी कोई बुरा नईं किया उसनै। फिर क्यूँ उसके साथ यू बुरा हो गया?' माँ के मुँह से निकलने वाले ये शब्द बता रहे थे कि अपने जवान बेटे के जीवन में हुई इस भयंकर दुर्घटना से वह अन्दर ही अन्दर बहुत दुःखी और बेचैन थी।

अब से पहले उसने कभी इतनी दूर की यात्रा नहीं की थी। कई घंटे का यह सफर उसके बूढ़े, कमजोर शरीर के लिए असह्य सा हो रहा था। ऊपर से, बस से निकलने वाला धुआँ उसको बेचैन बना रहा था। अपनी बेचैनी से उबरने के लिए वह कभी अपनी सीट पर बैठे-बैठे करवट बदलती थी और कभी इधर-उधर देखती थी। जब भी वह अपनी सीट पर हिलती-डुलती तो मनोहर का ध्यान भंग हो जाता और वह माँ की ओर देखता। मनोहर की तरह माँ को भी देहरादून पहुँचने की जल्दी थी। और उसे भी एक-एक पल काटना भारी पड़ रहा था। जब भी

मनोहर बाहर से ध्यान हटाकर अन्दर की ओर देखता, वह मनोहर से पूछती थी, 'अभी और कितनी दूर है?'

माँ के इन शब्दों से उसका विचार-प्रवाह बाधित होता किन्तु 'बस थोड़ी दूर और है' कहकर वह फिर अपने विचारों में खो जाता।

विचारों का प्रवाह उसे अतीत में खींचकर ले गया। वह सोचने लगा, 'श्यामा मेरी पत्नी थी। शादी के पश्चात अपना घर, परिवार और परिवेश छोड़कर, अपनी जड़ों से उखड़कर वह मेरे साथ इतनी दूर आई थी, मेरे घर। अपने पिता के समृद्ध, खुशहाल घर में कितना सुखी जीवन जिया था उसने। न कोई अभाव, न कोई चिन्ता। ऐसे माहौल में पली-बढ़ी श्यामा मेरे सहारे आई थी मेरे परिवार और परिवेश में। अपने माहौल में उसको ढालने की ज़िम्मेदारी मेरी थी तो उसकी इच्छा और भावनाओं की कद्र करना भी मेरा ही दायित्व था। मैं क्यों उसे अपने अनुकूल ढालने की कोशिश और उससे मेरे अनुकूल ढल जाने की उम्मीद करता रहा। मैं खुद क्यों उसके अनुसार नहीं ढल पाया? उसकी जड़ों को जमीन और खाद-पानी देना मेरी ज़िम्मेदारी ही तो थी। यदि मैंने उसकी इच्छा और भावनाओं को समझा होता और उसके लिए अपने सिद्धान्तों को त्याग दिया होता तो शायद उसकी जड़ें सूखती नहीं। वह आज हरे-भरे वृक्ष की तरह मुझे, मेरे परिवार को छाया दे रही होती।'

व्यक्ति का मन दु:खी हो तो उसे न कुछ अच्छा लगता है और न वह स्थिर रह पाता है। वह सोचता है, देर तक और दूर तक सोचता है। उसकी सोच उसे जीवन के सत्य के निकट ले जाती है, उसके अन्तर्मन की गुत्थियों को उलझाती-सुलझाती है। कभी उसे आशा की किरण दिखाती है और कभी निराशा के अन्धकार में डुबो देती है। यही हाल मनोहर का भी हो रहा था। कभी वह श्यामा की मृत्यु के लिए खुद को दोषी पा रहा था तो कभी श्यामा को, और कभी परिस्थितियों को दोषी ठहरा रहा था। 'क्या हो जाता यदि श्यामा की बात मानकर मैं भी कुछ ऊपर की कमाई कर लेता। यदि मैं ऐसा कर लेता तो शायद श्यामा आर्थिक तंगी और अभाव के बोध से बाहर निकल आज सुख और सन्तोष का जीवन जी रही होती।'

चलती बस एक तेज झटके के साथ रुकी। सड़क के किनारे जा रही गायों के झुंड से एक गाय अचानक बीच सड़क में बस के सामने आ गई थी। इस कारण ड्राइवर को ज़ोर से ब्रेक लगाना पड़ा था। इस झटके से उसकी विचार-तन्द्रा भंग हुई। गाय के सड़क पार कर लेने के पश्चात बस फिर से चली तो उसके मस्तिष्क में दूसरा विचार आकर टकराया, 'बात केवल सिद्धान्त की नहीं है, प्रतिबद्धता की है। यदि हम दृढ़ता से अपने सिद्धान्तों का पालन नहीं करेंगे, उनकी रक्षा नहीं करेंगे तो कैसे बदलाव ला सकेंगे समाज में। किसी भी प्रकार के आर्थिक बोझ की

असली मार अन्ततः गरीब और निम्न वर्ग पर ही पड़ती है। ऊपर के लोग तो रास्ते निकाल लेंगे, नीचे वाले लोगों के पास कौन सा विकल्प है इस मार से बचने का। यदि बोझ ऊपर से कम हो तभी उन्हें कुछ राहत मिल सकती है। और यह तभी सम्भव है जब समाज भ्रष्टाचार से मुक्त हो। ऊँचे स्तर पर होने वाले बड़े-बड़े घोटालों, फर्जीवाड़ों आदि के भ्रष्टाचार को हम लोग नहीं रोक सकते। किन्तु, यदि निचले स्तर से भ्रष्टाचार को रोका जा सके और समाज में इसके प्रति जागरूकता लाई जा सके तो ऊपर के स्तर पर भी भ्रष्टाचार पर अंकुश लगाया जा सकता है। भ्रष्टाचार बन्द हो जाए तो समाज को बहुत तरह के दबावों और अभावों से मुक्ति मिल जाएगी और निम्न वर्गों के लोग कष्ट और शोषण से मुक्त जीवन जी सकेंगे।'

देहरादून जाने की जल्दी में प्रारम्भ में उसे बस की गति भी धीमी महसूस हो रही थी। किन्तु विचारों के प्रवाह में बह जाने पर उसका ध्यान उधर से ऐसा हटा कि स्वीकार और नकार, सिद्धान्त और व्यवहार, परिवार और समाज, इन्हीं बातों में उलझे हुए उसका सारा सफर बीत गया। बस में बैठे हुए भी वह बस में नहीं था। बस कहाँ पर रुकी, कौन चढ़ा और उतरा उसे कुछ पता नहीं चला। उसे पता तब चला जब बस देहरादून बस-स्टेंड पर पहुँचकर रुकी और कंडक्टर ने देहरादून पहुँचने की ज़ोर से आवाज लगाकर समस्त सवारियों को बस से उतरने को कहा।

बस से उतरते ही मनोहर ने आनन्द को फोन किया और बोला, 'हम देहरादून पहुँच गए हैं। श्यामा कहाँ है? क्या अस्पताल में ही... ?'

दूसरी ओर से आनन्द ने कहा, 'नहीं, श्यामा की बॉडी हम अस्पताल से घर ले आए हैं। आप सीधे घर ही आ जाइए।'

'ठीक है। बस पहुँच रहे हैं हम।' मनोहर ने कहकर फोन बन्द किया और रिक्शा लेकर वे आनन्द के घर की ओर चल दिए।

आनन्द के घर के बाहर लोगों की भीड़ जमा थी। कुछ लोग घंटों से वहाँ आए हुए थे, कुछ बाद में आकर एकत्र हुए थे। आने वाले लोगों के बैठने के लिए घर के बाहर दरी बिछी हुई थी। कुछ प्लास्टिक की कुर्सियाँ भी रखी हुई थीं। कुछ लोग दरी पर बैठे थे, कुछ कुर्सियों पर और कुछ इधर-उधर झुंड बनाकर खड़े आपस में बातें कर रहे थे।

आनन्द के घर के पास पहुँचकर जैसे ही वे रिक्शे से उतरे वहाँ बैठे लोग उत्सुकता से उनकी ओर देखने लगे। वृद्धावस्था और जवान बहू की मृत्यु से बुरी तरह टूटी माँ से ठीक से चला नहीं जा रहा था। मनोहर अपने हाथों का सहारा देकर उसे ले जा रहा था। घर की ओर कदम बढ़ाते ही मनोहर की माँ रोने लगी थी। रोते हुए ही वह घर के अन्दर प्रविष्ट हुई। वहाँ बैठे लोगों में से जो लोग मनोहर को पहचानते थे, वे तुरन्त एक-दूसरे को संकेत करते हुए बोले, 'लो, आ गए श्यामा के ससुराल वाले भी।'

उनके पहुँचते ही श्यामा की बॉडी के एक ओर बैठी स्त्रियाँ भी ज़ोर-ज़ोर से रोने लगी थीं। स्त्रियों के मध्य में बैठी आनन्द की पत्नी सबसे ज्यादा रो रही थी। मनोहर को देखते ही वह रोते हुए बोली, 'ननदोई जी, अब कैसे विदा किया करूँगी मैं अपनी ननद को।...कैसे भेजूँगी मैं उसे आपके साथ...।'

आँगन के एक कोने में जमीन पर रखी श्यामा की बॉडी के पास पहुँचते ही मनोहर की माँ 'श्यामा, मेरी बच्ची...मेरे घर की रौनक, कहाँ चली गई तू घर को सूना करके...' कहते हुए दहाड़ सी मारकर गिर पड़ी। पास में बैठी स्त्रियों ने आगे बढ़कर उसे सँभाला और वहाँ से उठाकर अपने पास ले गईं।

आनन्द भी मनोहर के गले से लिपटकर 'जीजा जी, मैं दीदी को नहीं बचा सका' कहते हुए फफक-फफक कर रोने लगा। मनोहर की आँखों से भी आँसू बहने लगे। उसका गला रुँध आया था। आनन्द से अलग हटकर वह श्यामा की बॉडी के पास बैठ गया और उसके मुँह पर पड़े कपड़े को हटाकर एकटक उसके चेहरे को देखता रहा। फिर उसके हाथ को पकड़कर, उसके ऊपर झुकते हुए रुँधे गले से कुछ कहना चाहा किन्तु, 'श्यामा...' ही उसके मुँह से निकल पाया। बाकी सब कुछ उसकी आँखों से बहते आँसू कहते रहे।

एक-दो लोगों ने पास आकर उसे वहाँ से उठाया और एक ओर ले जाकर बैठाते हुए बोले, 'जो होना था, वह हो गया है। उसे इतने ही दिन रहना था आपके पास।'

स्त्रियों का रोना कुछ शान्त हुआ तो मनोहर ने कपिल से कहकर सुजाता को अपने पास बुलवाया। मनोहर के पास आते ही वह उससे चिपक गई। मनोहर ने भी उसे कसकर अपने सीने से चिपका लिया और वात्सल्य से उसके सिर पर हाथ फेरने लगा। ऐसा करते समय उसकी आँखें नम हो गई थीं। कुछ देर तक अपने सीने से चिपकाए रहने के बाद वह सुजाता को अपनी गोदी में लेकर बैठ गया। और बार-बार कभी उसके सिर पर हाथ को और कभी उसके गालों को प्यार से पुचकारता रहा।

श्यामा को जमीन पर कपड़ा ओढ़कर लेटे हुए और आसपास लोगों को रोते देख सुजाता भी कुछ उदास और सहमी हुई सी थी। उसकी आँखें और चेहरे से लग रहा था कि वह भी रोयी थी। वह कौतूहल से कभी श्यामा और कभी लोगों की एकत्र भीड़ को देख रही थी। किन्तु उसका अबोध बालक मन यह समझने में असमर्थ था कि क्या हुआ है। कुछ देर तक ऐसे ही कौतूहल में डूबे रहने के पश्चात उसने मनोहर से पूछा, 'पापा, यह मम्मी को क्या हो गया है? आज मम्मी अपने बैड पर न लेटकर यहाँ जमीन पर क्यों लेटी हुई हैं?'

मृत्यु क्या होती है, सुजाता की बाल बुद्धि यह नहीं जानती, और न ही समझ सकती है। इसलिए मृत्यु का सच न बताकर मनोहर उसे बताता है, 'बेटा, वह सो रही हैं।'

'पापा, कब तक सोएँगी मम्मी। अब से पहले तो कभी जमीन पर नहीं सोती थी मम्मी। फिर आज क्यों जमीन पर सो रही हैं? मम्मी को जगाओ ना पापा।' सुजाता ने अधीरता से कहा।

मनोहर ने सुजाता को समझाते हुए कहा, 'नहीं बेटा, अब वह कभी नहीं जागेंगी।'

'क्यों पापा? और आप सब रो क्यों रहे हैं? सुजाता का यह अबोध सा सवाल मनोहर को अन्दर तक हिला गया। उससे स्वयं को सँभालने की कोशिश की, किन्तु सँभाल नहीं सका और उसकी आँखों से आँसू बहने लगे।

वह सुजाता से कहने वाला था कि श्यामा अब जीवित नहीं है कि इसी बीच पास में ही बैठे कपिल ने यह देखा तो मनोहर से सुजाता को अपनी गोद में लेते हुए वह बोला, 'मेरे पास आ मेरी गुड़िया, मैं बताता हूँ तुझे।'

सुजाता ने कपिल से भी वही प्रश्न दोहराया, 'चाचा, मम्मी यहाँ क्यों लेटी हैं?'

'तुम्हारी मम्मी बीमार हैं ना, तो अपना इलाज कराने जा रही हैं दूसरे डाक्टर के पास। इसलिए यहाँ थोड़ा आराम कर रही हैं।'

'कहाँ है दूसरा डाक्टर?' सुजाता का दूसरा प्रश्न था।

'वह दूर है यहाँ से।...बहुत दूर।' कपिल ने हाथ के इशारे से दूरी का संकेत करते हुए उसे बताया।

'वहाँ से कब वापस आएँगी मम्मी?' सुजाता ने उसी भोलेपन से अगला प्रश्न किया।

'अब वह कभी नहीं आएँगी...।' यह कहते हुए कपिल का गला भर गया था और उसकी आँखों में आँसू छलक आए थे। किन्तु, यह सोचकर कि सुजाता उसके आँसुओं के बारे में ही न पूछ बैठे, उसने जल्दी से अपने आँसू पोंछे और प्यार से सुजाता के सिर पर हाथ फिराने लगा।

'तो मैं भी मम्मी के साथ जाऊँगी।' सुजाता जिद से मचलते हुए बोली।

'तुम उनके साथ नहीं जा सकोगी मेरी गुड्डू।' कपिल ने उसे प्यार से समझाया।

'क्यों चाचा?' सुजाता ने यह प्रश्न करते हुए भोलेपन से कपिल की ओर ऐसे देखा जैसे वह इस रहस्य को जानना चाहती हो।

'क्योंकि वह डाक्टर मरीज के साथ किसी और को एंट्री नहीं देता है।' कपिल ने पहले की तरह उसे प्यार से समझाते हुए कहा।

सुजाता इस तरह के अबोध प्रश्न करती जा रही थी और कपिल दुःखी और भारी मन से उसे समझाता जा रहा था।

एकत्र लोगों के बीच बैठे एक बुजुर्ग व्यक्ति ने अन्य लोगों को सम्बोधित करते हुए कहा, 'लाश को सुबह से यह टाइम हो गया है। यदि सब नाते-रिश्तेदार आ गए हों तो आनन्द से पूछकर क्रिया-कर्म की तैयारी कराई जाए।'

'सही कहते हो अंकल। अभी पूछता हूँ आनन्द से।' यह कहकर एक व्यक्ति वहाँ से उठा और आनन्द के पास जाकर उससे बोला, 'आनन्द, तुम्हारे सब रिश्तेदार आ गए हैं जिनको भी आना था?'

'हाँ जी, सब आ गए हैं।'

'किसी और का इन्तजार तो नहीं है अब?'

'नहीं जी। सब लोग तो पहले ही आ गए थे। बस जीजा जी का इन्तजार था सो वे भी अब आ गए हैं। अब किसी का इन्तजार नहीं है।'

'तो ठीक है फिर। अब क्रिया-कर्म शुरू कराते हैं।' इतना कहकर उसने स्त्रियों के समूह को सम्बोधित करते हुए कहा, 'बहुत देर हो गई है। लड़की को नहलाओ-धुलाओ अब जल्दी से।'

अधेड़ व्यक्ति की बात सुन स्त्रियों में हलचल शुरू हो गई। उनका रोना भी बन्द हो गया था। वहाँ बैठी एक बुजुर्ग महिला ने पास बैठी दो-तीन स्त्रियों को आदेश सा देते हुए कहा, 'पुष्पा, शीला, चलो, उठो और करो जल्दी से इस काम को।'

बुजुर्ग महिला का आदेश मानते हुए वे स्त्रियाँ एक चादर का पर्दा कर उसकी ओट में श्यामा को नहलाने के काम में लग गईं और दो-तीन व्यक्ति अर्थी तैयार करने में लग गए थे। थोड़ी देर में श्यामा को दूध से नहलाकर, नए वस्त्र पहनाकर और सभी श्रृंगार कर दुल्हन की तरह सजा दिया गया। अर्थी पर लिटाने के लिए ले जाने लगे तो बुजुर्ग महिला ने उन्हें टोका, 'अभी रुको। एक काम बाकी रह गया है।'

'अब क्या रह गया है आंटी?'

'बेटा, वह शादीशुदा है। बिना सिन्दूर के नहीं जाएगी। उसकी माँग में सिन्दूर भरा जाएगा।'

'तो जल्दी से करो इस काम को।'

'श्यामा का पति आया हुआ है। उसे बुलवाओ। माँग में सिन्दूर तो वही भरेगा।'

बुजुर्ग महिला की बात पर अमल करते हुए एक व्यक्ति मनोहर को बुलाकर लाया। मनोहर के हाथों में सिन्दूर की डब्बी देते हुए बुजुर्ग महिला बोली, 'लो मेहमान, अपने हाथों से श्यामा की माँग में सिन्दूर भर दो।'

मनोहर की नम आँखें श्यामा की माँग में सिन्दूर भरते समय और ज्यादा नम हो गई थीं।

सभी औपचारिकताएँ पूरी कर श्यामा को अर्थी पर लिटा दिया गया। रिश्तेदारों और अन्य लोगों द्वारा लाई गई साड़ियाँ और चादर उसके ऊपर डालकर अर्थी सजा दी गई।

अर्थी को जमीन से उठाते ही स्त्रियों का ज़ोर से रोना शुरू हो गया। आनन्द की पत्नी और मनोहर की माँ दोनों सिर पटक-पटक कर रो रही थीं। अन्य औरतें भी उनका साथ दे रही थीं। आनन्द की पत्नी 'हाय मेरी लाड़ो' कहकर तो मनोहर की माँ भी 'हाय मेरी बच्ची, मेरी चन्दा या बिन माँ की रह गई मेरी सुजाता' कहकर बार-बार अपने दोनों हाथों को ज़ोर से जमीन पर पटकने लगीं।

श्यामा की अर्थी को कन्धा देते हुए मनोहर की आँखों से आँसू छलक आए। आनन्द ने भी 'कभी डोली को कन्धा दिया था, आज अर्थी को कन्धा देना पड़ रहा है' कहते हुए श्यामा की अर्थी को कन्धा दिया तो उसकी आँखों से भी आँसू टपकने लगे थे। वहाँ मौजूद अन्य लोगों की आँखें भी नम हो गई थीं। मनोहर को ऐसा लग रहा था जैसे श्यामा की नहीं वह अपनी लाश को ही अपने कन्धों पर ढो रहा था। अर्थी को कन्धा देते हुए पैर आगे बढ़ाते हुए उसकी टाँगें काँप रही थीं। कुछ कदम चलने के बाद ही एक दूसरे व्यक्ति ने उसके हाथ से अर्थी का सिरा अपने हाथ में लेकर जैसे ही उसकी जगह ली, उसे लगा कि श्यामा का साथ उससे छूट रहा है। कपिल और सुरेश भी उनके साथ चल रहे थे और अन्य लोगों द्वारा अर्थी को अपने कन्धों पर ले लिए जाने के पश्चात आनन्द भी उनके साथ चलने लगा था। किन्तु मनोहर के पैर जैसे टूट से गए थे उसके लिए एक कदम भी आगे बढ़ाना मुश्किल हो रहा था। जैसे-तैसे उसने श्मशान भूमि तक का रास्ता तय किया।

श्मशान भूमि पहुँचकर अर्थी को एक स्थान पर रखकर कुछ लोग चिता के लिए लकड़ियाँ लाने में तो कुछ लोग चिता सजाने में लग गए। गुमसुम सा मनोहर एक बैंच पर बैठ गया और चिनी जा रही चिता को देखता रहा। जैसे-जैसे चिता ऊपर उठती जा रही थी उसका दिल बैठता जा रहा था। दूर क्षितिज पर सूरज डूबने लगा था। श्यामा को अर्थी से उठाकर चिता पर लिटाते ही मनोहर को भी अपनी जिन्दगी का सूरज डूबता दिखाई देने लगा था। 'अब कुछ ही देर में चिता में आग लग जाएगी और श्यामा हमेशा-हमेशा के लिए उसकी जिन्दगी से ओझल हो जाएगी। उसकी आँखों के आगे अँधेरा सा छाने लगा। दोनों हाथों से अपना सिर पकड़कर उसने आँखें बन्द कर लीं।

चिता तैयार हो गई और आग लगाने का समय आया तो वहाँ उपस्थित लोगों में इस बात को लेकर खुसर-पुसर शुरू हुई कि चिता को आग कौन लगाएगा।

एक व्यक्ति ने कहा, 'आनन्द लगाएगा आग। और कौन लगाएगा।'

दूसरा व्यक्ति बोला, 'शादी के बाद लड़की ससुराल की हो जाती है। उसकी चिता को आग लगाने का हक उसके पति का होता है। पति या पुत्र न हो तब भाई का नम्बर आता है।'

'लेकिन उसकी अर्थी उसके भाई के घर से उठी है। भाई ने अन्तिम समय में उसकी सारी देखभाल की है और ज़िम्मेदारी उठाई है। मेरे विचार से आग आनन्द को ही लगानी चाहिए।' पहले व्यक्ति ने कहा।

'वह ठीक है। लेकिन उसका पति यहाँ मौजूद है तो चिता को आग उसके पति के द्वारा ही लगाई जानी चाहिए।' दूसरे व्यक्ति ने भी अपना तर्क देते हुए कहा।

वे लोग यह बात कर ही रहे थे कि एक बुजुर्ग व्यक्ति ने आनन्द को पुकारा, 'आनन्द। कहाँ हो बेटा?'

आनन्द, मनोहर के साथ चिता के एक ओर खड़ा था। बुजुर्ग की आवाज सुनकर वह उनकी ओर मुँह करते हुए बोला, 'जी, यहीं हूँ।'

'बेटा, आग लगाओ चिता को। इस काम को पूरा करो।' बुजुर्ग व्यक्ति ने कहा।

'हाँ जी, अभी लो।' बुजुर्ग से यह कहकर आनन्द पास खड़े मनोहर से बोला, 'चलो जीजा जी, श्यामा की चिता को मुखाग्नि दो।'

आनन्द के मुँह से यह सुन मनोहर असमंजस में फँस गया और अवाक् आनन्द की ओर देखता रह गया। वह कुछ समझ नहीं पा रहा था कि क्या करे। 'श्यामा की मृत्यु आनन्द के घर पर हुई है। उसकी अन्त्येष्टि आनन्द के यहाँ, उसके समाज के बीच हो रही है। सारा इन्तजाम और खर्च वह कर रहा है। इसके बावजूद मुझे आग लगाने को कहकर वह मुझे सम्मान दे रहा है। यह उसका बड़प्पन है। मुझे भी उसका सम्मान करना चाहिए।' यह विचार कर वह आनन्द से बोला, 'आनन्द, तुमने मुझसे यह कह दिया, मेरे लिए इतना ही काफी है। श्यामा की चिता को आग देने के असली हकदार तुम हो। तुम ही श्यामा को मुखाग्नि दो।'

'नहीं जीजा जी, श्यामा आपकी पत्नी है। उसकी चिता को आग देने का अधिकार आपका ही है। चिता को आग आप ही लगाएँगे।' यह कहते हुए आनन्द ने मनोहर का हाथ पकड़कर उससे आग हाथ में थामने का आग्रह किया।

मनोहर द्वन्द्व में फँस गया था कि क्या करे, क्या नहीं करे। आग लेकर आने वाले व्यक्ति को हाथ में आग पकड़े कुछ देर हो गई थी। और बुजुर्ग व्यक्ति द्वारा कहे जाने के उपरान्त आनन्द चिता को आग देने के लिए आगे नहीं आ रहा था। आनन्द और मनोहर को इस सम्बन्ध में बात करते देख वहाँ उपस्थित लोग भी अब उनकी ओर देख रहे थे। यह स्थिति मनोहर को बहुत असहज बना रही थी। सहसा इस स्थिति से बाहर निकालने का रास्ता बनाते हुए वह बोला, 'ठीक है आनन्द, तब हम दोनों ही श्यामा की चिता को आग देंगे।' यह कहते हुए वह आनन्द का हाथ पकड़कर मन्द-मन्द कदमों से चिता को आग देने के लिए आगे बढ़ गया।

चिता को आग देते हुए मनोहर के हाथ काँप रहे थे। उसके पैर चिता का चक्कर लगा रहे थे किन्तु उसकी आँखें पथरा सी गई थीं। वह एकटक चिता की ओर देखे जा रहा था। मानो उसकी आँखें चिता के अन्दर बैठी श्यामा को ढूँढ़ रही हों। आग देने के थोड़ी देर के अन्तराल में ही चिता से आग की लपटें निकलने लगीं। लोग चिता के पास से हटकर आसपास बिछी बेंचों पर बैठ गए थे या पेड़ों की छाया में जाकर खड़े हो गए थे। मनोहर और आनन्द भी चिता से थोड़ी दूर आकर खड़े हो गए थे। लेकिन उनकी आँखें और ध्यान जलती हुई चिता पर लगा था।

चिता द्वारा आग पूरी तरह पकड़ लिए जाने पर क्रिया-कर्म कराने वाला व्यक्ति उपस्थित लोगों को सम्बोधित करते हुए बोला, 'अस्थियाँ परसों सुबह चुनी जाएँगी। और यहाँ से लेकर जहाँ भी आपको ले जाना हो ले जा सकते हो।'

उसके इतना कहने के पश्चात बुजुर्ग व्यक्ति आनन्द से बोला, 'आनन्द बेटा, तुम्हारे रिश्तेदार, यारे-प्यारे और समाज के लोग, अभी सब यहाँ हैं। जिनसे भी सलाह करनी हो आपस में सलाह करके सबको बता दो अगला कार्यक्रम कब का है।'

आनन्द मनोहर से मंत्रणा करते हुए बोला, 'आप बताओ। कब का ठीक रहेगा।'

मनोहर ने कहा, 'तुमको जो भी उचित लगे, तुम ही बता दो आनन्द।'

मनोहर के यह कहने के पश्चात आनन्द ने उपस्थित लोगों को सम्बोधित करते हुए घोषणा की, 'देखिए, यह तय किया गया है कि परसों यहाँ से अस्थियाँ चुनकर उसी दिन शाम को तीजा किया जाएगा।'

आनन्द के यह घोषणा करने के पश्चात सब लोग वहाँ लगे नल से हाथ-मुँह धोकर श्मशान स्थल से बाहर निकलने लगे।

श्मशान भूमि से लौटने के पश्चात थोड़ी देर आनन्द के घर रुककर सब लोग अपने-अपने घरों को चले गए थे। मनोहर ने भी चलने को कहा तो आनन्द बोला, 'परसों सुबह ही अस्थियाँ चुननी हैं। तीजा भी परसों को ही है। तीजे तक यहीं रुक जाओ। तीजे के बाद ही चले जाना।'

'नहीं, आज रुकना सम्भव नहीं है। हमारे घर भी रिश्तेदार और जान-पहचान वाले आएँगे। उनको भी देखना है। इसलिए फिलहाल हमारा जाना ही ठीक है।'

'ऐसी बात है तो ठीक है। परसों समय से आ जाना। दूर से आना होगा। सुबह-सुबह आने में दिक्कत हो सकती है। यदि ठीक लगे तो कल शाम को ही आ जाना। समय से आ जाओगे तो अस्थियाँ चुनना, उनका विसर्जन करना, सब काम समय से हो जाएँगे।'

मनोहर ने उसे आश्वस्त किया, 'ठीक है। अभी हम चलते हैं। जैसा भी प्रोग्राम बनेगा मैं तुम्हें फोन पर बता दूँगा।'

इतना कहकर वे लोग वहाँ से निकले और बस स्टेंड की ओर चल दिए। संयोग से उस समय भी उनको बस जल्दी ही मिल गई और उसी दिन देर शाम तक वे गाजियाबाद लौट आए थे।

रास्ते में आते हुए माँ ने मनोहर से कहा था, 'बेटा, भले ई श्यामा की मौत म्हारे घर नईं हुई, उसके मैके में हुई है अर उसका किरिया करम भी वईं पे हुआ है। वे तै तीजा करंगे ई। सारे कांधिया वईं पे हैं। पर, श्यामा सदस्य तै म्हारे परिवार की थी। मौत म्हारे परिवार के इनसान की हुई है। इसलिए उसका तीजा अर बाकी सब किरिया-करम म्हारे घर पे भी होंगे।'

'मुझे इन बातों का कुछ पता नहीं है माँ। तुम्हें जो ठीक लगे करवा लेना सब कुछ तुम भी। मुझसे जो कहोगी कर दूँगा।'

'और कुछ मत करना। कल तीजा करना होगा। तीजे में खिचड़ी बनेगी। बस तीजे का सामान मँगवा देना कल को किसी से। परसों को तो तू रहेगा नहीं, देहरादून जाएगा। बाकी मैं देख लूँगी।'

'उसकी चिन्ता मत करो तुम। बता देना क्या-क्या सामान आना है, मैं मँगवा दूँगा।' मनोहर ने आश्वस्त किया था।

रात को वे देर से घर लौटे। सुरेश उनके साथ घर नहीं आया था। वह बस स्टेंड से ही अपने घर को चला गया था। दरवाजा खोलकर जैसे ही वे घर के अन्दर प्रविष्ट हुए उन्हें घर एक अजीब से सन्नाटे में डूबा हुआ लगा। घर में सब कुछ वैसा ही था जैसा वे सुबह छोड़कर गए थे। किन्तु उसके उपरान्त सब कुछ बदला-बदला सा लग रहा था। हमेशा बोलते हुए से रहने वाले घर ने आज उदास खामोशी की चादर ओढ़ी हुई थी। लग रहा था जैसे उन लोगों के साथ-साथ घर की दीवारें भी उदास और दुःखी थीं।

माँ ने घर के अन्दर प्रवेश करते ही रोना शुरू कर दिया था। उसके रोने की आवाज सुनकर मास्टर रामलखन और उनकी पत्नी दौड़े-दौड़े वहाँ आए। एक-दो लोग और भी आ गए थे। आते ही मास्टर रामलखन बोले, 'कर आए अन्त्येष्टि?'

'हाँ मास्टर जी।' मनोहर ने जवाब दिया।

सुबह की अपेक्षा इस समय माँ अधिक नहीं रोयी थी। जल्दी ही उसका रोना बन्द हो गया था। मनोहर भी आँगन में रखी प्लास्टिक की कुर्सी पर बैठ गया था।

परिवार के सदस्यों के घर लौटते ही उनसे मिलने की कोशिश में अपनी पूँछ हिलाकर भोंकती हुई राजो बेचैनी से आँगन में इधर से उधर चक्कर लगाने लगी थी। कपिल द्वारा पास जाकर पुचकारने के बावजूद बहुत देर तक वह बेचैन बनी रही। वह बार-बार कपिल के शरीर और हाथों को सूँघ और चाट रही थी। काफी देर बाद वह शान्त हुई। कपिल ने देखा सुबह जाते समय उसको खाने के लिए जो

कुछ वे राजो के पास रखकर गए थे, वह ज्यौं का त्यौं रखा था। दिन भर उसने कुछ भी खाया-पिया नहीं था।

थोड़ी देर के पश्चात मास्टर रामलखन और उनकी पत्नी अपने घर से खाना लेकर आए और बोले, 'लो, अब खाना खा लो।'

यूँ सब के सब बहुत भूखे थे और भूख के मारे उनकी आँतें सिकुड़ रही थीं, किन्तु किसी का भी खाने का मन नहीं हो रहा था। मनोहर ने मास्टर रामलखन से कहा, 'माँ और कपिल को खिला दो। मेरा खाने का बिलकुल भी मन नहीं है।'

'नहीं मनोहर, मन हो या ना हो, कुछ ना कुछ जरूर खाओ। हम जानते हैं तुम्हारा मन खाने को नहीं करेगा। लेकिन बिना खाए शरीर नहीं चलेगा। ज्यादा मत खाओ कम खाओ, लेकिन खाओ।' और अपनी पत्नी से बोले, 'सरोज, लगाओ सबका खाना थालियों में। सबसे पहले मनोहर को लगाकर दो एक थाली।' कहने के साथ-साथ उन्होंने थाली के लिए अपना हाथ बढ़ाया और अपनी पत्नी के हाथ से लेकर खाने की थाली मनोहर के सामने रखते हुए बोले, 'लो, खाओ।'

माँ ने भी आग्रह करते हुए कहा, 'खा ले बेटा। थोड़ा सा ई सई पर खा ले।'

मनोहर ने देखा माँ और कपिल के सामने खाने की थालियाँ रखी थीं किन्तु, वे भी खाना नहीं खा रहे थे। उसे लगा कि वे दोनों उसके खाने का ही इन्तजार कर रहे हैं। वह नहीं खाएगा तो वे भी नहीं खाएँगे। यह देख मास्टर रामलखन और माँ का आग्रह मानते हुए मनोहर ने थाली हाथ में पकड़ी और धीरे-धीरे रोटी का कौर तोड़कर मुँह में रखने लगा।

रोटी का कौर मुँह तक पहुँचा ही था कि मनोहर की नजर राजो की ओर गई। वह चुपचाप जमीन पर बैठी उनकी ओर ही देख रही थी। उसे याद आया, राजो ने भी सुबह से कुछ नहीं खाया है। अपना खाना छोड़ वह उठा और राजो के पास जाकर उसे खाना खिलाने लगा। राजो खाना खाती जाती थी और बीच-बीच में गर्दन घुमाकर कभी मनोहर और कभी कपिल और माँ की ओर देख लेती थी। राजो को खाना खिलाने के बाद मास्टर रामलखन और माँ के आग्रह पर उसने भी अनिच्छापूर्वक जैसे-तैसे एक रोटी खाई।

मनोहर के परिवार को खाना खिलाने के बाद मास्टर रामलखन और उनकी पत्नी अपने घर चले गए थे। दिन भर की भाग-दौड़ और सफर की थकान से बुरी तरह टूटी माँ अपनी चारपाई पर आकर लेट गई थी। कपिल माँ के पास ही बैठ गया था और मनोहर अपने कमरे में चला गया था। हालाँकि थकान से मनोहर का शरीर भी चूर था। कोई और दिन होता तो वह तुरन्त सो जाता। किन्तु उस दिन उसकी आँखों से नींद भी गायब थी। कपिल भी ठीक से नहीं सोया था। माँ ने भी सारी रात अपनी चारपाई पर उठते-बैठते या करवटें बदलते व्यतीत की थी। वह रात सभी की आँखों में ही बीत गई थी।

अगले दिन सुबह से ही परिचित लोग अपनी शोक-संवेदनाएँ व्यक्त करने के लिए घर आने शुरू हो गए थे। कोई आ रहा था, कोई जा रहा था। दिन भर लोगों का तांता लगा रहा। दोपहर के समय थोड़ी सी राहत मिली तो मनोहर ने कपिल को भेजकर बाजार से तीजे का सामान खरीद कर मँगवाया और माँ के हवाले करता हुआ बोला, 'ये लो माँ, तीजे का सामान, जो तुमने बताया था। इसके अलावा यदि कुछ और चाहिए तो बता दो, मैं ला दूँगा या मँगवा दूँगा किसी से।'

माँ और कुछ अन्य परिचितों के साथ बैठे बात करते हुए मास्टर जी ने मनोहर से पूछा, 'अब आगे का क्या प्रोग्राम है? फूल कब चुने जाएँगे?'

'कल सुबह चुने जाएँगे।'

'उसके बाद?...फूलों का क्या करोगे? यहाँ लेकर आओगे या वहीं पर?'

'यहाँ लाना कोई जरूरी नहीं है तो वहीं पर सिला देंगे।' मास्टर जी से यह कहने के बाद उसने माँ से पूछा, 'क्यों माँ? ठीक है न?'

'ठीक है बेटा, अब तै मिट्टी है सब कुछ। कुछ भी कर लो, कैसै ई भी कर लो।'

'तब ठीक है, मैं आज रात को ही देहरादून के लिए निकल जाऊँगा ताकि कल सुबह टाइम से वहाँ पहुँच सकूँ।'

अगले दिन सुबह ही वह देहरादून पहुँच गया था। आनन्द के साथ जाकर उसने श्यामा की अस्थियाँ चुनीं और उसके साथ जाकर ही उन्हें नदी में प्रवाहित कर दिया था। उसके पश्चात वह आनन्द के साथ उसके घर गया और कुछ देर वहाँ ठहरकर उसी शाम वह वापस अपने घर लौट आया था।

बस में मनोहर के बराबर वाली सीट पर दो युवा दम्पत्ति बैठे थे। और किसी बात पर बहस करते हुए वे परस्पर लड़ते जा रहे थे। स्त्री शिकायत कर रही थी 'तुमने मेरे लिए क्या किया है अभी तक? अपने परिवार के लिए ही मरते रहते हो हमेशा। मेरी ओर कब देखोगे? कब करोगे?'

पुरुष उसे समझा रहा था, 'करूँगा भागवान। उनकी ज़िम्मेदारी तो बस थोड़े-बहुत दिन की है। उसके बाद पूरी जिन्दगी तेरे लिए ही करना है। तेरे लिए नहीं करूँगा तो और किसके लिए करूँगा।'

स्त्री उसका कोई तर्क नहीं सुन रही थी। वह अपनी ही लय में बोले जा रही थी, 'क्या जब मैं बूढ़ी हो जाऊँगी? तब रहूँगी मैं ओढ़ने-पहनने लायक?'

उनकी यह लड़ाई देख मनोहर को श्यामा की याद आ गई। उस स्त्री का बात करने का ढंग बिलकुल श्यामा जैसा लग रहा था। उस स्त्री को देखते हुए वह श्यामा के विचारों में खो गया। वह सोचने लगा श्यामा भी अपने लिए ऐसे ही लड़ती थी। उसे लगा जैसे उस स्त्री के रूप में श्यामा ही उसके सामने बैठी थी।

श्यामा की मौत और तीजे की खबर कपिल ने सभी नजदीकी रिश्तेदारों तक पहुँचा दी थी। शाम तक लगभग सभी रिश्तेदार घर पर आ गए थे। सब अपनी-अपनी तरह से मनोहर और उसके परिवार को श्यामा की मृत्यु के दु:ख से उबरने के लिए सान्त्वना दे रहे थे। शाम को लगभग आठ बजे वह अपने घर पहुँच गया था। उसके घर पहुँचते ही माँ रोने लगी थी। सब रिश्तेदार उसके इर्द-गिर्द एकत्र हो गए। स्त्रियाँ माँ को चुप कराने लगी थीं। थोड़ी देर रोकर माँ चुप हो गई और मनोहर से बोली, 'सुजाता को नईं लाया बेटा?'

'नहीं माँ। आनन्द ने कहा है वहाँ उसके बच्चों के साथ वह ठीक से रह सकेगी। अभी उसे भी दिक्कत होगी और हमें भी। कह रहा था थोड़ी बड़ी हो जाए, स्कूल जाने के लायक, तब ले जाना।'

'आज तै ले ई आता कम सै कम। सब रिश्तेदार आए हैं। उससै मिल लेते, उसै देख लेते।...पर कोई बात नईं, नईं लाया तै।...वैसै लाना तै पडैगा ई देर-सबेर। दूसरे के बालक कू रखना बड़ा मुसकिल होता है बेटा।'

'कोई बात नहीं माँ, बाद में ले आएँगे। अभी ले आता तो आनन्द को लगता कि हमें उस पर विश्वास नहीं है। यह मुझे जँचा नहीं, इसलिए अभी वहीं रहने दिया उसे।'

अगले दिन सब रिश्तेदार अपने-अपने घरों को लौट गए। माँ और कपिल भी अपनी-अपनी दिनचर्या में व्यस्त हो गए। मनोहर श्यामा की यादों के साथ अकेला रह गया था।

तीन

श्यामा की मृत्यु के पश्चात मनोहर पूर्णत: विषादों में डूब गया था। श्यामा और उसके साथ व्यतीत किए जीवन की अनेकानेक घटनाएँ एक-एक कर उसके मानस पटल पर उभर रही थीं। श्यामा की मृत्यु की खबर सुनकर दफ्तर के कई लोग शोक संवेदना व्यक्त करने के लिए उससे मिलने घर आए थे। सब ने अपनी-अपनी तरह से मनोहर को सान्त्वना दिलाने की कोशिश की। किन्तु, उसको किसी के भी शब्दों से कोई सान्त्वना नहीं मिल रही थी। किसी का अपने पास बैठना, अधिक बात करना भी उसे अच्छा नहीं लगता था।

उसके अन्दर खामोशी ने घर कर लिया था। वह स्वयं में एक रिक्तता सी अनुभव करने लगा था। उसका दफ्तर जाने को भी मन नहीं होता था। लेकिन

दफ्तर जाना जरूरत थी, दूसरे घर में पड़ा रहेगा तो विषाद में डूबा रहेगा, यह सोच कर, मन न होते हुए भी उसने श्यामा की मृत्यु के दो-तीन दिन बाद ही ऑफिस ज्वोइन कर लिया था। किन्तु ऑफिस में भी वह उदास एवं अन्यमनस्क सा बना रहा। काम में भी उसका मन नहीं लगा। जैसे-तैसे उसने समय व्यतीत किया। घर के अन्दर भी वह असहजता सी महसूस करता था। उसे लगता था जैसे विषादों का कोई घेरा हर क्षण उसे अपने अन्दर कैद कर रहा है। जब तक वह घर में रहता था, विषादों के घेरे में ही कैद रहता था। विषादों में डूबे रहने के कारण वह रात को ठीक से सो भी नहीं पाता था और उसकी रातें प्रायः आँखों में गुजर जाती थीं। इसलिए ऑफिस का समय समाप्त होने के पश्चात उसके अन्य साथी दफ्तर से निकलकर अपने-अपने घरों को जाने लगते थे, किन्तु उसका घर जाने को मन नहीं हो रहा था। अपना समय बिताने के लिए वह देर तक ऑफिस में बैठकर फाइलों को उलटता-पुलटता रहा। जब सारा दफ्तर खाली हो गया तब वह दफ्तर से बाहर निकला। उसके बाद भी वह सीधे घर न जाकर, देर तक इधर-उधर भटकता रहा।

अँधेरा हो जाने पर ही वह घर लौटा। दरवाजा खटखटाते ही माँ का पीड़ा में डूबा स्वर कानों में पड़ा, 'कपिल, तन्नक देख ते बेटा, मन्होर आ गया है शायद।'

क्षणिक विराम के बाद स्वर पुनः उभरा, 'कैसी किसमत लेकै उतरा है अभागा। ना इसे दो घड़ी का सुख नसीब होवै है ना चैन। सदा दूरसेन की नियाँ लड़ता-मरता फिरै है। दूरसेन की चिन्ता में लगा रहवै है, पर खुद दुःखन के बोझ सै लदा रहवै है।' और फिर जैसे स्वयं से ही पूछने लगी, 'क्या इसै कदी दो घड़ी का सुख मौहस्सर ना हो सकैगा। क्या यू जनम भर यूँ ई दुखन का बोझ ढोतै ढोतै...उफ,...हे भगवान..।' और एक गहरी वेदनामयी निःश्वास के साथ आवाज मौन में डूब गई।

कपिल शायद अपने कमरे में था। माँ की आवाज सुनकर वह कमरे से बाहर आया और चुपचाप दरवाजा खोलकर अलग हट गया।

ऐसा नहीं है कि मनोहर पहली बार दफ्तर से देर से घर लौटा था। पहले भी वह प्रायः देर से घर लौटता रहा था। जब भी वह देर से घर पहुँचता था, माँ प्रायः पूछा करती थी, 'अब तक कां था बेटा। इतनी देर कैसै हो गई?' और फिर अपने इस प्रश्न के जवाब में खुद ही दूसरा प्रश्न करती थी—'किसी परोगराम में गया था क्या? आज भी कोई मीटिंग थी क्या कईं? किसी दोस्त के घर चला गया था क्या आज?' ये ही या इसी तरह के प्रश्न वह प्रायः किया करती थी। लेकिन आज उसने ऐसा कोई प्रश्न नहीं किया।

आज से पूर्व उसने कभी माँ के शब्दों में इतना विषाद नहीं पाया था और न ही कपिल को इतना शान्त और गम्भीर देखा था। श्यामा की मृत्यु ने सबको जैसे

विषाद के कुएँ में धकेल दिया था, जहाँ वे सब छटपटा रहे थे। उसकी चेतना के तन्तु यह सब देख और महसूस कर और अधिक निश्चेत और निष्क्रिय से हो गए थे। घर के अन्दर उसके कदम रखते ही माँ का वेदना में डूबा आर्द्र पीड़ित स्वर पुनः उभरा, 'कपिल, आँगन की बत्ती जला दै बेटा। कहीं ठोकर ना लग जावै। ये फरस की ईंट बी उखड़कै काहाँ की कहाँ पड़ गई हैं कमबख्त।'

कपिल ने बत्ती जला दी। सारा आँगन बिजली के आलोक से भर गया। उसने देखा आज घर में सब कुछ अस्त-व्यस्त सा था। बर्तन, कपड़े सब इधर-उधर बिखरे पड़े थे। अपनी छोटी-छोटी चपल टाँगों पर सदा उछलती-कूदती रहने वाली राजो भी, जो रोज उसके आते ही पूँछ हिलाती हुई उसके पैरों में आ लिपटती थी, आज उतनी चपल नहीं थी। दालान में पड़े खटोले पर चुपचाप सी बैठी राजो वहाँ से उठकर उसके पास तक आई जरूर और अपना प्यार व्यक्त करने के लिए अपनी पूँछ भी उसने हिलाई। लेकिन थोड़ी देर बाद वह पुनः अपने खटोले पर जा बैठी।

सारा घर एक अजीब से सन्नाटे और सूनेपन में डूबा हुआ था। धीरे-धीरे यह सन्नाटा उसके अन्दर भी व्याप्त होने लगा था। उसे एक अजीब सी घुटन और बेचैनी महसूस हुई। कपिल अपने कमरे में चला गया था। बहुत देर तक वह माँ और कपिल के साथ-साथ अपने अन्दर और बाहर फैले इस सन्नाटे में डूबा रहा। वह इस सन्नाटे से उबरने का प्रयत्न करता कि अपने बूढ़े-शिथिल शरीर के बोझ को लकड़ी की पुरानी छड़ी के सहारे अपनी पतली कमजोर टाँगों पर उठाने का उपक्रम करती हुई माँ ने ही इस सन्नाटे को तोड़ा, 'मन्हौर, अब तक कहाँ था बेटा? आज बड़ी देर कर दी। सई सांझ से बाट देखतै-देखतै यू टैम हो गया है। दिन भर का थका-माँदा होगा। चल, पहले हाथ-मुँह धोके कुछ खा-पी ले फेर कुछ और करना।''

वह माँ थी। अपने दुःख से अधिक उसे बेटे की भूख की चिन्ता थी। बेटे की भूख की चिन्ता ने उसके दुःख को दबा दिया था। उसका गला अवरुद्ध सा था और इस कारण शब्द उसके गले से रोज की तरह प्रवाह में नहीं आ रहे थे। कपिल भी यूँ हाथ में किताब लिए बैठा था जैसे कि वह पढ़ रहा हो। लेकिन सच्चाई यह थी कि वह पढ़ नहीं रहा था, अपितु घर में व्याप्त सन्नाटे में ही गोते लगा रहा था। आँगन में खड़े होकर मनोहर को यह साफ दिखाई दे रहा था कि माँ के साथ-साथ कपिल के चेहरे पर भी विषाद की रेखाएँ छाई हुई थीं। बुझी हुई आँखों से उसने एक बार आँगन की ओर देखा और फिर नज़रें किताब में गड़ा दीं। अपनी टूटी-सी लाठी के सहारे डग भरते हुए माँ मनोहर के निकट आ खड़ी हुई। आँगन में जल रहे साठ वॉट के बल्ब की रोशनी में उसने देखा कि माँ के हाथों में थमी, लकड़ी की छड़ कँपकँपा रही थी। सहारा देकर वह माँ को दालान में बिछी

चारपाई तक लाया और उस पर बैठाते हुए बोला, 'तुम आराम करो माँ, मैं आज कुछ नहीं खाऊँगा।'

सारा दिन जो आदमी काम करेगा उसे शाम को भूख क्यों नहीं लगेगी? भूख तो लगेगी ही और लगनी भी चाहिए। किन्तु यदि सुबह सात बजे एक कप चाय या उसके साथ एकाध पराँठा भर लेने के सिवाय दिन भर और कुछ न खाए और शाम को भी कहे कि भूख नहीं है तो इसका साफ मतलब है कि या तो उसकी तबीयत ठीक नहीं है या मानसिक रूप से परेशान है। भूख तो शरीर की जरूरत है। भूख नहीं लगेगी तो व्यक्ति कुछ खाएगा नहीं, और शरीर में कुछ पड़ेगा नहीं तो शरीर कैसे चलेगा। शरीर एक मशीन है। मशीन को चलने के लिए ऊर्जा चाहिए। वह ऊर्जा चाहे विद्युत के रूप में हो या तेल के रूप में। शरीर को भी चलने के लिए ऊर्जा चाहिए। माँ इस तथ्य को, इस मकेनिज़्म को नहीं समझती। वह यह भी नहीं जानती कि कार्य करने से शरीर की ऊर्जा का ह्रास होता है। वह ऊर्जा खोता है और भोजन आदि के जरिए उस खोयी हुई ऊर्जा की पूर्ति होती है। वह तो बस इतना जानती है कि मनुष्य को तीनों टाइम और तीन टाइम भी नहीं तो कम से कम सुबह-शाम दो टाइम जरूर पेट भर खाना चाहिए। दिन भर काम करने से भूख लगती है और भूख मिटती है पेट में कुछ जाने से। और फिर बेटा सुबह का थोड़ा-बहुत खाया हुआ हो और शाम को कहे कि वह नहीं खाएगा तो माँ का मन कैसे मान सकता है। वह कैसे सहज रह सकती है। इसलिए मनोहर द्वारा खाने से मना करने पर माँ का चौंकना स्वाभाविक था, 'क्यूँ?...क्यूँ नहीं खाएगा तू? सवेरे का ही तै खाया हुआ है। ऐसा क्या खा लिया है तैनै आज कै जो भूख ही नईं लगी अभी तक।'

माँ के इन शब्दों में असीम वात्सल्य उमड़ आया था। कुछ आग्रह और आदेश का भाव भी था। लेकिन मनोहर का मन खाने को नहीं हुआ तो नहीं हुआ। उसने कह दिया, 'तुम परेशान मत होवो माँ, मुझे बिल्कुल भूख नहीं है। आज एक मीटिंग में गया था। मीटिंग के बाद खाने की व्यवस्था थी। वहीं से खाकर आ रहा हूँ।' अनपढ़ बुढ़िया क्या तर्क करती, चुप लगा गई। अपनी थकी-थकी सी टाँगों पर शरीर को तौलता हुआ मनोहर अपने कमरे में पहुँचा और धम्म से चारपाई पर जा पड़ा। उसके मस्तिष्क में ढेर सारे विचारों का अंधड़ सा बहने लगा और वह सोचने लगा, सदैव शान्त-सुखी रहने वाला परिवार, आज विषादों में क्यों डूबा है। बोलती सी दीवारों वाला यह घर आज इतना स्तब्ध सा क्यों है, इस सबका जिम्मेदार कौन है? बहुत देर तक वह न जाने क्या-क्या सोचता रहा। सोचते-सोचते उसकी चेतना अवरुद्ध होने लगी। कमरे की बत्ती बन्द करके उसने चुपचाप पड़ जाना चाहा किन्तु मस्तिष्क की उथल-पुथल उसे बेचैन किए रही।

उस रात वह सो नहीं सका। सुबह सवेरे ही बिस्तर से उठ गया। यूँ मन इतना बोझिल हो गया था कि उठने को मन न होता था, किन्तु मस्तिष्क के बोझिलपन से मुक्ति पाने के लिए वह उठकर घूमने निकल गया। लौटने पर जैसे ही कमरे में घुसा तो सामने दीवार पर टँगे श्यामा के चित्र पर दृष्टि अटक गई। कितना भोला चितवन था। कोमल कपोल, मोटे काले नेत्र, ग्रीवा पर घूमकर आते हुए वक्ष पर बिखरे घने केश और दाएँ कपोल पर चमचमाता गाढ़ा काला तिल। उसका यह फोटो मनोहर ने उस समय खींचा था जब वे हनीमून के लिए मनाली गए हुए थे। एक दिन घूमते-घूमते श्यामा थक गई तो सुस्ताने के लिए एक स्थान पर सघन वृक्षों की प्रगाढ़ छाया में एक पत्थर पर बैठ गई थी। वृक्षों पर फैली लताओं का झुरमुट सा बना हुआ था। दोनों हाथों से अपने पैरों को सहलाते हुए वह कोई गीत गुनगुनाने लगी थी। कभी-कभी अपना कोई पैर उठाकर वह गीत की लय के साथ ताल लगाने लगती थी। आसमानी रंग की साड़ी उसके इर्द-गिर्द फैली हुई थी। एक बार हवा के हल्के झोंके के साथ श्यामा के खुले केश हवा में उड़कर चेहरे पर छा गए। अपनी पतली-पतली अँगुलियों से वह केशों को हटाने लगी। उसका यह अन्दाज मनोहर को बहुत अच्छा लगा। हाथ में कैमरा था, उसने तुरन्त श्यामा की इस छवि को कैमरे में बन्द कर लिया और घर आते ही उसे फ्रेम करवाकर कमरे में टाँग दिया था। तब से यह चित्र निरन्तर कमरे में इसी जगह टँगा हुआ था। कल तक हँसता-मुस्कुराता, आभा और कान्ति से भरा श्यामा का चित्र उसे कान्तिहीन और दर्द में डूबा दिखाई दे रहा था।

उसे हर पल एक साए की तरह बहुत सारे सवाल लिए श्यामा अपने आसपास घूमती, मँडराती सी दिखाई देती थी। उसके मन-मस्तिष्क पर जैसे उसने कब्जा कर लिया था। खाने-पीने से लेकर, कुछ भी करने, सोचने की समस्त क्रियाएँ बन्द सी हो गई थीं। अपना मस्तिष्क और शरीर उसे बोझिल सा लगता था। वह चलता तो लगता था जैसे वह चल नहीं रहा है, उसे धकेला जा रहा है। वह एक बोझ सा ढो रहा है।

श्यामा के बिना उसे घर बहुत खाली और सूना लग रहा था। घर, दफ्तर, सब जगह वह घुटन सी अनुभव कर रहा था। न उसका कुछ खाने-पीने का मन होता था और न किसी से मिलने या बात करने को ही। उसका मन कर रहा था कि वह घर और दफ्तर की दुनिया से कहीं दूर एकान्तवास में चला जाए शायद वहाँ उसे कुछ सुकून मिल जाए। यही सोचकर उसने ऑफिस से छुट्टी लेकर कुछ दिन कहीं बाहर जाने का मन बनाया, जहाँ न परिवार की जिम्मेदारियाँ हों, न ऑफिस के काम का दबाव और न किसी तरह का कोई व्यवधान हो।

अपने इस विचार पर अमल करने के लिए उसने दफ्तर पहुँचते ही बड़े बाबू को अपनी छुट्टी का आवेदन दे दिया।

‘यह क्या है मनोहर बाबू?’ बड़े बाबू ने पूछा।

‘छुट्टी की एप्लीकेशन है बड़े बाबू।’ मनोहर बहुत धीरे से गम्भीर स्वर में बोला।

‘छुट्टी... ?.कितने दिन की छुट्टी लेना चाहते हो?’ बड़े बाबू ने एप्लीकेशन हाथ में लेते हुए पूछा।

‘केवल एक सप्ताह की बड़े बाबू।’ मनोहर ने पूर्ववत गम्भीरतापूर्वक बताया।

बड़े बाबू का चस्मा थोड़ा ढीला था और इस कारण वह फिसलकर आँखों ने नीचे आ गया था। चस्मे को आँखों पर ठीक जगह पर बैठाते हुए उन्होंने पूछा, ‘कब की चाहिए?’

‘अगले सप्ताह की ही चाहिए बड़े बाबू।’ मनोहर ने कहा।

‘अगले सप्ताह... ?’ यह कहते हुए हाथ में पकड़ी एप्लीकेशन मनोहर को लौटाते हुए वह बोले, ‘वह तो सम्भव नहीं है मनोहर बाबू।’

मनोहर बहुत कम छुट्टियाँ लेता था। वह भी बहुत जरूरी होने पर ही। आज बहुत दिन बाद वह छुट्टी माँग रहा था। इसके उपरान्त बड़े बाबू का छुट्टी देने से इनकार करना उसे आश्चर्यजनक लगा। बड़े बाबू छुट्टी देने से मना क्यों कर रहे हैं, उसकी कुछ समझ में नहीं आया। उसने आश्चर्य से पूछा, ‘क्यों बड़े बाबू?’

बड़े बाबू ने बताया, ‘अगले शुक्रवार को ही कमिश्नर साहब निरीक्षण के लिए आने वाले हैं। उससे पहले सारे पेंडिंग काम निपटाए जाने हैं। साहब सारी इम्पोर्टेन्ट फाइलों को निकलवाकर खुद देख रहे हैं और उनमें जो भी कार्रवाई पेंडिंग है, उसे पूरी करवा रहे हैं।’

‘बड़े बाबू, आप तो जानते हैं यह कोई पहला मौका नहीं है कमिश्नर साहब के आने का। पहले भी कई बार कमिश्नर साहब का निरीक्षण दौरा हुआ है। लेकिन कमिश्नर साहब आते कहाँ हैं दफ्तर में। आज तक तो कभी आए नहीं हैं। सर्किट हाउस में ही दो-चार जरूरी फाइलें मँगवाकर देख लेते हैं और अफसरों से ही पूछ लेते हैं जो पूछना होता है।’ मनोहर ने बड़े बाबू को कन्विन्स करने की कोशिश करते हुए अपना तर्क दिया।

बड़ा बाबू मन से मनोहर की बात से सहमत था। किन्तु, वह छुट्टी नहीं देने के लिए विवश था। अपनी विवशता समझाते हुए वह बोला, ‘बात तो तुम्हारी ठीक है। होता तो ऐसा ही आया है अभी तक। कमिश्नर साहब निरीक्षण करेंगे तो डीसी के दफ्तर का करेंगे या अधिक हुआ तो एसी के दफ्तर में जा सकते हैं। किसी सेक्टर ऑफिस में तो शायद जाएँगे नहीं। लेकिन सच में ऑफिस आ भी जाएँ, क्या भरोसा है। और फिर हमें तो अफसरों के आदेश का पालन करना होता है। एसटीओ साहब का आदेश है, सो पालन करना है। साहब का आदेश है

कि कमिश्नर साहब के निरीक्षण तक किसी को छुट्टी नहीं दी जाएगी। और सब लोग अपने पेंडिंग कामों को निपटाएँगे। तब तक छुट्टी के दिन भी दफ्तर खोला जाएगा।'

'लेकिन बड़े बाबू...।' मनोहर ने कुछ कहना चाहा। किन्तु आगे के शब्द उसके गले में ही अटक कर रह गए।

बड़े बाबू ने यह महसूस करते हुए कि मनोहर को छुट्टी की सच में बहुत आवश्यकता है, वह अपनी स्थिति स्पष्ट करते हुए बोले, 'देखो मनोहर, मैंने तुम्हें स्थिति बता दी है। तुम चाहो तो साहब से बात करके देख लो। वह चाहेंगे तो छुट्टी दे सकते हैं।'

'ठीक है बड़े बाबू।' कहकर वह बड़े बाबू के कमरे से बाहर निकला और एसटीओ के कमरे की ओर चल दिया।

एसटीओ किसी काम में व्यस्त था। दरवाजे पर नोक करते हुए मनोहर ने 'मे आई कम इन सर' कहा तो उसने फाइल पर से नजरें उठाकर मनोहर की ओर देखा और रूखे से स्वर में बोला, 'येस, कम इन।'

मनोहर के अन्दर प्रवेश करते ही प्रश्नसूचक दृष्टि से उसकी ओर देखते हुए एसटीओ बोला, 'हाँ, कहिए।'

मनोहर ने छुट्टी का आवेदन पत्र एसटीओ की ओर बढ़ाया और विनयपूर्वक अनुरोध करते हुए बोला, 'सर, मुझे अगले सप्ताह...।'

मनोहर इससे आगे कुछ बोल पाता कि एसटीओ उसका आशय भाँपकर उसकी बात बीच में ही काटते हुए बोला, 'छुट्टी चाहिए?'

'जी सर।' मनोहर ने विनम्रतापूर्वक कहा।

'नहीं, अभी कोई छुट्टी नहीं मिलेगी। तुम्हें पता है ना कि अगले सप्ताह ही कमिश्नर साहब निरीक्षण के लिए आ रहे हैं। सारी फाइल और कागजों को दुरुस्त करो। कोई कागज बिना कार्रवाई के और फाइल से बाहर नहीं रहे। तुम्हारे पास भी कई आवती पड़ी हैं, उन पर तुरन्त कार्रवाई करके प्रस्तुत करो। तीन दिन से पुरानी कोई भी आवती बिना कार्रवाई के नहीं होनी चाहिए। कमिश्नर साहब के निरीक्षण के पश्चात तुम छुट्टी ले सकते हो।' इतना कहकर मनोहर की ओर देखे बिना वह अपने काम में व्यस्त हो गया।

पूरे दफ्तर में सबको मनोहर की पत्नी की मृत्यु का पता था। उसके दफ्तर पहुँचने पर सब ने उसके प्रति संवेदनाएँ व्यक्त की थीं। ऐसे में एसटीओ साहब को यह पता नहीं हो ऐसा नहीं हो सकता था, किन्तु मनोहर के प्रति शोक संवेदना का कोई शब्द कहे बिना, उसने जिस उपेक्षापूर्ण लहजे में बात कर उसे छुट्टी देने से इन्कार किया था, उससे मनोहर ने यह स्पष्ट रूप से समझ लिया था कि एसटीओ के अन्दर मनुष्यता नाम की कोई चीज नहीं है। वह मानवीय संवेदनाओं से शून्य

है। उनसे किसी प्रकार का अनुनय, आग्रह करना व्यर्थ है। छुट्टी देने से मना कर दिए जाने से कहीं अधिक उसका मन एसटीओ के अमानवीय व्यवहार से आहत हुआ। आहत मन और उतरा हुआ चेहरा लेकर वह एसटीओ के कमरे से बाहर निकल आया।

दफ्तर में कमिश्नर साहब का निरीक्षण एक ज्वलन्त विषय था। जहाँ देखो वहाँ कमिश्नर साहब के निरीक्षण को लेकर चर्चाएँ हो रही थीं। एक बात लगभग सब की जुबान पर थी कि कमिश्नर साहब बहुत सख्त आदमी हैं। काम में ढिलाई उनको बिलकुल भी पसन्द नहीं है और इस मामले में वह किसी को भी नहीं बख्शते हैं। एक दिन लंच के दौरान बड़े बाबू के कमरे में बैठे दफ्तर के लगभग सभी बाबू इसी विषय पर चर्चा कर रहे थे। मुकुन्द लाल, जो कर्मचारी यूनियन का नेता था और लखनऊ मुख्यालय भी खूब आता-जाता रहता था। इसलिए मुख्यालय और वहाँ के अफसरों के बारे में उसके द्वारा दी जाने वाली किसी भी सूचना या वहाँ के बारे में की जाने वाली किसी भी टिप्पणी को अधिक प्रामाणिक माना जाता था। कमिश्नर साहब के बारे में भी यूँ तो सभी लोग बातें कर रहे थे, किन्तु उन सब की बातें सुनी-सुनाई थीं। सभी लोग कमिश्नर साहब के बारे में की जा रही बातों का सच मुकुन्द लाल से जानने को उत्सुक थे ताकि कमिश्नर साहब की सही तस्वीर उनको मिल सके और उसी के अनुसार वे लोग निरीक्षण के लिए अपनी तैयारियाँ करें। बड़े बाबू ने मुकुन्द लाल से पूछा, 'मुकुन्द लाल जी, कमिश्नर साहब के बारे में तरह-तरह की चर्चाएँ चल रही हैं। सभी एसी, डीसी ऑफिस से लेकर सभी सेक्टरों में उनको लेकर चर्चाएँ चल रही हैं। कोई कुछ कह रहा है और कोई कुछ। समझ में ही नहीं आ रहा है कि किसकी बात पर यकीन करें, किस की बात ज्यादा सही है। तुम तो लखनऊ जाते रहते हो, कमिश्नर ऑफिस में भी जाते होगे। तुम बताओ कमिश्नर साहब के बारे में, कैसे आदमी हैं वे?'

मुकुन्द लाल ने बताया, 'बड़े बाबू, इतना सख्त है ये कमिश्नर कि बड़े-बड़े अफसर भी उसके सामने जाने से डरते हैं। दिमाग का भी बड़ा तेज है। छोटी-छोटी गलतियों को भी तुरन्त पकड़ लेता है। पहले के कमिश्नरों की तरह यह अफसरों के कमरे में बैठकर, वहीं पर ही फाइलें मँगवाकर मुआयना नहीं करता, वह बाबुओं की सीट पर चला जाता है और कोई भी फाइल उठाकर पढ़ने लगता है और उसके बारे में पूछ लेता है।'

मुकुन्द लाल की यह टिप्पणी सुन सभी बाबू एक-दूसरे की ओर देखने लगे। उनके चेहरों पर परेशानी की रेखाएँ दिखाई दे रही थीं। जगपाल शर्मा, जो दफ्तर का सबसे वरिष्ठ बाबू था और सेवानिवृत्ति की कगार पर था, और एक-दो बार मुकुन्द लाल के साथ लखनऊ भी हो आया था। उसे भी मुख्यालय और वहाँ के

अधिकारियों के बारे में थोड़ी-बहुत जानकारी थी। सहकर्मियों को कमिश्नर के निरीक्षण की चिन्ता से मुक्त कर उनका उत्साहवर्धन करते हुए बोला, 'कितना ही सख्त हो और किसी भी तरह की जाँच कर ले। डरने की क्या बात है। कोई कमी निकल भी आई किसी फाइल में तो क्या हो जाएगा। मीमो मिल जाएगा, उसका जवाब दे देंगे। ज्यादा ही कुछ हुआ तो ट्रांसफर हो जाएगा, इससे ज्यादा तो कुछ होने से रहा। फिर क्यों परेशान होते हो।'

जगपाल शर्मा की बात ने लोगों की परेशानी को कुछ कम किया। किन्तु मुकुन्द लाल ने उससे कहा, 'नहीं यार, काम में ढिलाई उसे बिलकुल भी बर्दाश्त नहीं है। जानते तो हो तुम भी कि काम में ढील पाए जाने पर उसने कई लोगों को सस्पेंड कर दिया है। विभाग में हड़कम्प सा मचा हुआ है उसके आने के बाद से।'

जगपाल अपनी बात पर बल देते हुए बोला, 'जो लोग सस्पेंड हुए थे, वे सभी कोर्ट में चले गए। वहाँ से जीतकर फिर बहाल हो गए और मजे से नौकरी कर रहे हैं। ऊपर से उन्हें सस्पेंशन अवधि का मोटा एरिअर मिला सो अलग...। क्यों?...हुआ है ना ऐसा?' ऐसा कहते हुए उसने अपनी बात की पुष्टि के लिए मुकुन्द लाल की ओर देखा।

'हाँ, वो तो है।' मुकुन्द लाल ने जगदीश की बात से अपनी सहमति व्यक्त की। 'लेकिन दिक्कत तो होती ही है इसमें। कई लोगों की आर्थिक स्थिति बहुत अच्छी नहीं होती, उनके लिए अपने परिवार की परवरिश करना और मुकदमा लड़ना बहुत कठिन हो जाता है। इसलिए यहाँ तक नौबत ही क्यों आने दी जाए। पहले ही अपना काम ठीक से क्यों ना रखा जाए।'

अब तक बड़ा बाबू सबकी बात सुन रहा था। लंच का समय भी समाप्त होने को था। इसलिए उसने अपनी निर्णायक टिप्पणी देते हुए बाबुओं को उनके अन्दर बैठे कमिश्नर के भय से मुक्त करने की कोशिश की, 'तो फिर, डरने की क्या बात है। जो होगा देखा जाएगा। हमने बहुत सारे कमिश्नर देखे हैं। सब एक से एक बड़ी तोप रहे हैं। विभाग पर अपना प्रभाव स्थापित करने के लिए शुरू में सब इसी तरह सख्ती और रोब दिखाते हैं। बाद में, विभाग की हवा लगने के बाद सब उसी ढर्रे पर आ जाते हैं।'

बड़े बाबू के शब्दों ने अपना प्रभाव दिखाया। बाबुओं के चेहरे बता रहे थे कि बड़े बाबू के शब्द उनके अन्दर हौसला भर रहे थे। साथी बाबुओं पर अपनी बात का सकारात्मक प्रभाव पड़ते देख बड़ा बाबू आगे बोला, 'कमिश्नर साहब आ रहे हैं तो आएँ। करें वे निरीक्षण। अरे असली निरीक्षण हमारा नहीं अफसरों का है। हमें क्या डरना। हमसे तो जो कुछ अफसर कहता है, हम तो वही करते हैं। कोई भी आदेश, अनुमति, अनुमोदन, स्वीकृति अफसर ही देते हैं। इसलिए स्याह-सफ़ेद जो भी फाइलों पर होता है, उसके जिम्मेदार हम नहीं अफसर हैं। फिर हम

क्यों डरें। हाँ, आप लोगों की सीट पर यदि कोई काम पेंडिंग हो तो उसे जरूर निपटा दो। उन पर यदि कोई कार्रवाई करनी अपेक्षित है तो अपनी ओर से कार्रवाई कर दो, कोई कागज बाहर मेज पर पड़े हों तो उन्हें फाइलों में लगा दो और निश्चिन्त हो जाओ।...और हाँ इस बात का विशेष ध्यान रखो कि तीन दिन से पुरानी कोई भी आवती लंबित नहीं रहनी चाहिए, उस पर आवश्यक कार्रवाई अवश्य हो। यह शासन का आदेश है और सुना है कमिश्नर साहब इस पर बहुत ज़ोर देते हैं।'

बड़े बाबू की यह बात उनकी सरकारी सेवा के लम्बे अनुभव का निचोड़ थी। उनकी बात सुनकर बाबुओं के मन से कमिश्नर के निरीक्षण का डर काफी हद तक निकल गया था। किन्तु इसके बावजूद, कुछ न कुछ भय उनके मन में अभी भी बना हुआ था। सब की मेज पर कुछ न कुछ काम अधूरे पड़े थे, इसलिए सभी ने कमिश्नर साहब के आने से पहले उन्हें निपटाने को प्राथमिकता दी। वैसे भी 'नौकरी का मामला था, कहीं निरीक्षण में कमिश्नर साहब कुछ भी ऐसा-वैसा लिख गए तो...' इस विचार के दबाव में सभी दफ्तर के कार्यों को पूरा करने में तल्लीन हो गए थे।

चार

मनोहर के कार्यालय में रिश्वत का बोलबाला था। बिना रिश्वत के कोई काम वहाँ नहीं होता था। कर्मचारियों का वेतन तो कम था लेकिन ऊपरी आमदनी इतनी अधिक थी कि कम वेतन की ओर किसी का ध्यान जाता ही नहीं था। अफसर से लेकर बाबू तक, सब के काम के अनुसार रेट बँधे थे। दफ्तर में आने वाला जो व्यक्ति सब को यथोचित भेंट चढ़ा देता था, उसका काम सरलता से और समय से हो जाता था। किन्तु जो व्यक्ति ऐसा नहीं करता था उसका काम होना असम्भव नहीं तो कठिन अवश्य होता था। कोई न कोई कमी निकालकर उसके काम को लटकाया जाता था। कार्यालय के चक्रव्यूह में उसे इधर से उधर दौड़ाया जाता था। छोटे से काम के लिए उसे नियम-कायदे और लम्बी प्रक्रिया में उलझाकर उससे कार्यालय के इतने चक्कर लगवाए जाते थे कि या तो थक-हारकर वह बाबुओं के समक्ष समर्पण कर देता था या फिर उच्च अधिकारियों के हस्तक्षेप से ही उसका काम हो पाता था। लेकिन ऐसे लोग बहुत कम होते थे जो बड़े अफसरों तक पहुँच पाते थे। क्योंकि बड़े अफसरों से सरलता से मिलना सम्भव नहीं था।

दफ्तर के लोग हर समय ऊपरी आमदनी के जुगाड़ में रहते थे। उनकी नजरें फाइलों से अधिक दफ्तर में आने वाले लोगों पर टिकी रहती थीं। किसी व्यक्ति के दफ्तर में घुसते ही सभी कर्मचारी अपना काम छोड़ उसकी ओर देखने लग जाते थे जैसे कोई दुकानदार ग्राहक को इस उम्मीद से देखता है कि वह उसके पास ही आए। सब जानते थे कि सरकारी दफ्तर में बिना काम के कोई नहीं आता और जो कोई भी आता है वह अपना काम कराने के लिए कुछ न कुछ भेंट पूजा अवश्य करके जाता है। इस भेंट रूपी ऊपरी आमदनी के प्रभावस्वरूप लोग पैसे के लालची हो गए थे। उन्हें ऊपरी आमदनी की लत सी पड़ गई थी। यदि किसी दिन किसी को कोई ऊपरी आमदनी नहीं होती थी तो वह कहता था, 'आज का दिन तो सूखा रहा।' ऊपरी आमदनी के लालच में वे अपने अफसरों की गुडबुक में बने रहना जरूरी समझते थे और इसके लिए न केवल अफसरों की चापलूसी करते थे अपितु, कभी-कभी अपने ही साथियों के विरुद्ध उनके कान भरने में भी संकोच नहीं करते थे।

मनोहर को यह सब अच्छा नहीं लगता था। दस-बीस रुपए के लिए किसी के सामने हाथ फैलाना उसे अपना जमीर बेचने जैसा लगता था। रिश्वत के लिए किसी का काम नहीं करना या रोककर रखना उसे और भी ज्यादा बुरा लगता था। उसे यह देखकर आश्चर्य होता था कि उसके दफ्तर के अन्य सब साथी दफ्तर में आने वाले व्यापारी या वकीलों से किसी भी काम को करने के लिए मुँह से रिश्वत माँगते थे, जैसे कि यह उनका अधिकार हो। इसमें उन्हें किसी भी तरह की कोई शर्म या संकोच नहीं होता था। व्यापारी और वकील भी जानते थे कि थोड़ी सी रिश्वत देकर बड़े से बड़ा काम आसानी से कराया जा सकता है। कागज पूरे ना हों तो भी बाबू लोग कोई न कोई रास्ता निकालकर फाइल पूरी कर देते थे। हालाँकि इसमें रिस्क था, किन्तु रिश्वत के नोटों की चमक बाबुओं को भ्रष्ट तरीके अपनाने को प्रेरित करती थी।

मनोहर की इस सब में कोई रुचि नहीं थी। वह अपने काम से काम रखता था। दफ्तर के काम के लिए जितना आवश्यक होता था वह केवल उतना ही अफसरों से मिलता था। किसी अफसर की चापलूसी वह बिलकुल भी नहीं करता था। न किसी अन्य कार्मिक के बारे में किसी अफसर से कोई बात करता था। हाँ, मनोहर के विरुद्ध अवश्य ही कुछ चतुर किस्म के लोग कभी-कभी अफसरों के मन में नकारात्मक बातें भरने की कोशिश करते थे, लेकिन अफसरों पर उनकी बातों का कोई खास प्रभाव नहीं होता था।

वस्तुतः कुछ ले-देकर काम करना-कराना दफ्तर की एक संस्कृति सी बन गई थी। इसलिए रिश्वत नहीं लेना सरकारी दफ्तरों की इस संस्कृति के विरुद्ध काम करने जैसा था। मनोहर के पास जब भी कोई व्यापारी या वकील किसी काम

के लिए आता था तो वह स्वयं तो उनसे रिश्वत लेता ही नहीं था, उल्टे उन्हें किसी को भी रिश्वत नहीं देने के लिए भी प्रेरित करता था। वह कहता था, 'आपका काम करना हमारी ड्यूटी है। इसका वेतन मिलता है हमें। फिर रिश्वत किस बात की और क्यों? आपका काम करके हम आप पर कोई अहसान नहीं कर रहे हैं, बल्कि अपनी ड्यूटी कर रहे हैं।'

व्यापारी और वकीलों को यह तो अच्छा लगता था कि उन्हें अपने किसी काम के लिए मनोहर को रिश्वत नहीं देनी पड़ती थी और उनका पैसा बचता था। लेकिन, कई व्यापारी और वकील मनोहर को अव्यावहारिक और मूर्ख समझते थे। बहुत से ईमानदारी से अपनी ड्यूटी का पालन करने और बिना रिश्वत लिए काम करने की उसकी भावना का सम्मान करते थे। बहुत से लोग मनोहर से डरते भी थे कि थोड़ा सा भी नियम से इधर-उधर हुआ तो वह उनके काम को अटका सकता है। उनकी कोशिश होती थी कि वे मनोहर के पास सभी जरूरी दस्तावेज़ सही और पूरे ही उपलब्ध कराएँ ताकि उनका काम आसानी से हो जाए, रुके नहीं। कई व्यापारी और वकील मनोहर का उदाहरण देकर दूसरे कार्मिकों को भी रिश्वत नहीं देने की कोशिश करते थे, किन्तु बिना रिश्वत लिए कोई फाइल पर कलम चलाने को तैयार नहीं होता था तो हार कर उनको रिश्वत देकर उनसे काम कराया जाता था। लोग रिश्वत लेना दफ्तर का दस्तूर और अपना अधिकार सा समझते थे। दफ्तर पहुँचते समय जिस दोमंज़िले जीने को चढ़ने में उनके पेट में दर्द होने लगता था, रिश्वत के रुपयों के लालच में जीने की उन्हीं सीढ़ियों को वे दिन में कई-कई बार चढ़-उतर जाते थे। मनोहर को यह देखकर आश्चर्य होता था कई बाबू बीमार होने के बावजूद, अपने स्वास्थ्य की परवाह नहीं करते थे और पैसों के लालच में यह सब करते थे। वे अपने स्वास्थ्य के साथ खिलवाड़ करते थे। एक दिन बड़े बाबू को हाँफते हुए सीढ़ियाँ चढ़कर एसटीओ के कमरे की ओर जाते देखा तो मनोहर ने उससे कहा, 'बड़े बाबू! आप शुगर के मरीज हो। पहले से ही आपके पैरों में दर्द रहता है। इस तरह से सीढ़ियाँ चढ़ोगे-उतरोगे तो आपके स्वास्थ्य पर बहुत असर पड़ेगा।'

बड़े बाबू को मनोहर की बात बहुत सही लगी। वह सहमत होते हुए बोले, 'हाँ मनोहर, बात तो ठीक कह रहे हो तुम। मैं भी समझता हूँ कि सीढ़ियाँ चढ़ना-उतरना मेरे स्वास्थ्य के लिए ठीक नहीं है। लेकिन काम के कारण करना पड़ता है।...क्या करूँ मजबूरी है।'

मजबूरी का नाम सुनकर मनोहर को आश्चर्य हुआ। वह अपना आश्चर्य व्यक्त करते हुए बोला, 'कैसी मजबूरी बड़े बाबू? एसटीओ के पास फाइल जानी है, चपरासी के द्वारा भिजवा दो। खुद लेकर क्यों जाते हो?'

'चपरासी को दे दो फाइल तो पता नहीं कब के मारे कब देकर आएगा। और न जाने कब वापस आएगी।' बड़े बाबू मजबूरी बताते हुए बोले।

'अफसर क्या फाइल को लेकर बैठ जाएगा?...और फिर आपका काम तो अपनी टिप्पणी लिखकर फाइल को अफसर के पास तक भिजवा देने का है। उससे आगे फाइल एसटीओ से क्लीयर होकर जब आपके पास वापस आ जाए तब देख लेना।' मनोहर ने बड़े बाबू के प्रति हमदर्दी व्यक्त करते हुए कहा।

'बात यह नहीं है मनोहर। कस्टमर आया बैठा है। अभी उसका काम हो जाएगा तो कुछ दान-दक्षिणा मिल जाएगी। नहीं तो बाद में कौन पूछता है काम हो जाने के बाद।' यह कहते हुए बड़े बाबू ने अपनी भाग-दौड़ का असली रहस्य खोला।

मनोहर बड़े बाबू की आयु की तुलना में बहुत छोटा था। किन्तु, फिर भी वह उनको समझाने के अन्दाज में बोला, 'बड़े बाबू, आपके स्वास्थ्य से ज्यादा जरूरी है ये दान-दक्षिणा?...किसके लिए कर रहे हैं आप यह आफत, इतना कष्ट शरीर को किसके लिए दे रहे हैं? परिवार के लिए...बच्चों के लिए...। ये ही ना। यदि आपका स्वास्थ्य ठीक नहीं रहा तो किसका नुकसान होगा? वह भी तो उन्हीं का ही न। जरा जोड़-घटा करके देखना कभी फुर्सत में शायद स्वास्थ्य का ठीक रहना ही ज्यादा फायदेमन्द रहेगा।'

बड़े बाबू ने महसूस किया कि मनोहर बहुत सही बात कह रहा था। उसकी बातों में अपनेपन का भाव प्रतीत होता था। उसने मन ही मन सोचा, 'मेरे अपने भी मेरे बारे में कभी इस तरह से नहीं सोचते।' उसका मन मनोहर के प्रति अपनत्व से भर गया। जीने की सीढ़ियों से अपने पैर नीचे उतारते हुए वह बोला, 'तुम बहुत सही बात कहते हो मनोहर। मेरी इतनी परवाह तो कभी मेरे अपनों ने भी नहीं की। मैं उनको पैसा ले जाकर देता हूँ और वे मजे करते हैं। कोई परवाह नहीं करता कि मेरे पैर में दर्द रहता है, और न कोई पूछता है। तुम्हारी बातों ने आज मेरा दिल छू लिया। तुम तो मेरे अपनों से भी अपने हो। तुम्हारी बात पर जरूर गौर करूँगा।'

बड़ा बाबू मनोहर की बातों से बहुत प्रभावित हुआ किन्तु, एसटीओ से फाइल पर हस्ताक्षर करवाकर लाने की जल्दी थी, इसलिए उसने एक दृष्टि मनोहर की ओर देखा और हल्के से मुसकुराते हुए जीने की सीढ़ियों की ओर बढ़ गया।

मनोहर की इस तरह की प्रवृत्ति के कारण दफ्तर की दुनिया में उसको एक खलनायक की तरह देखा जाता था। उसका रिश्वत न लेना उसके सहकर्मियों को रास तो आ ही नहीं रहा था, कहीं न कहीं उनके लिए परेशानियाँ भी खड़ी कर रहा था। स्वयं मनोहर को भी कभी-कभी परेशानियों का सामना करना पड़ता था। रिश्वत देकर नियम विरुद्ध काम करवाने के आदी हो चुके व्यापारियों द्वारा मनोहर से नियम विरुद्ध कार्य करवाने में सफल नहीं होने पर कई बार उसके विरुद्ध शिकायत कर दी जाती थी कि वह उनका काम नहीं कर रहा है, परेशान कर रहा है।

इसी तरह के एक व्यापारी ने एक बार अपने लाभ के लिए मनोहर से कोई नियम विरुद्ध काम कराना चाहा। इसके लिए उसने अच्छी-ख़ासी रिश्वत की

पेशकश भी मनोहर से की। किन्तु रिश्वत नहीं लेने और नियम विरुद्ध काम नहीं करने के अपने सिद्धान्त के कारण मनोहर ने गलत काम करने से स्पष्ट इन्कार कर दिया। उसने मनोहर से कहा, 'मनोहर बाबू, हमने अधिकारी से बात कर ली है। तुम फाइल पर केवल यह रिपोर्ट लगा दो कि तुमको कागज मिल गए हैं। कागज सही हैं या गलत यह अफसर देख लेगा।'

किन्तु मनोहर इसके लिए तैयार नहीं हुआ। अपनी बात पर दृढ़ रहते हुए उसने कहा, 'मैं न तो झूठ को सच कह सकता हूँ और न सत्य को छिपा सकता हूँ। कागज की जो भी स्थिति है मैं वही अपनी रिपोर्ट में लिखूँगा। न कुछ जोड़ूँगा न घटाऊँगा। उसके पश्चात अधिकारी जैसा उचित समझें अपना निर्णय ले सकते हैं।'

यद्यपि व्यापारी को मनोहर के बारे में यह पता चल गया था कि वह एक ईमानदार आदमी है और रिश्वत नहीं लेता है। किन्तु, विभिन्न विभागों में ऐसे बहुत से अधिकारियों से उसका पाला पड़ा था, जो अपनी ईमानदारी के लिए जाने जाते थे। उन सभी को उसने साध लिया था। उसे उम्मीद थी कि मनोहर को भी वह अवश्य साध लेगा। इसी उम्मीद में उसने मनोहर से कहा, 'देखो मनोहर बाबू, हम जानते हैं विभाग में आपकी एक अलग तरह की छवि है। हम आपके व्यक्तित्व से बहुत प्रभावित हैं, और हमारे मन में आपके प्रति बहुत सम्मान है। हम आपको दूसरे लोगों से बहुत अलग तरह से देखते हैं। आप जिस तरह चाहो हम आपको उस तरह से विश्वास दिला सकते हैं कि हम आपकी छवि पर कोई दाग नहीं आने देंगे। हम विभाग में भी सबसे यही कहेंगे कि आपने हमारा काम नहीं किया। हमने उच्च-अधिकारियों से अपना काम कराया। आप अपनी रिपोर्ट में केवल इतना लिख दो। आप जिस तरह से भी चाहोगे हम उस तरह से आपकी सेवा कर देंगे।...और हाँ, हमारा आपसे यह भी वादा है कि हम दूसरे कागजात भी बहुत जल्दी आपको दे देंगे। आप उनको फाइल में लगा लेना।'

'मेरे प्रति आपके सम्मान व्यक्त करने के लिए आपका शुक्रिया। लेकिन, लगता है आप गलत व्यक्ति से बात कर रहे हैं। मैं जानता हूँ पैसे की ताकत से आप कुछ भी प्राप्त कर सकते हैं, किसी को भी खरीद सकते हैं। यदि आप सोचते हैं कि आप मुझे भी खरीद सकेंगे तो यह आपकी गलतफहमी है। आप उसे खरीद सकते हैं जो बिकाऊ हो। मैं बिकाऊ नहीं हूँ। आप मेरा जमीर नहीं खरीद सकते।...मैं फिर से दोहरा रहा हूँ कि आपके द्वारा जमा कराए गए कागजों के आधार पर ही तथ्यात्मक रिपोर्ट फाइल पर लगाऊँगा, उससे अलग नहीं। कोई गलत काम मैं नहीं कर सकता।'

अपने जीवन में बड़े-बड़े अधिकारियों को वह व्यापारी पैसे से खरीद चुका था। उच्च-अधिकारियों से लेकर बाबू और चपरासियों तक, सबको वह किसी न किसी तरह से उपकृत करता रहता था। कभी-कभी वह दफ्तर के सभी कार्मिकों

को प्रतिष्ठित मिठाई की दुकान से मिठाई मँगवाकर खिलवाता था और कभी कोई छोटी-मोटी गिफ्ट भी सब में बँटवाता था। इस कारण दफ्तर में सब कर्मचारी उसके मुरीद थे और उसका कोई भी काम दफ्तर में अटकता नहीं था, तुरन्त हो जाता था। बल्कि, बाबू तो क्या समस्त अधिकारी भी उसके प्रति सम्मान व्यक्त करते थे और कार्यालय में आने पर उसको सम्मान से बैठाकर चाय पिलाते थे। किन्तु मनोहर उसको इस प्रकार का कोई विशेष सम्मान नहीं देता था। वह उसके साथ भी दफ्तर में आने वाले अन्य लोगों की तरह ही सामान्य शिष्टाचार करता था। मनोहर नाम के अदने से बाबू द्वारा उसका काम करने से इन्कार कर दिया जाना उस व्यापारी को बहुत नागवार गुजारा। इससे क्षुब्ध होकर उस व्यापारी ने मनोहर के खिलाफ उच्च-अधिकारियों से शिकायत कर दी कि उनका काम करने के लिए मनोहर मोटी रिश्वत माँग रहा है और रिश्वत नहीं दिए जाने पर उनके काम को जान-पूछकर लटका रहा है।

मनोहर विभाग में इस बात के लिए बदनाम था कि वह रिश्वत नहीं लेता था और नियम कायदों के अनुसार ही कार्य करता था। मनोहर से नियम विरुद्ध कार्य नहीं करा पाने वाले लोग उसे पसन्द नहीं करते थे। अधिकारियों के लिए भी वह सुविधाजनक नहीं था। अधिकारी ऐसे कर्मचारियों को पसन्द करते थे, जो उनके अनुसार काम करते थे और फाइलों पर उनके अनुसार रिपोर्ट लगा देते थे। मनोहर उस तरह का व्यक्ति नहीं था और इसलिए वह अधिकारी-वर्ग का चहेता नहीं था। कुछ अधिकारियों की तो वह आँख की किरकिरी बना रहता था। हाँ, विभाग में कुछ ऐसे अधिकारी भी थे जो कोई गलत काम नहीं करते थे, न किसी काम को लटकाते थे या अनावश्यक देरी करते थे और न कभी किसी व्यापारी से रिश्वत माँगते थे। किन्तु, किसी व्यापारी या वकील द्वारा अनुरोध किए जाने पर किसी फाइल को अपने स्तर से जल्दी क्लीयर कर दिया करते थे। इस काम के लिए उनको जो कुछ दे दिया जाता था, उसे चुपचाप स्वीकार कर लेते थे। व्यापारी वर्ग ऐसे अधिकारियों का सम्मान करता था और उनके प्रति उदार रहता था। ऐसे अधिकारी मनोहर की ईमानदारी और नैतिक दृढ़ता को पसन्द भी करते थे। संयोग से जाँच अधिकारी ऐसा ही अधिकारी था। वह मनोहर के दफ्तर में रह चुका था और उसके बारे में अच्छी तरह जानता था कि वह रिश्वत नहीं लेने वाला एक ईमानदार कर्मचारी है।

जाँच अधिकारी को इस बात का विश्वास था कि मनोहर रिश्वत नहीं माँग सकता। इसलिए शिकायत को पढ़ते ही उसके मस्तिष्क में पहली प्रतिक्रिया यही हुई 'रिश्वत माँगने की शिकायत और वह भी मनोहर के खिलाफ़...एकदम फर्जी है। इसके पीछे जरूर कोई दूसरी बात होगी।' उसे शिकायतकर्ता की मानसिकता पर तरस भी आया और अफसोस भी कि उसने मनोहर जैसे ईमानदार व्यक्ति के खिलाफ झूठी शिकायत क्यों की। वह जानता था कि इस शिकायत में कोई दम नहीं है। वह चाहता

तो बिना कोई जाँच किए केवल खानापूर्ति करके अपनी रिपोर्ट दे सकता था। किन्तु, ऐसा नहीं करके उसने मनोहर के कार्यालय में जाकर तटस्थ तरीके से औपचारिक जाँच की। लेकिन कहीं से भी मनोहर द्वारा शिकायतकर्ता से रिश्वत माँगे जाने की शिकायत को सही ठहराने वाला कोई सूत्र या सबूत उसे नहीं मिला।

उसे यह देखकर अच्छा लगा कि जाँच ने उसकी धारणा को पुष्ट किया। किन्तु, उसे इस बात से दुःख भी हुआ कि बेवजह एक भले व्यक्ति को परेशान करने की कोशिश की गई। अपना यह मनोभाव उसने जाँच-कार्यवाही के उपरान्त मनोहर को अपने कक्ष में बुलाकर उससे व्यक्त भी किया, 'मनोहर, मैं जानता हूँ कि तुम एक ईमानदार और नेक इनसान हो और हमेशा नियमानुसार ही काम करते हो। हमारे विभाग में तो क्या दुनिया में तुम्हारे जैसे लोग बहुत कम हैं जिनकी मूल्यों में आस्था है और जिनके अन्दर मानवीय मूल्य इतने गहरे तक बैठे हैं। तुम एक मिसाल हो। तुम्हारे खिलाफ इस तरह की शिकायत से मुझे दुःख है। मेरा विश्वास है कि तुम इस तरह की शिकायतों से विचलित नहीं होवोगे।'

अब तक दफ्तर के माहौल में मनोहर स्वयं को अकेला और अलग-थलग महसूस करता था। जाँच अधिकारी के इन शब्दों से उसे बहुत सम्बल मिला। वह जाँच अधिकारी के प्रति कृतज्ञता से भर गया। विनम्रता से आँखें और सिर झुकाकर वह बोला, 'जी, शुक्रिया सर। मुझ पर आपका यह विश्वास मेरे लिए बड़ी बात है। मैं आपके विश्वास को बनाए रखने की पूरी कोशिश करूँगा सर।'

जाँच अधिकारी मनोहर की इस आश्वस्ति से बहुत प्रभावित हुआ था। वह मनोहर का मनोबल बढ़ाते हुए बोला, 'शाबास, जाओ। निर्भय होकर काम करो।'

'धन्यवाद सर।' कहकर मनोहर, जाँच अधिकारी के कमरे से बाहर आ गया।

जाँच अधिकारी ने अपनी रिपोर्ट दे दी। उसने अपनी रिपोर्ट में लिखा—शिकायत के सम्बन्ध में सम्बन्धित कार्यालय में जाकर वहाँ के अधिकारी एवं अन्य सम्बन्धित कर्मचारियों से मालूम किया तथा सम्बन्धित फाइल की भी जाँच की गई। फाइल में मनोहर द्वारा की गई समस्त कार्रवाई विभागीय नियमों के अनुसार है। उसमें किसी प्रकार की कोई अनियमितता नहीं बरती गई है। यहाँ यह तथ्य भी ध्यान में लाया जाना आवश्यक है कि मनोहर एक अत्यन्त ईमानदार तथा नियम और नैतिकता का पालन करने वाला कर्मचारी है। वह नियमानुसार कार्य करता है तथा नियम-विरुद्ध कोई भी कार्य नहीं करता है। शिकायत निराधार एवं झूठ है। तथ्य एवं सबूतों के आधार पर ऐसा प्रतीत होता है कि शिकायतकर्ता द्वारा गलत तरीके से अपना कार्य करवाने के लिए दबाव बनाने की रणनीति के तहत यह शिकायत की गई है। इससे शिकायतकर्ता की व्यापारिक गतिविधियाँ सन्दिग्ध लगती हैं। शिकायतकर्ता की और भी कई फर्म विभाग में पंजीकृत हैं। व्यापारी की सभी फ़र्मों की फाइलों एवं खातों की जाँच किए जाने की सिफ़ारिश की जाती है।

यद्यपि शिकायत निरस्त हो गई किन्तु मनोहर के विरुद्ध शिकायत की यह घटना बहुत दिनों तक विभाग में चर्चा का विषय बनी रही। लोगों को इस बात पर आश्चर्य था कि मनोहर जैसे व्यक्ति के विरुद्ध शिकायत की गई। मनोहर पर इस शिकायत का कोई प्रभाव नहीं पड़ा था और वह पूर्ववत अपना काम करता रहा। किन्तु अन्य लोगों में कहीं न कहीं यह आशंका व्याप्त हो गई थी कि यदि मनोहर जैसे व्यक्ति के खिलाफ शिकायत की जा सकती है तो किसी के भी खिलाफ कभी भी शिकायत हो सकती है। उसके बाद कुछ दिन तक कार्यालय के लोग बहुत सतर्क होकर कार्य करने लगे थे। कुछ लोग इस शिकायत को भी मनोहर की नादानी का परिणाम मान रहे थे तो कुछ लोग उसके प्रति सहानुभूति व्यक्त कर रहे थे। इस घटना को लेकर बड़े बाबू को मनोहर से सहानुभूति थी। एक दिन मनोहर से अपनी सहानुभूति व्यक्त करते हुए बोले, 'यह विभाग कोयले की खान है। कितना भी दूर रहो साफ नहीं रह पाओगे। तुमने कोयले की दलाली नहीं की। लेकिन फिर भी तुम्हारे हाथ काले हो गए न!'

विभाग के बारे में बड़े बाबू की बात एकदम सही थी। लेकिन अपने हाथ काले होने का प्रतिकार करते हुए वह बोला, 'हाँ बड़े बाबू, विभाग है तो ऐसा ही! लेकिन मेरे हाथ कहाँ काले हुए। मुझ पर कालिख फेंकने की कोशिश जरूर हुई, लेकिन मैं तो काला नहीं हुआ। मैं तो जैसा था वैसा ही हूँ।'

बड़े बाबू ने उसकी बात का खण्डन करते हुए एक सामान्य व्यक्ति के दृष्टिकोण को रखते हुए बोले, 'कहाँ हो वैसे के वैसे ही? जो लोग तुम्हें नजदीक से नहीं जानते हैं उनके मन में तो यह शंका चली ही गई न कि मनोहर भी...।'

मनोहर ने अपने पक्ष पर बल देते हुए कहा, 'कोई अपने मन में मेरे प्रति क्या धारणा बनाता है, इस पर मेरा अधिकार नहीं है बड़े बाबू। लोग अपनी चेतना और विवेक के अनुसार सोचने, बोलने और धारणा बनाने के लिए स्वतंत्र हैं। उसमें मैं या आप क्या कर सकते हैं। लेकिन किसी की धारणा बनाने से मैं तो वैसा नहीं बन जाऊँगा।'

'लेकिन तुम्हारे बारे में लोग जो उलटी-पुलटी बात करते हैं, वह सुनकर दुःख होता है।' बड़े बाबू ने मनोहर के प्रति हमदर्दी व्यक्त करते हुए कहा।

बड़े बाबू की बातों से यह आभास मिल रहा था कि कुछ लोग मनोहर के बारे में इस प्रकार की बातें करते थे कि वह भी रिश्वत लेता है। रिश्वत लेता है तभी तो उसने रिश्वत माँगी है। मनोहर इस प्रकार की बातों की परवाह नहीं करते हुए वह बड़े बाबू से बोला, 'लोग तो जो उन्हें करना है करेंगे ही। उनको अपना काम करने दीजिए। मैं उनकी किसी भी बात से विचलित या दुःखी नहीं हूँ। आप दुःखी न हों बड़े बाबू।'

इतना कहकर मनोहर रुक गया। वह सोच रहा था कि शायद बड़ा बाबू कुछ न कुछ अवश्य कहेगा। किन्तु बड़े बाबू ने तत्काल कोई प्रतिक्रिया नहीं दी तो वह आगे बोला, 'इसे इस रूप में भी तो देख सकते हैं कि कुछ लोगों के मन में यह आ जाए कि बिना कुछ करे-धरे ही यदि मेरे खिलाफ शिकायत हो सकती है तो वे तो कभी भी निशाने पर लिए जा सकते हैं। या तो व्यापारियों के दबाव में काम करें नहीं तो उनकी शिकायतों को झेलें। और इसलिए इससे बचने के लिए वे भी लालच का रास्ता छोड़ दें।'

बड़े बाबू ने मनोहर के इस विचार पर तो कोई टिप्पणी नहीं की किन्त मनोहर के प्रति अपनी संवेदनाएँ व्यक्त करते हुए बोला, 'खैर, यह सन्तोष की बात है कि शिकायत निरस्त हो गई और उलटे वो व्यापारी ही विभाग के रडार पर आ गया है। उसकी सारी फाइलें खँगाली जा रही हैं। वो तुम्हें फँसाना चाहता है, लेकिन अब अपने बुने जाल में वह खुद ही फँस गया है।'

उस शिकायत को कई वर्ष हो गए थे। अब अफसर बदल चुके थे। नए अफसरों को मनोहर की ईमानदारी रास नहीं आती थी और वे उससे खुश नहीं थे। ऐसे में, वह ऐसा कोई अवसर नहीं देना चाहता था जिससे वह किसी भी प्रकार की परेशानी में पड़े। वह बहुत सावधानी से काम करता था। किन्तु, इसके बावजूद एक अनजाना सा भय उसके अन्दर उभर आया था, 'यदि सच में कमिश्नर साहब को कोई कमी दिखाई दे गई उसके काम में और उन्होंने कुछ ऐसी-वैसी कार्रवाई कर दी तो परिवार का क्या होगा।' इसी आशंका ने उसे सब कुछ भुलाकर अपनी सभी फाइलों को एक-एक कर फिर से सावधानीपूर्वक देखने और नई आवतियों पर तत्काल कार्रवाई करने में जुटा दिया था।

पाँच

दुनिया की रीत है कि लोग दूसरों की मुँह पर प्रशंसा करते हैं लेकिन पीठ के पीछे आलोचना करते हैं। मनोहर के दफ्तर के साथी भी दुनिया की इस रीत का भली-भाँति पालन करते थे। मनोहर के सामने कोई कुछ नहीं कहता था, किन्तु उसके पीछे उसकी खूब आलोचना की जाती थी। मनोहर को साधारण कपड़ों में और साइकिल पर चलता देख दफ्तर के बहुत से लोग उसका उपहास करते थे और उस पर व्यंग्यात्मक टिप्पणी करते थे। अपनी आपसी चर्चाओं में जब भी वे मनोहर के बारे में बात करते थे, अपनी-अपनी तरह से उसके व्यक्तित्व की पूरी मीमांसा ही

कर दिया करते थे। एक दिन मनोहर को साइकिल से उतरकर विनम्रतापूर्वक सबको अभिवादन के साथ ऑफिस में प्रवेश करते देखा तो जगपाल शर्मा अपने पास बैठे नरेश सक्सेना से बोला, 'आदमी तो भला है ये मनोहर।'

नरेश सक्सेना ने एक दृष्टि मनोहर पर डाली और अपनी प्रतिक्रिया देते हुए बोला, 'वो तो ठीक है, लेकिन दफ्तर में इस तरह का भलापन काम नहीं करता। दफ्तर का एक दस्तूर है। दफ्तर में दफ्तर के हिसाब से काम करना होता है। ये आदमी दफ्तर के दस्तूर को कुछ समझता ही नहीं है। उसे बिगाड़ रहा है।'

जगपाल शर्मा ने नरेश सक्सेना के साथ सहमति व्यक्त की, 'सही कह रहे हो, दफ्तर का माहौल बिगाड़ दिया है इस आदमी ने। खुद तो कुछ लेता ही नहीं है, दूसरों को भी मना करता है। पता नहीं कौन सी दुनिया में जीता है। ऐसे ही आदर्शवादी बनकर केवल तनख्वाह लेकर घर जाना था तो इस विभाग में क्यों आया। किसी दूसरी जगह जाकर नौकरी कर लेता।...क्या कमी थी इसको नौकरी की। एससी है, आरक्षण की सुविधा है इसे। कहीं भी लग जाता यह तो।'

नरेश सक्सेना आरक्षण का घोर विरोधी था। जब कभी भी आरक्षण पर कोई चर्चा होती थी, आरक्षण के विरोध में वह सर्वाधिक मुखर होता था। जगदीश शर्मा के मुँह से आरक्षण का जिक्र होते ही वह मुखर हो उठा, 'इनको क्या दिक्कत है नौकरी की। दिक्कत तो हमें होती है।...कोई देख ही नहीं रहा है कि साधारण पढ़े-लिखे और अयोग्य लोग आसानी से सरकारी नौकरियों में आ रहे हैं और ऊँची-ऊँची डिग्रियाँ लिए हुए योग्य लोग सड़कों की खाक छान रहे हैं।'

जगपाल शर्मा, नरेश सक्सेना की बात से सहमत तो था किन्तु वह व्यावहारिक ढंग से सोचने वाला व्यक्ति था। इसलिए व्यावहारिक ढंग से ही वह बोला, 'यह व्यवस्था है, तो है। संविधान की मुहर लगी है इस पर। इसे बदलना आसान नहीं है। इस बारे में बात करने से कोई फायदा नहीं है।'

नरेश सक्सेना अपनी बात को आगे बढ़ाते हुए बोला, 'यह तो राजनीति का मामला बन गया है आजकल। आरक्षण को खत्म करने की तो बात छोड़िए, प्रत्येक राजनीतिक दल ने वोट के चक्कर में इन एससी, एसटी को सिर-आँखों पर बैठा रखा है। हर दस साल बाद संसद द्वारा आरक्षण को अगले दस साल के लिए बढ़ा दिया जाता है। किसी भी दल का कोई भी सांसद आरक्षण के विरोध में ठीक से चूँ तक नहीं करता। इसलिए यह दिक्कत खत्म होने वाली नहीं है। यह तो बनी रहेगी।'

कुछ दिन पहले ही किसी प्रसंग में वे आरक्षण पर लम्बी चर्चा कर चुके थे। इसलिए आज आरक्षण के मुद्दे पर अधिक बात करना जगपाल शर्मा को आवश्यक नहीं लगा। वह बातचीत को मूल विषय पर लाते हुए बोला, 'अब जो भी है, इसमें कोई क्या कर सकता है। आ ही गया था वह इस विभाग में तो विभाग

के अनुसार ढल जाता। लेकिन इसका तो अपना अलग ही राग है। जब देखो अपने ही सुर में बोलता है।'

नरेश सक्सेना भी मूल बात पर आते हुए बोला, 'यह तो अफसरों को भी देखना चाहिए कि एक आदमी सिस्टम में फिट नहीं बैठ रहा है तो उसकी पोस्टिंग किसी ऐसे ऑफिस में या ऐसी सीट पर कर दें, जहाँ पर पब्लिक डीलिंग का काम न हो। ना होगा बाँस, ना बजेगी बाँसुरी। वहाँ पर रहे खूब ईमानदार और आदर्शवादी बनकर।'

जगपाल शर्मा ने मामले के व्यावहारिक पहलू की ओर संकेत करते हुए कहा, 'लेकिन इतने सारे लोगों में अफसरों को कहाँ पता होता है इतना कि कौन आदमी किस तरह का है।...वह पब्लिक डीलिंग के लायक है या नहीं।'

नरेश सक्सेना ने उससे असहमति व्यक्त की, 'ठीक है अफसरों को यह सब पता नहीं होता, लेकिन ट्रांसफर के समय लिस्ट तो नीचे से बाबू ही बनाकर देते हैं। वे तो सब जानते हैं।...मनोहर को सारा विभाग जानता है कि वह किस प्रकार का व्यक्ति है। वे तो ध्यान रख ही सकते हैं इस बात का।'

जगपाल शर्मा ने उसे समझाते हुए कहा, 'बाबू और अफसर सब ने कुछ सोच-समझकर ही मनोहर की पोस्टिंग सेक्टर ऑफिस में की होगी। देखते नहीं दलित लोग हर जगह प्रतिनिधित्व की बात करते हैं। यूनियन का अध्यक्ष भी दलित ही है। राजनीति में भी रसूख है उसका। राज्य में बसपा की सरकार है और आजकल उसकी बसपा में गहरी पैठ है। यदि ट्रांसफर में दलित कर्मचारियों को उचित प्रतिनिधित्व में सही पोस्टिंग नहीं दी गई तो वह हंगामा खड़ा कर देगा और राजनीति अपना काम शुरू कर देगी। डीसी को लेने के देने पड़ जाएँगे। इसलिए मनोहर जैसे आदमी को सेक्टर ऑफिस में लगाकर ठीक ही किया गया है। अब कोई यह नहीं कह सकता कि दलितों को सेक्टर में नहीं लगाया गया, और इससे कोई फायदा भी दलितों को नहीं होगा।'

नरेश सक्सेना सहमति में सिर हिलाते हुए बोला, 'हाँ यार, यह तो बहुत पते की बात बताई है तूने। जिन सेक्टरों में ज्यादा कमाई है वहाँ पर दलित कम हैं और जिन अच्छी कमाई वाले सेक्टरों में दलितों की पोस्टिंग हुई भी है उनको ऐसी सीटों पर लगाया गया है जहाँ दूसरी सीटों की तुलना में कमाई कम है। साँप भी मर गया और लाठी भी नहीं टूटी। यूनियन के अध्यक्ष के लिए भी आपत्ति या विरोध करने की कोई गुंजाइश नहीं रही।'

जगपाल शर्मा ने नरेश सक्सेना को समझाना जारी रखते हुए कहा, 'हमारे अफसर बेवकूफ नहीं हैं। वे सब कुछ अच्छी तरह देख कर ही काम करते हैं।'

'यह किस आधार पर कह रहे हो तुम?' नरेश सक्सेना ने यह कहते हुए प्रश्नसूचक दृष्टि से जगपाल शर्मा की ओर देखा।

जगपाल शर्मा ने बताया, 'एक दिन मैं एसटीओ साहब के घर गया था। मैंने उनसे जिक्र किया था मनोहर का तो उन्होंने बताया था यह सब।'

'कौन से एसटीओ साहब की बात कर रहे हो? अपने यहाँ तो कई एसटीओ हैं।' नरेश सक्सेना ने जानना चाहा।

'अरे, नरेन्द्रनाथ दुबे साहब। प्रभारी एसटीओ। उनकी ही बात कर रहा हूँ।' जगपाल शर्मा ने बताया।

'लेकिन ट्रांसफर तो डीसी ऑफिस से होते हैं। और सुना है डीसी साहब ही करते हैं। फिर दुबे साहब को क्या पता इन सब बातों का?' नरेश सक्सेना ने अपनी जिज्ञासा व्यक्त की।

'भाई मेरे, पहली बात तो यह कि अफसर लोग सब आपस में मिलते रहते हैं। प्रभारी एसटीओ का तो वैसे भी डीसी साहब ऑफिस में आना-जाना लगा रहता है। दूसरी बात यह कि दुबे साहब भी तो पहले डीसी ऑफिस में रह चुके हैं। उनको वहाँ की सब बातों का पता है। बाबुओं के ट्रांसफर-पोस्टिंग में सभी प्रभारियों के साथ वह भी शामिल होते हैं।' जगपाल शर्मा ने समझाया।

'अच्छा अच्छा..., यह बात है। हाँ तो क्या बताया था उन्होंने?' नरेश सक्सेना ने उत्सुकता के व्यक्त करते हुए कहा।

जगपाल शर्मा ने उसे विस्तार से बताया, 'उन्होंने बताया कि ट्रांसफर समिति में एक दलित अधिकारी भी होता है एससी/एसटी के प्रतिनिधि के रूप में। डीसी साहब बैठक शुरू होते ही सब सदस्यों से पूछ लेते हैं कि किसी अधिकारी की यदि किसी कर्मचारी के ट्रांसफर पोस्टिंग में रुचि हो तो वह उनके नाम बता दें, सबसे पहले उनकी पोस्टिंग की जाएगी। उसके बाद बाकी लोगों पर विचार करेंगे। दलित अधिकारी अपने कुछ लोगों के नाम बता देता है। उनकी पोस्टिंग उनकी वांछित जगहों पर करके उस अधिकारी को खुश कर दिया जाता है। इससे उसका मुँह बन्द हो जाता है। और बाकी लोगों की पोस्टिंग में वह कुछ नहीं बोलता है। इस तरह बाकी के लोगों में से अपने सभी लोगों को अच्छी पोस्टिंग देकर सर्व-सम्मत सूची जारी कर दी जाती है।'

ट्रांसफर-पोस्टिंग का व्यावहारिक पहलू अब नरेश सक्सेना की समझ में अच्छी तरह आ गया था। वह भी व्यावहारिकता की बात करते हुए बोला, 'दूसरों की बात अलग है। लेकिन दलितों में बहुत से तो लोग लल्लू से ही होते हैं, बहुत एक्टिव नहीं होते। उनमें दब्बूपन होता है। इस वजह से वे व्यापारी और वकीलों से ठीक से डिमांड भी नहीं कर पाते। वे थोड़ा-बहुत जो कुछ भी हाथ में थमा देते हैं, वे उससे ही खुश हो जाते हैं।'

जगपाल शर्मा उसकी बात से सहमति व्यक्त करता हुआ बोला, 'हाँ, यह तो है। ऐसे लोगों का फायदा हमारे लोगों को मिल जाता है।'

'वह कैसे ?' नरेश सक्सेना ने जानना चाहा।

जगपाल शर्मा समझाते हुए बोला, 'सेक्टर-तीन में एक दलित बाबू है, वह खातापाल है। काम में तो खूब लगा रहता है लेकिन वैसे ढीला सा है। किस काम की क्या फीस बनती है वह कहता ही नहीं है किसी व्यापारी या वकील से। अफसर के पास फाइल लेकर जाने में भी डरता है। कौन ठीक-ठाक पैसे देगा ऐसे आदमी को। वहाँ अरुण गोयल और सुरेश त्यागी बाबू हैं, वे उसकी फाइल लेकर अफसर से क्लीयर करवा देते हैं और इस काम के लिए व्यापारी से मोटी राशि वसूल कर लेते हैं। थोड़ा-बहुत खातापाल को देते हैं, बाकी सब अपनी जेब में।'

'हाँ, उसके बारे में तो पता है। धनीराम नाम है उसका।' नरेश सक्सेना बोला।

'हाँ, वही।...ऐसे लोगों का तो ठीक है, लेकिन समस्या तो मनोहर जैसों के साथ है, जो खुद तो कुछ लेता ही नहीं है, ऊपर से व्यापारियों को भी अन्य किसी को भी रिश्वत नहीं देने के लिए उकसाता है।' जगपाल शर्मा उसके साथ सहमति जताते हुए बोला।

'हाँ, वह तो है। पर इस समस्या का इलाज क्या है ?' नरेश सक्सेना ने पूछा।

जगपाल शर्मा ने बताया, 'इस बारे में भी बात की थी मैंने साहब से।'

'अच्छा !...तो उसके बारे में क्या कहा उन्होंने ?' नरेश सक्सेना ने अपनी उत्सुकता व्यक्त की।

जगपाल शर्मा ने बताया, 'उन्होंने कहा कि मनोहर का रिश्वत नहीं लेना कोई समस्या नहीं है। बल्कि यह कार्यालय के और हमारे भी हित में है।'

जगपाल शर्मा की बात नरेश सक्सेना को कुछ उलझी हुई और रहस्यपूर्ण सी लगी। इस रहस्य को जानने की जिज्ञासा व्यक्त करते हुए वह बोला, 'कार्यालय के हित में है ?...वह कैसे ?...मैं समझा नहीं कुछ।'

जगपाल शर्मा ने अपनी बात को स्पष्ट करते हुए बताया, 'वह ऐसे कि जिन फर्मों की फाइल मनोहर डील करता है, वे व्यापारी जब अपनी दुनिया में यह बताएँगे कि उनका काम बिना रिश्वत दिए होता है तो उनके बीच हमारे ऑफिस की अच्छी छवि बनेगी। हमारे ऑफिस के किसी भी कर्मचारी पर रिश्वत माँगने का कोई आरोप लगे या उसके खिलाफ कोई शिकायत हो तो मनोहर एक उदाहरण के रूप में हमेशा हमारे पास मौजूद रहेगा और वे व्यापारी भी, जिनकी फाइल वह डील करता है। हम सब लोगों के लिए वह एक सुरक्षा कवच है।'

'हाँ यार। यह तो सही बात है। इस ओर तो ध्यान ही नहीं गया कभी।' नरेश सक्सेना आश्चर्य व्यक्त करते हुए बोला।

'लेकिन साहब का कहना था कि इन बातों का किसी को पता नहीं चलना चाहिए। ये गोपनीय ही रहनी चाहिए। इसलिए साहब की इन बातों के बारे में किसी से कुछ बताना मत।' जगपाल शर्मा ने बताया।

नरेश सक्सेना ने उसे आश्वस्त किया, 'नहीं यार, यह भी कोई किसी को बताने वाली बात है। और एससी-एसटी को तो बिलकुल भी नहीं। नहीं तो वे लोग चौकन्ने हो जाएँगे और हमारा सारा खेल ही बिगड़ जाएगा। वे लोग आजकल वैसे ही बहुत जागरूक होते जा रहे हैं। अपने पैरों पर कुल्हाड़ी थोड़े ही मारनी है हमें उन्हें बताकर।'

'नहीं, एससी-एसटी को ही नहीं, अपनों को भी मत बताना। यह गलती भी मत कर बैठना। हमारे भी सब लोग कौन से इतने समझदार हैं कि वे इस तरह की गोपनीयता बनाए रखें इन सब बातों की। कई तो दलितों के साथ ही अधिक घुले-मिले रहते हैं। वे तो दलितों को भी बता देंगे सारी बात।' जगपाल शर्मा ने उसे आगाह करते हुए कहा।

'हाँ, यह बात भी है।' नरेश सक्सेना ने जगपाल शर्मा की बात का समर्थन किया।

जगपाल शर्मा ने आगे कहा, 'वैसे भी, जब ऊपर हमारे अधिकारी बैठे हैं हमारा ध्यान रखने के लिए तो हमें इन बातों के बारे में जिक्र भी क्यों करना चाहिए किसी के सामने। दूसरों के सामने हमेशा अनभिज्ञ ही बने रहो, जैसे कि हमें कुछ पता ही नहीं है, ताकि उनको इस रणनीति की भनक भी नहीं लगे। और हाँ, एक काम और करना है।'

'वह क्या?' नरेश सक्सेना ने उत्सुकता से पूछा।

'इन एससी-एसटी वालों के साथ बातचीत और मेल-मिलाप में बहुत मीठे बने रहो। उनकी हाँ में हाँ मिलाते रहो। अम्बेडकर जयन्ती जैसे अवसरों पर वे चन्दा माँगें तो खुशी व्यक्त करते हुए देते रहो। कभी-कभी उनके साथ उनके कार्यक्रमों में भी चले जाओ। लेकिन अपने अन्दर की बात बिलकुल मत बताओ।' इस बार जगपाल शर्मा ने लगभग हिदायत देते हुए कहा था।

'तू निश्चिन्त रह यार। किसी को भनक तक नहीं लगेगी।' नरेश सक्सेना ने उसे पुनः आश्वस्त किया और आगे बोला, 'और हाँ, अबकी बार साहब के घर जाए तो मुझे भी बताना, मैं भी चलूँगा। साहब से तो बहुत कुछ सीखने को मिलेगा।'

'तू कभी गया नहीं साहब के घर?' जगपाल शर्मा ने पूछा।

'नहीं यार, मैं कभी नहीं गया।' नरेश सक्सेना ने इन्कार में सिर हिलाया।

जगपाल शर्मा को नरेश सक्सेना से यह जानकर आश्चर्य हुआ। वह बोला, 'तू भी अजीब आदमी है। दो साल से ऊपर हो गए हैं साहब को आए हुए और तू आज तक साहब के घर नहीं गया।'

'हाँ यार, कभी नहीं गया। यह एक कमी रही है मेरी।' नरेश सक्सेना ने अपनी गलती स्वीकार करते हुए कहा।

जगपाल शर्मा ने नसीहत देते हुए कहा, 'अपने अफसरों के पास जाते रहना चाहिए। उनसे असली मार्गदर्शन तो तभी मिलता है। दफ्तर में मिलना कोई मिलना नहीं होता है। दफ्तर में तो काम की औपचारिकताएँ होती हैं।'

नरेश सक्सेना ने जगपाल शर्मा से सहमति जताते हुए कहा, 'हाँ यार, यह तो है। अफसर के कमरे में किसी काम से जाओ, चाहे वह फाइल पर चर्चा के लिए ही हो, और थोड़ी देर ज्यादा रुक जाओ तो बाहर लोग समझते हैं कुछ विशेष बात हो रही है। और बातें बनाने लगते हैं एक-दूसरे से कि पता नहीं क्या खिचड़ी पक रही है दोनों के बीच। अफसर यदि नमस्ते का जवाब मुस्कुराकर दे दे और कुशल-क्षेम पूछ ले तो भी लोग कहने लगते हैं साहब बहुत खुश है इससे, जरूर कोई बात है।'

जगपाल शर्मा ने समझाया, 'तभी तो कहता हूँ कभी-कभी टाइम निकालकर अपने अफसरों के घर जाकर उनसे मिलते रहना चाहिए। ताकि उनको भी यह लगे कि वे जो हमारे लिए करते हैं उसे हम महसूस करते हैं और उनका शुक्रिया अदा करते हैं।'

'यार, मन तो करता है साहब के घर जाकर मिलने का, लेकिन संकोच होता है पता नहीं मिलेंगे कि नहीं मिलेंगे। और पूछेंगे कि क्यों आया तो क्या जवाब दूँगा।' नरेश सक्सेना ने अपने मन का संकोच व्यक्त किया।

जगपाल शर्मा ने उसे संकोच से उबारते हुए कहा, 'अरे, अपने अफसरों से मिलने में संकोच कैसा।...अगली बार चलना मेरे साथ, तेरा संकोच खत्म हो जाएगा।'

'ठीक है। जरूर चलूँगा।' नरेश सक्सेना ने कहा और मन ही मन फैसला किया कि अब से वह भी अपने अफसरों से मिलने अवश्य जाया करेगा।

उस दिन के बाद नरेश सक्सेना का जैसे तीसरा नेत्र खुल गया था। इसके बाद उसने मनोहर का उपहास करना बन्द कर दिया था। बल्कि मनोहर के प्रति उसके व्यवहार में लचीलापन आ गया था। हाँ, जब कभी कोई व्यापारी मनोहर का उदाहरण देकर रिश्वत देने में आनाकानी करता था तो उसे मनोहर पर गुस्सा आता था। और वह मन ही मन उसके लिए खरी-खोटी निकालता था, किन्तु मनोहर पर वह कोई प्रतिक्रिया व्यक्त नहीं करता था। इतना ही नहीं, यदि ऑफिस का कोई साथी सार्वजनिक रूप से मनोहर के बारे में कोई नकारात्मक या आलोचनात्मक टिप्पणी करता तो वह समर्थन न कर उसको भी टोकता था।

एक दिन बातों के दौरान दीपक जैन ने मनोहर के बारे में कहा, 'पता नहीं कौन से चिड़ियाघर से निकलकर आया है यह विचित्र जानवर।'

नरेश सक्सेना ने उसे टोकते हुए कहा था, 'क्यों उस भले आदमी के पीछे पड़े हो। क्यों जानवर कह रहे हो उसे? वह भी एक इनसान है।'

'अच्छा, इनसान है वह? कहाँ से लगता है वह तुम्हें इनसान? कौन सी बात है उसमें सामान्य इनसानों जैसी?' दीपक जैन ने व्यंग्यात्मक स्वर में कहा था।

'क्या कमी है उसमें?...वह ऑफिस के लोगों में सबसे अधिक शिक्षित है। देश और दुनिया की जितनी जानकारी उसे है, किसी और को है उतनी जानकारी?'

'देश और दुनिया की जानकारी से क्या होता है। यह तो किताबी ज्ञान है।...व्यावहारिक ज्ञान कितना है उसे?'

'सबकी व्यावहारिकता एक समान नहीं होती। उसकी अपनी व्यावहारिकता है तुम्हारी अपनी। वह अपना काम कर रहा है, तुम अपना काम करो।'

नरेश सक्सेना खुद मनोहर को व्यावहारिक नहीं मानता था और उसकी आलोचना भी करता था। लेकिन आज वह मनोहर के पक्ष में बोल रहा था। यह देख दीपक जैन को हैरानी हुई। वह सोचने लगा मनोहर के प्रति नरेश सक्सेना की सोच में अचानक आए इस बदलाव के पीछे जरूर कोई न कोई कारण है। उसने नरेश सक्सेना से कारण जानने के उद्देश्य से पूछा, 'क्या बात है सक्सेना जी। आज मनोहर के बहुत पक्ष में बोल रहे हो आप?'

'नहीं, कोई बात नहीं है। मुझे मनोहर एक सामान्य व्यक्ति लगता है और मैं वही कह रहा हूँ।' नरेश सक्सेना ने कहा।

'क्या बात कह रहे हो आप भी सक्सेना जी। वह सामान्य व्यक्ति होता तो दफ्तर के दस्तूर के अनुसार काम न करता।' दीपक जैन ने मनोहर के प्रति अपना नकारात्मक दृष्टिकोण बरकरार रखते हुए कहा।

'वह अलग बात है। कोई बात उसे पसन्द नहीं है तो क्या कर सकते हैं हम लोग। यह उसका निजी मामला है। लेकिन केवल इस आधार पर उसे सामान्य व्यक्ति मानने से इन्कार तो नहीं किया जा सकता।' नरेश सक्सेना ने अपनी बात को पानी देते हुए कहा।

दीपक जैन को अभी भी नरेश सक्सेना की बात गले से नीचे नहीं उतरी। उसने महसूस किया कि नरेश सक्सेना बात को घुमाने की कोशिश कर रहा था। मनोहर के प्रति नरेश सक्सेना की, पक्षधरता की हद तक सकारात्मकता का कारण जानने की जिज्ञासा उसके मन में पैदा हो गई। 'ठीक है सक्सेना जी। आप बड़े हैं। जो कहेंगे सही ही कहेंगे। मान लेते हैं आपकी बात।' उस समय उसने नरेश सक्सेना से इस बारे में कुछ नहीं पूछा और केवल इतना कहकर बात समाप्त कर दी।

एक दिन लंच के दौरान खाना खाने के बाद नरेश सक्सेना के साथ ऑफिस से बाहर घूमते समय वह मनोहर का जिक्र छेड़ते हुए बोला, 'सक्सेना जी, मैं देख रहा हूँ मनोहर के बारे में आपकी राय बहुत बदल गई है। पहले आप भी सब की तरह उसकी आलोचना करते थे, लेकिन आजकल आप उसके प्रति सॉफ्ट रहते हैं। उस दिन मैंने पूछा था तो आप बात को घुमा गए थे। सबके सामने मैंने भी ज्यादा ज़ोर नहीं दिया था। अब बताओ, सच क्या है?'

नरेश सक्सेना ने चलते हुए आगे-पीछे देखा। उन दोनों के अलावा आसपास में और कोई नहीं था। वह दीपक जैन के निकट होते हुए धीरे से बोला, 'मेरी चेतना में अब यह बात आई है कि मनोहर जैसे लोग हमारे हित में हैं।'

'वह कैसे?' दीपक जैन ने आश्चर्य व्यक्त करते हुए पूछा।

वह दीपक जैन को समझाते हुए बोला, 'देखो, मनोहर रिश्वत नहीं लेता, नहीं ले। वह फटीचरों की तरह रहता है तो रहे। हमें क्या फर्क पड़ता है इससे। हम उस पर कोई टिप्पणी या इस बारे में उससे कोई बात क्यों करें।'

'लेकिन...।' दीपक जैन ने कुछ कहना चाहा।

नरेश सक्सेना ने उसे बीच में टोकते हुए कहा, 'हम उसके साथ टोका-टोकी करेंगे या सबके अनुसार चलते हुए रिश्वत लेने के लिए कहेंगे तो वह क्षुब्ध हो सकता है।'

'क्यों?...क्यों क्षुब्ध हो जाएगा वह, और हो भी जाएगा तो क्या कर लेगा हमारा?' दीपक जैन थोड़ा तैश में आते हुए बोला।

'बात यह नहीं है मेरे भाई...।' नरेश सक्सेना ने कहा।

'यदि यह नहीं तो और क्या बात है?' दीपक जैन ने ज़ोर देकर पूछा।

इस बार वह प्यार से दीपक जैन के कन्धे पर हाथ रखते हुए बोला, 'इसे इस तरह से देखने की कोशिश करो कि अभी तो वह खुद रिश्वत नहीं लेता है और रिश्वत के खिलाफ भाषण देता है। यदि हमारी टिप्पणियों के कारण हमसे चिढ़ेगा तो वह व्यापारियों और वकीलों को भड़का भी सकता है कि वे किसी को कोई रिश्वत ना दें। और यदि मनोहर की बात उन पर असर कर गई तो वे रिश्वत देना बन्द भी कर सकते हैं।'

दीपक जैन प्रतिवाद करते हुए बोला, 'इतनी आसान तो नहीं है ये बात। उन्हें भी तो अपना काम जल्दी करवाने की पड़ी रहती है। काम जल्दी कराना होगा तो वे देंगे ही। नहीं तो पड़ी रहेगी उनकी फाइल।'

'लेकिन कब तक हम किसी की फाइल या कागजों को दबाकर रख सकते हैं। कोई कुछ दे या न दे, हमारे पास आए या न आए, हमें अपना काम तो करना ही होगा ना।'

इस बार लगा जैसे नरेश सक्सेना की बात दीपक जैन की कुछ समझ में आ गई थी। वह सहमति में सिर हिलाते हुए बोला था, 'हाँ, वह तो है।'

'एक और बात...।' कहते हुए नरेश सक्सेना रुका और दीपक जैन की ओर देखने लगा, जैसे उसे कोई बहुत बड़ा रहस्य बताने जा रहा हो।

'वह क्या?' दीपक जैन ने उत्साहित होते हुए पूछा।

'मनोहर जैसा है वैसा बना रहे। उसके क्षेत्र के व्यापारियों की फाइल अफसर से जल्दी निकलवाकर हम उनसे कमाई कर सकते हैं। यदि हम मनोहर के साथ मित्रवत और सॉफ्ट बने रहेंगे तो उसे भी कोई आपत्ति नहीं होगी कि हम किस से क्या ले रहे हैं।' नरेश सक्सेना ने समझाया।

'बड़े पते की बात कही है तुमने। यह तो पहले कभी दिमाग में आया ही नहीं।' दीपक जैन ने सुखद आश्चर्य व्यक्त करते हुए कहा।

'तो फिर बेकार में अपने ही रास्ते में क्यों काँटे बिछाएँ हम।...क्यों... ?' कहने के साथ उसने एक उत्साहपूर्ण दृष्टि से दीपक जैन पर डाली।

'एकदम सही बात।' दीपक जैन ने सहमति में सिर हिलाया।

'इसके अलावा, और इससे भी महत्त्वपूर्ण बात यह कि जब हम में से कोई भी मनोहर पर उपहास या आलोचनात्मक टिप्पणी करते हैं तो मनोहर के साथ-साथ दूसरे दलित कर्मचारियों को भी यह अच्छा नहीं लगता है। भले ही वे मुँह से कुछ नहीं कहते हैं, लेकिन उनके अन्दर इसकी प्रतिक्रिया होती रहती है। कभी ऐसे अवसरों पर उनके चेहरे पढ़ने की कोशिश करना ध्यान से। तुम्हें उनके चेहरे पर प्रतिक्रिया दिखाई दे जाएगी।' नरेश सक्सेना ने एक नए तथ्य से अवगत कराया।

नरेश सक्सेना से यह सुन दीपक जैन को अपने ऊपर खेद और आश्चर्य हुआ कि वह इतनी महत्त्वपूर्ण बात आज तक क्यों नहीं समझ सका। आश्चर्य में डूबा वह नरेश सक्सेना को देखे जा रहा था।

'वे लोग इसे जाति का विषय बना सकते हैं।...बेकार में क्यों किसी विवाद के लिए गुंजाइश छोड़ी जाए।...इसलिए कहता हूँ मनोहर के साथ विनम्र और मृदु बने रहो। उसकी ज्यादा आलोचना या टीका-टिप्पणी करने की कोई जरूरत नहीं है।' नरेश सक्सेना ने जैसे गुरु-मंत्र देते हुए कहा।

'एकदम सही कह रहे हैं आप। यह बात तो हमें ऑफिस के दूसरे लोगों को भी बता देनी चाहिए।' दीपक जैन ने गुरु-मंत्र को ग्रहण करते हुए कहा।

'हाँ, लेकिन यह काम गोपनीय तरीके से किया जाए ताकि दलितों को इसका पता नहीं चले।' नरेश सक्सेना ने सचेत करते हुए कहा।

'हाँ, वो तो होगा ही।' दीपक जैन ने स्वीकारोक्ति में सिर हिलाते हुए कहा।

लंच का समय खत्म हो गया था और बात करते हुए वे ऑफिस के पास आ गए थे। अपनी बात को यहीं पर विराम दे वे ऑफिस के अन्दर प्रविष्ट हो गए।

छह

ऊपरी आमदनी के चलते पैसों की कोई कमी नहीं थी, इसलिए दफ्तर के लोग आए दिन किसी न किसी बहाने पार्टी करते रहते थे। कभी व्यक्तिगत तो कभी सामूहिक कन्ट्रीब्यूटरी पार्टी। मनोहर केवल वेतनभोगी था इसलिए दफ्तर की पार्टियों में पैसे खर्च करना उसे आर्थिक बोझ महसूस होता था। ऐसा करने से उसका बजट गड़बड़ा जाता था। इसलिए वह आए दिन होने वाली इस तरह की

पार्टियों में कन्ट्रीब्यूट नहीं करता था। प्रारम्भ में एक-दो पार्टी में मनोहर ने कन्ट्रीब्यूशन देना बन्द किया, उसके पश्चात उसकी परिस्थिति को समझ, उसके सहकर्मियों ने ही उस से कन्ट्रीब्यूशन माँगना छोड़ दिया था। किन्तु पार्टियों में वे मनोहर को शामिल अवश्य करते थे। साथियों के विशेष आग्रह पर मनोहर ने कुछेक पार्टियों में भाग लिया, किन्तु बाद में उसने इन पार्टियों में हिस्सा लेना बन्द कर दिया था। जब भी दफ्तर में इस तरह की पार्टियाँ होतीं, वह किसी न किसी बहाने दफ्तर से बाहर निकल जाता और पार्टी खत्म होने के बाद ही लौटता था।

इन पार्टियों के दौरान केवल खाना-पीना ही नहीं, बल्कि कार्मिकों के बीच प्राय: किसी न किसी विषय पर चर्चा भी होती रहती थी। चर्चाओं में सभी लोगों की सहभागिता होती थी और सभी लोग अपनी-अपनी समझ के अनुसार टिप्पणी करते थे। चर्चाएँ प्राय: समसामयिक ज्वलन्त मुद्दों पर केन्द्रित होती थीं जिसमें राजनीति से लेकर धर्म, समाज, शिक्षा, संस्कृति, भ्रष्टाचार आदि सभी विषय शामिल होते थे। जब कभी भी भ्रष्टाचार पर बात होती तो प्राय: सभी लोग एक स्वर में भ्रष्टाचार को देश और समाज के लिए घातक बताते हुए उसकी आलोचना करते थे। हाल ही में हजारों करोड़ रुपए के एक बड़े आर्थिक घोटाले की घटना मीडिया की सुर्खी बनी थी। भ्रष्टाचार का यह सबसे ज्वलन्त मुद्दा था।

एक दिन ऑफिस में इसी तरह की एक पार्टी के दौरान इस घटना के माध्यम से चर्चा भ्रष्टाचार पर आकर केन्द्रित हो गई थी। सब लोग अपनी-अपनी राय व्यक्त कर रहे थे। संयोग से पार्टी देर तक चली थी और मनोहर लाल भी उस समय तक दफ्तर में वापस आ गया था। बड़ा बाबू कह रहा था, 'देश में सब जगह भ्रष्टाचार फैला है। जहाँ देखो वहाँ लूट सी मची है। रोज नए-नए घोटाले सामने आ रहे हैं।'

जगपाल शर्मा की टिप्पणी थी, 'नेता लोग चुनाव पर करोड़ों रुपए खर्च करते हैं। उनके घरों में कोई खान तो नहीं खुदी है रुपयों की, और ना ही फोकट में खर्च करते हैं इतनी रकम। कहीं ना कहीं से तो वसूलेंगे ही वे इस पैसे को।'

सुन्दरलाल एक गम्भीर और शान्त स्वभाव का व्यक्ति था। वह बहुत कम बोलता था, लेकिन जब भी बोलता था, नपा-तुला बोलता था। जगपाल शर्मा की टिप्पणी पर प्रतिक्रिया देते हुए वह बोला, 'बात उतनी ही धनराशि कमाने की नहीं है।...चुनाव पर हुआ खर्च तो वास्तव में निवेश है, जिसका कई गुणा वे कमाना चाहते हैं।'

बड़े बाबू ने अपनी राय व्यक्त की, 'राजनीति उद्योग बन गई है आजकल, और यही सारे भ्रष्टाचार की जड़ है।'

सुन्दरलाल ने बड़े बाबू की बात को आगे बढ़ाते हुए कहा, 'बिलकुल जी, देश को लूट रहे हैं ये राजनेता। भ्रष्टाचार को बढ़ावा तो राजनेता ही दे रहे हैं। यदि राजनीति भ्रष्टाचार से मुक्त हो जाए तो देश से भ्रष्टाचार खत्म हो जाएगा।'

दफ्तर के सभी बाबुओं में प्रदीप जैन सबसे युवा था। उसकी नौकरी को ज्यादा दिन नहीं हुए थे। एक तरह से वह दफ्तर के माहौल और लोगों को समझने की प्रक्रिया में था। इसलिए वह सुनता अधिक था, बोलता कम था। दफ्तर की चर्चाओं का वह एक अच्छा श्रोता होता था, किन्तु बोलता कभी-कभी ही था। विषय की ज्वलन्तता ने उसे भी बोलने के लिए प्रेरित किया। वह बोला, 'दिन-प्रतिदिन महँगाई बढ़ती जा रही है। सरेआम कालाबाजारी हो रही है। कीमतें आसमान छू रही हैं। जनता परेशान है।'

प्रदीप जैन की बात का समर्थन करते हुए सुन्दरलाल ने कहा, 'ठीक कह रहे हो। थाना, कोर्ट, कचहरी, सब जगह भ्रष्टाचार फैला है। गरीब और बिना रसूख वाले आदमी की कहीं कोई सुनवाई नहीं है। इस भ्रष्टाचार के कारण आम आदमी को न्याय नहीं मिल पाता है।'

युवा होने के कारण किसी अप्रिय या नापसन्द होने वाली बात पर प्रदीप जैन का खून जल्दी ही गरम हो जाता था। राजनेताओं से उसे विशेष चिढ़ सी थी। राजनेताओं का जिक्र आते ही वह आक्रोश से भरकर बोला, 'राजनेता ही हैं इस सारी समस्या की जड़। इन नेताओं को तो एक लाइन में खड़ा करके गोली मार देनी चाहिए सब को।'

इस बार बड़े बाबू ने अपनी राय दी, 'भ्रष्टाचार तो सारी दुनिया में है। देखा नहीं जापान के प्रधानमंत्री को रिश्वत के कारण अपने पद से इस्तीफा देना पड़ा था। कई देशों से राजनेताओं के भ्रष्टाचार के मामले दुनिया के सामने आए हैं। आज इन के नेताओं को गोली मार दोगे, नए नेता पैदा हो जाएँगे। भ्रष्टाचार तो तब भी रहेगा। जींस तो वही रहेंगे।...राजनेताओं को गोली मारने की नहीं राजनीति को सुधारने की जरूरत है।'

प्रदीप जैन की बात से सुन्दरलाल भी सहमत नहीं हुआ। वह अपनी राय देते हुए बोला, 'भ्रष्टाचार से मुक्त होने के लिए एक ही रास्ता है, आजादी की लड़ाई की तरह देश में भ्रष्टाचार के विरुद्ध एक बड़ा राष्ट्रव्यापी आन्दोलन शुरू हो। नहीं तो भ्रष्टाचार बढ़ता ही जाएगा, कभी खत्म नहीं होगा। खत्म तो क्या कम भी नहीं होगा।'

सुन्दरलाल का विचार सभी को अच्छा लगा। लगभग सभी उसके साथ सहमति व्यक्त करते हुए एक स्वर में बोले, 'एकदम सही बात कही है। ऐसा होगा तभी कुछ बात बनेगी।'

अब तक मनोहर भी बाहर से ऑफिस में वापस आ चुका था और चुपचाप बैठा सब की बातें सुन रहा था। जब सब लोग अपनी-अपनी राय व्यक्त कर चुके तो मनोहर अपनी चुप्पी तोड़ते हुए बोला, 'बात तो आप लोगों की बिलकुल सही है। लेकिन जब आप इतना सोचते हैं तो कुछ करते क्यों नहीं।'

सुन्दरलाल बोला, 'हम क्या कर सकते हैं। कहाँ तक जाएगी हमारी आवाज और कौन सुनेगा हमें?'

मनोहर ने सुन्दरलाल से असहमत होते हुए कहा, 'आप लोग बहुत कुछ कर सकते हो। भ्रष्टाचार के विरुद्ध आन्दोलन एक दिन में तो खड़ा होगा नहीं। सभी लोग अपने-अपने स्तर से भ्रष्टाचार का विरोध करेंगे तो अवश्य एक दिन बड़ा आन्दोलन खड़ा हो सकता है। आप लोग भी अपने स्तर से भ्रष्टाचार का विरोध कीजिए।'

सुन्दरलाल को मनोहर की बात कुछ ठीक नहीं लगी। वह आश्चर्य व्यक्त करते हुए बोला, 'हम?...हम किस तरह विरोध कर सकते हैं। हम सरकारी कर्मचारी हैं। आचार संहिता से बँधे हैं और दूसरे, हम ऑफिस छोड़कर कहाँ किसी आन्दोलन में हिस्सा ले सकते हैं।'

मनोहर ने कहा, 'मैंने यह कब कहा कि आप कहीं बाहर किसी आन्दोलन में हिस्सा लेने के लिए जाएँ।'

'तो फिर और हम किस प्रकार से भ्रष्टाचार का विरोध कर सकते हैं? हमारा सीधा वास्ता कहाँ है इस सब से।' सुन्दरलाल ने जानना चाहा।

मनोहर ने बताया, 'क्यों नहीं है? आप लोगों का वास्ता है भ्रष्टाचार से।'

सुन्दरलाल ने प्रश्न किया, 'वो कैसे?'

मनोहर ने स्पष्ट किया, 'आप लोग जो रिश्वत लेते हैं, यह भी तो भ्रष्टाचार ही है। आप लोग रिश्वत लेना बन्द कर दीजिए। ऐसा करके हम लोग कम से कम अपने दफ्तर से तो भ्रष्टाचार को खत्म कर ही सकते हैं।'

मनोहर की यह बात किसी को भी रास नहीं आई। नरेश सक्सेना ने तत्काल यह कहते हुए अपनी प्रतिक्रिया व्यक्त की, 'तो तुम्हें लगता है हम जो थोड़ा-बहुत ऊपर से कमा लेते हैं वह भ्रष्टाचार है?'

मनोहर ने दृढ़ता से अपनी बात का समर्थन किया, 'जी हाँ, रिश्वत भ्रष्टाचार ही तो है। रिश्वत लेना-देना बन्द हो जाए तो भ्रष्टाचार खत्म हो जाएगा। और आम जनता को बहुत राहत मिलेगी।'

मनोहर की यह बात सबको अपने ऊपर आक्षेप सी लग रही थी। सबने आश्चर्यमिश्रित भाव से एक-दूसरे की ओर देखा। उन्हें यह कदापि उम्मीद नहीं थी कि मनोहर ऐसा भी कह सकता है। मनोहर के शब्दों की चोट से सब के सब अन्दर ही अन्दर तिलमिला रहे थे और उसका प्रतिकार कर रहे थे, किन्तु मुँह से कोई कुछ नहीं बोल पा रहा था। यह देख जगपाल शर्मा बचाव के मोर्चे पर आगे आया और मनोहर से बोला, 'हम जो करते हैं वह रिश्वत कहाँ है मनोहर बाबू। रिश्वत होती है वह जो लाखों में ली जाती है। हम तो मात्र कुछ रुपए ऐंठते हैं।...ये जो पूँजीपति और धनाढ्य लोग हैं न, वे सब गरीब, सर्वहारा और मजलूमों का खून

चूसते हैं। उनके परिश्रम की कमाई के बल पर ही तो ये लोग सुख और ऐश्वर्य का जीवन जीते हैं। यदि हम उनसे कुछ रुपये ऐंठ लेते हैं तो कोई गुनाह नहीं करते हैं। इस सब से भ्रष्टाचार नहीं बढ़ता है और न हमारे बन्द कर देने से भ्रष्टाचार खत्म हो जाएगा। भ्रष्टाचार तो ऊपर होता है।'

जगपाल शर्मा सब की ओर से बोल रहा था। सब के सब अपनी गर्दन हिलाकर उसकी बात का समर्थन कर रहे थे। नरेश सक्सेना ने जगपाल शर्मा के स्वर में स्वर मिलाते हुए कहा, 'हम केवल सौ-दो सौ रुपये ले पाते हैं, पर ऊपर तो लाखों, करोड़ों से कम की बात ही नहीं होती है। हमारे सौ-दो सौ रुपए रिश्वत नहीं हैं, रिश्वत वो है लाखों, करोड़ों का खेल...।'

नरेश सक्सेना को मनोहर की बात बिलकुल बेकार और अप्रासंगिक सी लग रही थी। वह बोला, 'यह ऊपरी आमदनी ही तो सब कुछ है इस विभाग में। इसी के सहारे लोग यहाँ काम करते हैं और यह विभाग चल रहा है। ये सब बन्द हो जाए तो कौन नौकरी करेगा यहाँ?...एक तुम आदर्शवादी हो और नहीं लेते हो, तो क्या सब वैसे ही हो जाएँ। तुम अपनी गृहस्थी कैसे चलाते हो यह तो तुम जानो। हम तो गुजारा नहीं कर सकते केवल वेतन में, इतनी महँगाई के समय में। हम सबकी फेमिली हैं, बच्चे हैं। उन सब की पढ़ाई है। कहाँ से पूरे होंगे ये सब खर्च!'

नरेश सक्सेना का यह कथन सुन्दरलाल को भी ठीक लगा। वह भी उसके स्वर में स्वर मिलाता हुआ मनोहर को सम्बोधित करता हुआ बोला, 'तुम हमेशा यह कहते हो कि निम्न वर्ग का उत्थान होना चाहिए। लेकिन उनका उत्थान होगा कैसे, इस पर विचार किया है कभी?...यह ऊपर की दो पैसे की आमदनी बन्द हो जाए तो हमारे बच्चे पढ़ पाएँगे ठीक से? उन्हें डाक्टर, इंजीनियर बना सकेंगे हम? और वह भी ऐसे समय में जब शिक्षा का सबसे अधिक निजीकरण हो रहा है, जहाँ निजी शिक्षा संस्थानों द्वारा बहुत ऊँची फीस वसूली जाती है। तुम्हारे सिद्धान्त पर चलने से तो निम्न वर्ग का अहित और उच्च वर्ग का ही हित होगा।'

सुन्दरलाल की बात मनोहर को नादानीपूर्ण सी लगी। उसकी इस नादानी पर हल्के से मुस्कुराते हुए वह बोला, 'मैं सच्चाई की दुनिया में ही हूँ सुन्दरलाल बाबू। लेकिन अफसोस है कि तुम उस यथार्थ को देखते और जानते हुए भी उसकी ओर से आँखें मींचे हुए हो, उसे झुठला रहे हो, उससे दूर भाग रहे हो। जबकि मैं उस यथार्थ से आँखें मिलाकर उसका सामना कर रहा हूँ।'

सुन्दरलाल को मनोहरलाल की यह बात एक पहेली सी लगी। वह बोला, 'पहेलियाँ क्यों बुझा रहे हो मनोहर बाबू। यह बताओ कि वह कौन सा यथार्थ है, हम जिसे झुठला रहे हैं?'

'मुझे लग रहा है कि आप ठीक से समझ नहीं रहे हैं वस्तु-स्थिति को, इसीलिए इस तरह की बात कर रहे हो। बात केवल शिक्षा की नहीं है, शिक्षा प्राप्त

करने के पश्चात नौकरी की भी है और दूसरे जीवन के क्षेत्रों की भी है।' मनोहरलाल समझाते हुए बोला।

'वह कैसे?' सुन्दरलाल ने प्रश्न किया।

मनोहर ने अपनी बात की व्याख्या करते हुए कहा, 'वह ऐसे कि आप लोगों को तो नौकरी मिल गई है, किन्तु यदि भ्रष्टाचार पर अंकुश नहीं लगेगा तो यह इतना विकराल रूप ले लेगा कि आपके बच्चों को नौकरी नहीं मिल पाएगी। भ्रष्टाचार के बाजार में नौकरियों की बोली लगेगी और गरीब आदमी को तो छोड़ दीजिए आप जैसे लोग भी अपने बच्चों के लिए नौकरी नहीं खरीद सकेंगे।'

'अब आए ना तुम भी सही लाइन पर।' मनोहरलाल की ओर देखते हुए सुन्दरलाल ने कहा।

मनोहर ने आश्चर्यचकित होकर पूछा, 'सही लाइन पर?...वह कैसे?'

सुन्दरलाल ने अपनी बात स्पष्ट की, 'हमारे हाथ खाली होंगे तो जरूर हमारे सामने यह स्थिति आएगी। लेकिन अगर हमारी मुट्ठी भरी होगी तो हम इस स्थिति का सामना आसानी से कर सकेंगे।'

'तो आप समझते हैं कि इस रास्ते से आप सही मंजिल पा लेंगे?' मनोहरलाल ने पूर्ववत आश्चर्य व्यक्त करते हुए कहा।

सुन्दरलाल ने अपनी बात पर मुहर लगाते हुए कहा, 'हाँ, और इसीलिए तुमसे भी कहता हूँ आदर्श की दुनिया से बाहर आ जाओ तुम भी और जिन्दगी की सच्चाई को अपना लो।'

'पहले तो, आप जिस निजता के दायरे में सोच रहे हैं, वह एक संकीर्ण विचार है। दूसरे, सिपाही, पटवारी, अध्यापक जैसे छोटे पदों पर नियुक्ति में आज भी लाखों रुपए की रिश्वत चलती है। यह तो आप लोग जानते ही हैं अच्छी तरह से। जैसे-जैसे भ्रष्टाचार बढ़ता जाएगा इस रिश्वत की राशि भी बढ़ती जाएगी। क्या आप समझते हैं कि आप बीस-तीस लाख रुपए की रिश्वत देने की स्थिति में होंगे अपने एक बच्चे की नौकरी के लिए?' कहने के साथ मनोहर गर्दन घुमाकर एक-एक की ओर देखने लगा।

मनोहर की यह बात सुन सब लोग विचारमग्न हो गए और सोचने लगे कि क्या कहें। उनको कुछ कहते न देख वह आगे बोला, 'सबसे पहले तो आप लोगों की इस ऊपरी कमाई की जमा पूँजी निजी शिक्षा संस्थानों में बच्चों की महँगी पढ़ाई में ही खर्च हो जाएगी। बाकी सब कुछ तो उसके बाद की बात है। सम्भव है उसके बाद भी आप अपने किसी एक बच्चे की नौकरी के लिए इतनी राशि जुटा लें। किन्तु, बाकी बच्चों का क्या होगा? उनकी नौकरी के लिए कहाँ से लाएँगे इतनी भारी राशि?'

मनोहर के इस प्रश्न के जवाब में भी मौन व्याप्त था। सब एक-दूसरे की ओर इस अपेक्षा से देख रहे थे कि शायद कोई कुछ बोले। किन्तु किसी के पास कोई

ठोस जवाब नहीं था। मनोहर ने कहना जारी रखा और समझाने की मुद्रा में बोला, 'आप जितनी भी ऊपरी कमाई करेंगे उसे छिपाने या कहीं सुरक्षित निवेश करने की चिन्ता में रहेंगे। अपने इस लालच की पूर्ति हेतु आप अधिक से अधिक समय दफ्तर की फाइलों में लगाएँगे। छुट्टी के दिन भी दफ्तर आएँगे। यह ऊपरी कमाई आपको चोरी करना, झूठ बोलना और माँगना सिखाएगी, आपके सम्पूर्ण व्यक्तित्व और चरित्र को बदल देगी। और उसका असर आपके परिवार और बच्चों पर भी पड़ेगा। इसके अलावा, भविष्य की सच्चाई यह है कि महँगाई और भ्रष्टाचार बढ़ेगा तो चोरी, हिंसा, अनाचार और लूट-पाट सब बढ़ेगी। समाज में चारों ओर अराजकता फैलेगी। आपके हाथ में पैसा भी होगा लेकिन शान्ति और सुरक्षा नहीं होगी।...भ्रष्टाचार का विरोध करके, उसे रोककर ही आप अपने बच्चों के भविष्य की सुरक्षा कर सकेंगे...।'

कुछ लोग मनोहर की बात को गौर से सुन रहे थे और मन ही मन उससे सहमत भी हो रहे थे, जबकि अन्य लोग उसके लम्बे भाषण से ऊबने लगे थे और एक-दूसरे से फुसफुसाकर यह कहते हुए वहाँ से खिसकने लगे थे, 'पार्टी का सारा मजा किरकिरा कर दिया इस आदमी ने।'

थोड़ी देर में सब लोग उठकर अपनी-अपनी सीटों पर जाकर बैठ गए। और पार्टी का माहौल दफ्तर के माहौल में बदल गया।

मनोहर भी वहाँ से उठकर अपनी सीट पर आ गया और अपने काम में लग गया।

कुछ ही देर में एसटीओ का चपरासी उसके पास आया और बोला, 'साहब बुला रहे हैं आपको।'

'किसलिए बुलाया है?' मनोहर ने जानने के उद्देश्य से पूछा।

'इस बारे में मुझे कुछ पता नहीं जी। मुझे तो बस इतना पता है कि साहब ने आपको बुलाने के लिए कहा और मैं आपको बुलाने चला आया।' चपरासी ने एक ही प्रवाह में इतना कहा और वहाँ से चला गया।

जरूरी काम होता है तभी बुलाता है एसटीओ। कोई जरूरी काम होगा इसीलिए बुलवाया है। यह सोचकर चपरासी के पीछे-पीछे ही मनोहर भी अपनी कुर्सी से उठा और अफसर के कमरे में प्रविष्ट होते हुए बोला, 'सर आपने बुलाया था मुझे?'

'हाँ, मैंने बुलवाया था तुमको।' एसटीओ ने उसकी ओर देखते हुए कहा।

'क्या काम है सर?' मनोहर ने पूछा।

'एक कोर्ट केस का काम है तुम्हें लखनऊ जाना होगा।' एसटीओ के शब्दों में आदेश का समावेश था।

कोर्ट केस आदि के काम से कहीं जाना दफ्तर में फालतू का काम माना जाता था। प्राय: सब लोग कोई न कोई बहाना बनाकर ऐसे कामों से बचते थे। इसके पीछे एक गणित भी काम करता था कि दो दिन भी दफ्तर से बाहर रहे तो उतने

दिन ऊपर की कमाई से हाथ धोना पड़ेगा। अफसर भी इस बात को जानते थे। मनोहर के साथ ऐसी कोई समस्या नहीं थी। इसलिए उसे झूठ बोलने या बहाना बनाने की कोई जरूरत नहीं थी। उसने पूछा, 'कब सर?'

'कल सुबह को तुम्हें केस की फाइल वकील को देनी है। इसलिए आज ही निकलना होगा ताकि कल सुबह तक तुम लखनऊ पहुँच जाओ।' एसटीओ ने बताया।

'इतनी जल्दी तो किसी रेल में टिकट भी नहीं मिल सकेगी सर।' मनोहर ने आशंका व्यक्त की।

'तुम भी पढ़े-लिखे होकर कैसी बात करते हो, बिलकुल अनाड़ियों जैसी। अरे किसी भी ट्रेन से चले जाओ। टी सी को सौ-पचास रुपए देना सीट का इन्तजाम हो जाएगा।' एसटीओ ने समझाया।

मनोहर को एसटीओ की बात पर आश्चर्य हुआ। वह अपना आश्चर्य व्यक्त कराते हुए बोला, 'टी सी को सौ-पचास रुपए...मतलब... ?'

'तुम्हारे पास नहीं हों तो मुझसे ले लो। कोई बात नहीं है... ।' इतना कहकर एसटीओ जेब से अपना बटुवा निकालने लगा।

मनोहर ने उसे टोका, 'मेरा यह मतलब नहीं है सर।'

'तो क्या मतलब है तुम्हारा?...क्या कहना चाहते हो तुम?...ये पैसे किस खाते में जाएँगे? अरे डाल देना टीए/डीए में कहीं पर भी।' एसटीओ अपने आप ही प्रश्न और उसका उत्तर सुझाते हुए बोला।

मनोहर अपने मन का संशय स्पष्ट करने की कोशिश करते हुए बोला, 'ये बात नहीं है सर...दरअसल मेरा मतलब था कि यह तो टीसी को रिश्वत... ।'

'रिश्वत नहीं, काम निकालना कहो इसे। यह जिन्दगी की व्यावहारिकता है।' एसटीओ ने उसकी बात बीच में काटते हुए कहा।

'कुछ भी कहें सर, है तो यह भी रिश्वत ही और आप जानते ही हैं कि मैं... ।' मनोहर ने अपने मन का संशय स्पष्ट कर दिया।

मनोहर के मुँह से यह सुन एसटीओ कुछ असहज सा हो गया और उसे नसीहत देते हुए बोला, 'इतने आदर्शवादी बनोगे तो जिन्दगी के रास्ते पर चल नहीं पाओगे ठीक से। जिन्दगी में हर कदम पर कुछ न कुछ समझौते करने पड़ते हैं। व्यावहारिकता यही है। सिद्धान्त और आदर्श किताबी बातें हैं, किताबों में ही अच्छे लगते हैं वे।'

मनोहर पर एसटीओ की नसीहत का कोई प्रभाव नहीं पड़ा, वह बोला, 'जी सर, सिद्धान्त और आदर्श किताबी इसलिए हैं और व्यावहारिक जीवन में वे महत्त्वहीन और मूल्यहीन से इसीलिए लगते हैं क्योंकि हम उन्हें नहीं अपनाते। सिद्धान्तों की बातें तो करते हैं किन्तु उन पर अमल नहीं करते।'

एसटीओ को यह बात सुनना ठीक नहीं लग रहा था। इस विषय पर आगे कोई बात करने की सम्भावनाओं को विराम देते हुए वह आदेश के स्वर में बोला, 'ठीक है, ठीक है। लेक्चर मत झाड़ो। जो कहा है वो करो। फ़ाइल बड़े बाबू से ले लो। कल सुबह दस बजे वकील को जाकर देनी है फाइल। और उस से पूछ लेना कि और कुछ तो नहीं चाहिए उसे। कैसे जाना है यह तुम देखो, लेकिन फाइल को सुरक्षित लेकर जाना है।...जाओ।'

अफ़सर का आदेश मानने के अलावा कोई विकल्प नहीं था। उसने 'जी सर' कहा और एसटीओ के कमरे से बाहर आ गया।

अफ़सर के कमरे से निकलकर वह सीधा बड़े बाबू के पास गया और बड़े बाबू से कोर्ट केस की फाइल माँगी।

फाइल मनोहर के हाथों में थमाते हुए बड़े बाबू ने उससे पूछा, 'कैसे जाओगे?'

'जाना है तो जाना है। चला जाऊँगा किसी तरह भी।' मनोहर ने अनिश्चय प्रकट किया।

'रेल में तो शायद टिकट मिल नहीं पाएगी इतने कम समय में।' बड़े बाबू ने आशंका व्यक्त की।

'जी हाँ, रेल का तो कोई चांस नहीं है।' मनोहर ने यह कहकर बड़े बाबू की आशंका को पुष्ट किया।

'तो कैसे जाओगे?...वैसे तो सर्दी का मौसम है, आजकल रेलों में काफी सीट खाली जाती हैं। लखनऊ के लिए कई ट्रेन हैं, बर्थ तो मिल जाएगी लगभग सभी ट्रेनों में। लेकिन समय कम है, कनफर्म नहीं मिल पाएगी। टीसी से बात करके ही लेनी पड़ेगी।' बड़े बाबू ने सम्भावना बताते हुए सुझाव दिया।

'आप तो जानते हैं बड़े बाबू कि मैं...।' मनोहर ने अपने मन की बात कहने की कोशिश की।

बड़े बाबू समझाते हुए बोला, 'हाँ, जानता हूँ कि तुम रिश्वत के विरोधी हो।...तुम अपने सिद्धान्त पर रहो, कोई बात नहीं। लेकिन यह आपात स्थिति है। आपात स्थिति में सामान्य धर्म काम नहीं करता, आपात धर्म काम करता है। और आपात धर्म यह है कि येन-केन-प्रकारेण, जिस किसी तरह से भी सम्भव हो सके काम कर लो। इसलिए आपात धर्म मानकर टीसी से बात करके बर्थ ले लेने में कोई बुराई नहीं है।'

मनोहर को बड़े बाबू का सुझाव उचित नहीं लगा। वह उनके सुझाव को अस्वीकार करते हुए बोला, 'कुछ भी कहो बड़े बाबू, सामान्य धर्म कहो या आपात धर्म। बात तो एक ही है। धर्म तो धर्म है। यह आपात और सामान्य धर्म का भेद तो धर्म की आड़ में अधार्मिक कर्म करने का एक रास्ता है। टीसी को पैसे देना रिश्वत ही है। इस तरह से बर्थ लेना तो भ्रष्टचार को बढ़ावा देना है।'

उस समय जगपाल शर्मा और नरेश सक्सेना भी बड़े बाबू के पास बैठे थे। मनोहर और बड़े बाबू का यह वार्तालाप सुन वे यह सोचकर मन ही मन खुश हो रहे थे कि 'अब आया ऊँट पहाड़ के नीचे। बड़ा नैतिक और सिद्धान्तवादी बनता था और सबको रिश्वत के विरोध में लेक्चर सुनाता था। अब देखते हैं कैसे लखनऊ जाता है बच्चू'।

बड़े बाबू को मनोहर के प्रति सहानुभूति थी। वह यह सोचकर परेशान हो रहे थे कि मनोहर इस स्थिति में लखनऊ कैसे जाएगा। मनोहर की अस्वीकृति के बावजूद वह पुनः समझाने की कोशिश करते हुए बोले, 'कुछ ना कुछ तो करना होगा ही। टीसी से बर्थ नहीं लोगे तो क्या जनरल डब्बे में बैठकर जाओगे ?...जनरल डब्बे में तो इतनी ठूँसाठूँस रहती है सवारियों की कि ठीक से खड़े होने तक के लिए भी जगह नहीं मिलती है।'

'देखता हूँ बड़े बाबू। रेल से सम्भव नहीं होगा तो बस से जाऊँगा।' मनोहर ने कहा।

'ठंड का मौसम है। बस में तो ठंड लगेगी।' बड़े बाबू ने मनोहर के प्रति अपनी चिन्ता व्यक्त की।

बड़े बाबू की भावनाओं को समझते हुए वह बोला, 'हाँ, थोड़ा कष्ट तो होगा बड़े बाबू। लेकिन कोई बात नहीं। जाना है तो जाना है। किसी भी तरह से हो।'

मनोहर की यह दृढ़ता देख जगपाल शर्मा और नरेश सक्सेना को बहुत आश्चर्य हुआ। कोई व्यक्ति अपने सिद्धान्तों का इतना पक्का और ईमानदार हो सकता है कि वह बड़े से बड़ा कष्ट उठाने को तैयार हो किन्तु अपने सिद्धान्त से कोई समझौता नहीं करे। यह वे पहली बार देख रहे थे। अब वे क्या प्रतिक्रिया व्यक्त करें वे समझ नहीं पा रहे थे। बड़ा बाबू भी मनोहर की इस दृढ़ता का कायल हो गया था। उसके मुँह में भी बोलने के लिए जैसे कोई शब्द नहीं थे। सम्मानपूर्ण दृष्टि से मनोहर की ओर देखता हुआ वह सिर्फ इतना ही कह पाया, 'हुम्म...ठीक है।'

बड़े बाबू के पास से उठकर वह अपनी सीट पर आया और लखनऊ जाने के लिए अपनी मेज से फाइलें समेटकर अलमारी में रखने लगा।

सात

शादी से पहले मनोहर को देखने के बाद श्यामा के पिता ने घर में उसके बारे में बताया था, 'लड़का शिक्षित, समझदार और अंबेडकराइट है। बिक्री कर विभाग में नौकरी करता है। अभी क्लर्क के पद पर काम कर रहा है, लेकिन होनहार है,

जल्दी ही अफसर बन सकता है। देखने में भी सुन्दर और आकर्षक है।' यह जानकारी देने के साथ-साथ उन्होंने बिक्री कर विभाग के बारे में बताया था, 'बिक्री कर विभाग राज्य का सबसे महत्त्वपूर्ण मलाईदार विभाग है। राज्य का सर्वाधिक राजस्व बिक्री कर से ही आता है। व्यापारियों से सीधा सम्बन्ध है इस विभाग का।' साथ ही श्यामा को मनोहर का फोटो दिखाते हुए उन्होंने कहा था, 'देख लो, यह लड़का है। यदि तुम्हें पसन्द हो तो बात पक्की कर देते हैं।'

मनोहर के बारे में जो कुछ भी बताया गया था, श्यामा को वह सब सही लगा था। इसके अलावा उसने और कुछ जानना जरूरी नहीं समझा था और मनोहर के साथ विवाह करने को अपनी सहमति दे दी थी। किन्तु शादी के पश्चात जब वह मनोहर के घर आई तो यह देखकर उसे दुःखद आश्चर्य हुआ कि घर में न अच्छा फर्नीचर था और न कोई अन्य सामान। श्यामा के पिता ऑफिसर थे। शादी से पहले वह कार में घूमने की आदी थी, लेकिन मनोहर के पास कार तो क्या मोटरसाइकिल तक नहीं थी। वाहन के नाम पर एक पुरानी साइकिल थी। ऑफिस और बाजार, सब जगह वह इसी से आता-जाता था। फर्नीचर के नाम पर बैठक वाले कमरे में तीन-चार प्लास्टिक की कुर्सियाँ थीं और एक छोटी सी मेज। सोने के लिए भी चारपाइयाँ थीं। उनके कमरे में रखा डबल बेड भी उनकी शादी के बाद खरीदा गया था। ना खिड़की-दरवाजों पर पर्दे थे और ना ही ट्यूब लाइटें। श्यामा ने सपने में भी शादी के बाद ऐसे घर में जाने की कोई कल्पना नहीं की थी।

किन्तु इसके उपरान्त शादी के पश्चात मनोहर और श्यामा की जिन्दगी के प्रारम्भिक दिन बहुत प्रेमपूर्वक व्यतीत हुए थे। शादी के तुरन्त बाद वे हनीमून के लिए मनाली गए थे। उसके पश्चात ताजमहल देखने आगरा भी गए। मनोहर ऑफिस जाता तो श्यामा सुबह उठकर बहुत प्यार से चाय-नास्ता तैयार करती। लंच के लिए खाना बनाकर और टिफिन में पैक करके देती। शाम को मनोहर के ऑफिस से लौटने का इन्तजार करती। उसके घर आते ही सबसे पहले उसे चाय बनाकर देती, फिर उसकी पसन्द का खाना बनाती। दोनों साथ बैठकर खाना खाते थे। कभी मनोहर अपने हाथ से उसे खिलाता था और कभी श्यामा अपने हाथ से मनोहर को खिलाती थी। खाना खाने के बाद रात में वे घूमने जाते तो एक-दूसरे के हाथ में हाथ लेकर चलते थे। हालाँकि मनोहर को सिनेमा देखने का शौक नहीं था और वह फिल्में बहुत कम देखता था, लेकिन श्यामा को फिल्म देखने का शौक था, इसलिए वह श्यामा की खुशी के लिए वह उसके साथ फिल्म देखने जाता। कभी-कभी वे किसी रेस्टोरेन्ट में जाकर खाना खाते। अधिक से अधिक समय वे एक-दूसरे के साथ व्यतीत करते थे।

मनोहर ऑफिस जाता तो उसका मन श्यामा में अटका रहता था। दिन काम में व्यतीत हो जाता था, लेकिन सन्ध्या होते ही वह दफ्तर की छुट्टी होने का इन्तजार

करने लगता था। ऑफिस का समय समाप्त होते ही उसकी कोशिश होती थी कि वह ऑफिस से निकलकर जल्दी से जल्दी घर पहुँचे। घर पहुँचने में थोड़ी सी भी देर हो जाती तो श्यामा शिकायतों की झड़ी लगा देती थी और मनोहर उसे अपनी मजबूरियों का हवाला देते हुए भविष्य में समय से घर पहुँचने का आश्वासन देकर उसकी शिकायतों को शान्त करता था। यह उनके प्यार भरे जीवन की एक नियमित प्रक्रिया सी थी।

उस दिन वह दफ्तर से थोड़ी देर से घर पहुँचा तो श्यामा ने शिकायती स्वर में एक साथ कई सवाल कर डाले, 'इतनी देर कैसी कर दी? कहाँ थे अब तक? कब से तुम्हारा इन्तजार कर रही हूँ...।'

मनोहर प्यार से उसे अपानी बाँहों के घेरे में लेते हुए बोला, 'कहाँ देर हुई है मेरी जान। घड़ी तो देखो जरा।'

'घड़ी ही तो देख रही हूँ घंटा भर से।' श्यामा ने प्यार जताते हुए कहा।

'तो बताओ कहाँ देर हुई है मुझे आने में?' मनोहर ने अपनी बाँहों के घेरे को कसकर श्यामा को अपने और करीब लाते हुए पूछा।

'कल तुम ठीक छह बजे आ गए थे। आज छह बजकर दस मिनट पर आए हो। पूरे दस मिनट लेट हो तुम।' श्यामा ने प्यार से शिकायत करते हुए कहा।

'अरे, दस-पाँच मिनट की देर भी कोई देर होती है। थोड़ा-बहुत टाइम तो इधर-उधर हो ही जाता है।' मनोहर ने उसे प्यार से समझाया।

'तुम्हारे लिए नहीं होगी दस मिनट की कोई देर। शाम पाँच बजे से ही तुम्हारी प्रतीक्षा करने में लग जाती हूँ। और हर आहट के साथ दरवाजे की ओर देखती हूँ कि शायद तुम आ गए हो।...मुझसे पूछो दस मिनट की देर कितनी होती है।' मनोहर से मीठी शिकायत कर श्यामा ने अपना प्यार व्यक्त किया और हिदायत सी देते हुए बोली, 'देखो, ओफिस से घर आने में देर मत किया करो।...कल से जल्दी घर आओगे तुम।' ऐसा करते समय मुँह से ज्यादा उसकी आँखें बोल रही थीं।

'ठीक है, कल से मैं इस बात का विशेष ध्यान रखूँगा कि ऑफिस से घर आने में कोई देर नहीं हो।' मनोहर ने यह कहते हुए श्यामा को आश्वस्त किया।

उनकी जिन्दगी बहुत प्यार और खुशी के साथ बीत रही थी। इसी बीच श्यामा प्रेग्नेंट हो गई थी। समाज में यह देखा जाता है कि किसी भी विवाहित स्त्री के लिए, पहली बार प्रेग्नेंट होना एक विशेष खुशी और गर्व की अनुभूति होती है। यह माना जाता है कि सन्तान को जन्म देकर, माँ बनकर ही स्त्री पूर्ण होती है। जो स्त्रियाँ माँ बनती हैं, या कहिए प्रजनन करती हैं, उनको समाज में जो स्थान मिलता है और जिस सम्मानजनक दृष्टि से उन्हें देखा जाता है, उन स्त्रियाँ को उस दृष्टि से नहीं देखा जाता है, जो स्त्रियाँ प्रेग्नेंट नहीं होतीं और निःसन्तान रहती हैं। निःसन्तान स्त्रियों को पूर्ण स्त्री नहीं माना जाता है। चाहे पुरुष की कमी के कारण

वह गर्भ-धारण करने और सन्तान उत्पन्न करने में असमर्थ रहती हो, किन्तु पितृसत्तात्मक समाज में, ऐसे मामलों में पुरुष के अन्दर कोई कमी नहीं मानी जाती है और सारी कमी स्त्री पर ही आरोपित की जाती है। समाज द्वारा पढ़ाए गए इस पाठ का अनुकरण करते हुए सन्तान पैदा नहीं करने वाली स्त्रियाँ स्वयं भी अपनी जिन्दगी में अधूरापन और रिक्तता का अनुभव करती हैं, और इसे अपनी जिन्दगी की एक बहुत बड़ी कमी मानकर बुझी-बुझी और कान्तिहीन सी रहती हैं। वस्तुत: नि:सन्तान या बांझ होना स्त्री के लिए एक गाली के समान है। समाज द्वारा नि:सन्तान स्त्रियों के लिए इन शब्दों का प्रयोग किए जाने पर वे कितनी पीड़ा और अपमान का अनुभव करती हैं, यह वे ही जानती हैं। किन्तु, इसके उपरान्त वे इसका विरोध नहीं कर पाती हैं। स्त्री को माँ बनने की शिक्षा देने वाली भी स्त्री ही होती हैं। और उसके माँ नहीं बन पाने पर उस पर उलाहना और कटाक्ष करने वाली भी प्राय: स्त्री ही होती है।

समाज स्त्री को यह सिखाता और विभिन्न उपायों एवं उदाहरणों द्वारा उसे यह असहास कराता है कि माँ बनना स्त्री जीवन की सबसे बड़ी उपलब्धि है और प्रेग्नेंट होना उसका एक सोपान है। यदि वह ऐसा करने में असमर्थ रहती है तो वह पूर्ण स्त्री नहीं है। उसके अन्दर कमी है, वह अधूरी है। यही कारण है कि गर्भवती होते ही स्त्री के चेहरे पर एक विशेष प्रकार की चमक आ जाती है। उसका पूरा व्यक्तित्व निखर सा जाता है। उसके अन्दर जीवन की किसी दुर्लभ उपलब्धि को प्राप्त करने जैसी गर्व की अनुभूति पैदा हो जाती है। श्यामा भी पहली बार प्रेग्नेंट हुई थी, इसलिए वह भी इसे अपनी एक बड़ी उपलब्धि मानकर खुशी का अनुभव कर रही थी। उसके चेहरे पर भी वही, विशेष प्रकार वाली चमक आ गई थी।

मनोहर के ऑफिस चले जाने के बाद दिन में जब भी वह अपने कमरे में अकेली होती, तब वह पलंग पर लेटे हुए अपने पेट पर हाथ फिराकर अपने बच्चे को प्यार करती और मन ही मन पुलकित होती रहती थी।

मनोहर दफ्तर से घर आता और श्यामा उसके साथ अकेले में होती तो मनोहर को यह सब बताते हुए कहती, 'तुम्हारा बच्चा बहुत शैतान है। दिन भर शैतानी करता है मेरे साथ।'

'अच्छा जी। कितनी शैतानी करता है तुम्हारे साथ, बताओ तो जरा...। यूँ ही इल्जाम लगाती हो उस पर...।' मनोहर यह कहते हुए उसे धीरे से अपनी बाँहों में भर लेता था।

इससे उनकी जिन्दगी में खुशी और अधिक बढ़ गई थी। श्यामा के गर्भवती होने की खुशी ने मनोहर और श्यामा के साथ-साथ माँ को भी खुशी से भर दिया था। अब वह श्यामा को पहले से ज्यादा प्यार करने लगी थी। कभी-कभी वह श्यामा को आराम देने के लिए उसके काम में हाथ बँटाने की कोशिश भी करती

थी। श्यामा को कोई भी भारी काम करने से तो वह बिलकुल ही मना कर देती थी। और यदि श्यामा को लगातार कुछ अधिक देर तक काम करते देखती तो बीच-बीच में टोक कर उसे कुछ खाने या आराम करने के लिए कहती थी। वह निरन्तर श्यामा को समझाती थी, 'अब तुम अकेली नहीं हो, दो हो। दो के हिसाब से खाया करो। तुम्हारा खाया-पिया ही बच्चे के पेट में जाएगा। और खुश रहा करो। तुम ठीक से खान-पान करोगी और मन से खुश रहोगी तो बच्चा शरीर और दिमाग दोनों तरह से तन्दरुस्त पैदा होगा।'

श्यामा के साथ-साथ एक दिन मनोहर को भी उन्होंने अपने पास बैठाकर प्यार से समझाया था, 'बेटा, श्यामा माँ बनने वाली है। ऐसे में श्यामा का विशेष ध्यान रखना जरूरी है। उसके खाने-पीने का, और इससे भी ज्यादा इस बात का कि वह किसी तरह की चिन्ता या तनाव में न रहे, खुश रहे। उसके खान-पान का ध्यान रखना और उसे खुश रखना तेरी ज़िम्मेदारी है। ये ही दिन होते हैं जब औरत को देखभाल की जरूरत होती है। बाकी के दिन तो औरत खुद अपनी और दूसरों की देखभाल कर लेती है।'

मनोहर ने माँ को आश्वस्त करते हुए कहा था, 'ठीक है माँ, श्यामा का पूरा ध्यान रखूँगा मैं। तुम निश्चिन्त रहो।'

शादी होकर मनोहर के घर आए श्यामा को कई माह का समय हो गया था। इस दौरान उसे परिवार के सदस्यों की रुचि और सोच से लेकर घर की आर्थिक स्थिति तक, प्रत्येक बात का अच्छी तरह पता चल गया था। उसने महसूस किया कि मनोहर प्यार तो बहुत करता था किन्तु पैसे मुट्ठी भींच कर खर्च करता था। जब भी वह कुछ खरीदना चाहती और वह चीज थोड़ी महँगी होती तो मनोहर उसमें कोई न कोई कमी बताकर सस्ती वाली चीज पर हाथ रखते हुए उसकी प्रशंसा करता और उस चीज को दिलाने की ही कोशिश करता था। पहले उसे लगता था कि मनोहर शायद कंजूस है, इसलिए पैसे खर्च करने से डरता है। लेकिन बाद में उसने महसूस किया कि मनोहर कंजूस नहीं था बल्कि उसकी जेब में ही कम पैसे होते थे। महीने की आखिरी तारीख को अपने वेतन की जो राशि वह लाकर श्यामा के हाथ पर रखता था, घर की जरूरतें और शौक, सब कुछ के लिए केवल वही राशि होती थी।

श्यामा इस बात को लेकर हैरान और परेशान थी कि जब मनोहर के विभाग में ऊपर की कमाई बहुत है तो वह वेतन के अलावा कभी एक रुपया भी लाकर उसको नहीं देता है। 'मनोहर मुझे इतना प्यार करता है, फिर वेतन से अलग वाली कमाई लाकर क्यों नहीं देता है? क्या वह मुझसे चोरी करता है? चोरी करता है तो क्यों करता है? क्या उसे मुझ पर विश्वास नहीं है?' क्या वह ऊपर की कमाई को कहीं अन्यत्र खर्च करता है? या किसी और को देता है? बहुत दिन तक वह

इन सब बातों को लेकर सोचती रही और मन ही मन परेशान रही। उसके मन में इसके बारे में जानने की जिज्ञासा पैदा हुई। आखिर एक दिन उसने मनोहर से पूछ ही लिया, 'सुना है तुम्हारा विभाग काफी कमाई वाला है?'

'कमाई वाला?...मैं कुछ समझा नहीं।' मनोहर ने विस्मय से उसकी ओर देखते हुए पूछा।

'मेरा मतलब है ऊपरी कमाई काफी होती है तुम्हारे विभाग में।' श्यामा ने अपनी बात दोहराई।

'हाँ, यह तुमने सही ही सुना है।' मनोहर ने श्यामा की बात से सहमति व्यक्त करते हुए कहा।

'लेकिन तुमने तो कभी लाकर नहीं दिखाई अपनी ऊपर की कमाई।' इस बार श्यामा शिकायती स्वर में बोली थी।

'मेरे पास ऊपर की कमाई है ही नहीं तो क्या दिखाऊँ लाकर।' मनोहर ने अपना सच बताते हुए कहा।

श्यामा को यह सुनकर विस्मय हुआ। वह विस्मित स्वर में बोली, 'क्यों?...जब तुम्हारे विभाग में सबको होती है ऊपर की कमाई तो तुम्हें क्यों नहीं होती है?'

मनोहर ने उसके विस्मय को दूर करते हुए कहा, 'दूसरों को होती है ऊपर की कमाई क्योंकि वे ऊपर की कमाई करते हैं। मुझे इसलिए नहीं होती, क्योंकि मैं ऊपर की कमाई नहीं करता हूँ।'

मनोहर की इस बात ने श्यामा के विस्मय को और बढ़ा दिया। विस्मय से आँखें फैलाते हुए वह बोली, 'क्यों?...तुम क्यों नहीं करते हो ऊपर की कमाई?... कोई वजह...?'

मनोहर ने स्थिति स्पष्ट करते हुए कहा, 'वजह बस यही है कि यह ऊपर की कमाई एक भ्रष्टाचार है, और मुझे यह पसन्द नहीं है। मैं भ्रष्टाचार का विरोधी हूँ।'

मनोहर के इस जवाब से एक क्षण को वह हतप्रभ सी उसके चेहरे की ओर देखती रह गई और सोचने लगी यह कैसा आदमी है, कौन सी दुनिया का जीव है, जो इस तरह की बात कर रहा है। फिर, अपने मनोभावों को नियंत्रित कर वह बोली, 'जब तुम्हारे विभाग में ऊपर से लेकर नीचे तक सब रिश्वत लेते हैं। और व्यापारी लोग खुशी-खुशी देते हैं तो तुम्हें क्या दिक्कत है। तुम भी सबके जैसे क्यों नहीं रहते।'

मनोहर उसे समझाते हुए बोला, 'देखो श्यामा, पहले तो रिश्वत लेना एक अनैतिक काम है। दूसरे, यह गैर-कानूनी और अपराध भी है। पढ़ती नहीं हो तुम अखबारों में आए दिन तो कोई ना कोई खबर आती रहती है रिश्वत लेते हुए पकड़े जाने की या आय से अधिक सम्पत्ति जमा करने वालों के बारे में। क्या इज्जत रह जाती है ऐसे में उनकी।'

श्यामा उसका प्रतिवाद करते हुए बोली, 'तुम तो ऐसे कह रहे हो जैसे कि सब की नजर तुम पर ही है और तुम्हें ही फँसवा देंगे लोग रिश्वत लेते हुए।...तुम्हारे विभाग में कितने लोग रिश्वत लेते हुए पकड़े गए हैं ?'

मनोहर बोला, 'मेरी जानकारी में तो अभी तक ऐसा कोई मामला नहीं है। कहीं दूसरी जगह हो तो हो, हमारे दफ्तर में तो कभी कोई ऐसा हादसा नहीं हुआ है।'

श्यामा को लगा कि मनोहर शायद डरपोक व्यक्ति है। और पकड़े जाने के डर से ही वह रिश्वत नहीं लेता है। वह उसके अन्दर से डर को बाहर निकालने की कोशिश करते हुए बोली, 'इतने सालों से तुम्हारा विभाग चल रहा है, और रिश्वत भी तब से ही दी और ली जा रही है। जब अभी तक कोई नहीं पकड़ा गया है तो तुम क्यों डरते हो। तुम भी सबकी तरह रहो। सबकी तरह लो तुम भी। आर्थिक अभाव में रहने से अच्छा है कि तुम भी दूसरे लोगों की तरह ऐश-आराम से रहो।'

श्यामा का आशय समझते हुए वह बोला, 'इसमें डरने की बात नहीं है। उसूलों की बात है।'

श्यामा को उसूलों की बात अनावश्यक लगी। वह बोली, 'कौन से उसूलों की बात कर रहे हो तुम ? समाज में कितने लोग हैं जो उसूलों के साथ जीते हैं ? कहीं कोई एक भी व्यक्ति दिखाई देता है तुम्हें ऐसा ?'

मनोहर ने महसूस किया श्यामा उसूल का अर्थ ठीक से नहीं समझ रही है। वह समझाते हुए बोला, 'तुम समझ नहीं रही हो। रिश्वत भ्रष्टाचार का एक रूप है। भ्रष्टाचार हमारे समाज के लिए बिलकुल भी ठीक नहीं है। जब तक समाज में भ्रष्टाचार रहेगा हमारा समाज कभी तरक्की नहीं कर पाएगा।'

मनोहर की बात उसे अव्यावहारिक और नासमझी भरी लगी। वह उसकी नासमझी पर व्यंग्य करते हुए बोली, 'यह कौन सी थ्यौरी है तुम्हारी ? जिसे तुम भ्रष्टाचार कह रहे हो उसका कोई असर समाज पर है ? आजकल की भाग-दौड़ की दुनिया में किसके पास समय है कि किसी काम के लिए दफ्तरों के चक्कर लगा सके। सब लोग टाइम बचाना चाहते हैं और अपना काम जल्दी कराना चाहते हैं। इसके लिए ही तो रिश्वत दी जाती है। सब लोग यही करते हैं।...और यदि तुम नैतिकता की बात करते हो तो दुनिया में वही व्यक्ति ईमानदार और नैतिक है जिसे रिश्वत लेने या ऐसा कुछ करने का अवसर नहीं मिलता।'

श्यामा के व्यंग्य के प्रति उपेक्षाभाव अपनाते हुए मनोहर ने कहा, 'तुम कुछ भी कहो, यह भ्रष्टाचार है, और ऐसा करना भ्रष्टाचार को बढ़ावा देना है। यह काम मैं नहीं कर सकता।'

श्यामा खीझती हुई सी बोली, 'अरे बाबा, भ्रष्टाचार वह होता है जब लोग गबन या घोटाला करते हैं। तुम यदि थोड़ी-बहुत रिश्वत लेते हो तो वह भ्रष्टाचार नहीं होता है।...तुम अपने मन से इस ग्रन्थी को निकाल दो।'

मनोहर को श्यामा की बातें बेतुकी सी लग रही थीं। वह उसकी बात का प्रतिकार करते हुए बोला, 'तुम समझती क्यों नहीं हो? क्यों रिश्वत के पक्ष में तर्क देकर भ्रष्टाचार का समर्थन कर रही हो तुम और मुझे भी प्रेरित कर रही हो भ्रष्टाचार करने के लिए।...यह भ्रष्टाचार ही तो असली जड़ है हमारे समाज के पिछड़ेपन और शोषण की।'

'हमारे समाज की?...वह कैसे?...यह कौन सी नई थ्यौरी गढ़ ली है तुमने?' श्यामा आश्चर्य व्यक्त करते हुए बोली।

मनोहर उसे समझाते हुए बोला, 'समाज में आर्थिक रूप से सबसे अधिक विपन्न कौन है? महँगाई और भुखमरी की मार सबसे अधिक किस पर पड़ती है? हमारे समाज पर ही ना? और जातिगत अपमान और उपेक्षा का जहर किसे पीना पड़ता है? हमारे समाज को ही ना?'

'हाँ,...तो?' श्यामा ने पूछा।

मनोहर ने आगे समझाया, 'यदि भ्रष्टाचार खत्म हो जाए तो महँगाई स्वतः कम हो जाएगी। और महँगाई कम हो जाए तो हमारे समाज की भुखमरी और दरिद्रता कम हो जाएगी।'

'वह कैसे?' श्यामा ने पुनः पूछा।

मनोहर ने अपनी बात को स्पष्ट करते हुए विस्तार से समझाया, 'वह ऐसे कि रिश्वतख़ोरी और भ्रष्टाचार बन्द हो जाएगा तो उत्पादन लागत में कमी आएगी और चीजें सस्ती हो जाएँगी। हमारे बहुत से लोगों के, बहुत से छोटे-छोटे काम भी सरकारी दफ्तरों में नहीं हो पाते हैं, क्योंकि उनके पास रिश्वत देने के लिए पैसे नहीं होते। पुलिस में उनके केस दर्ज नहीं होते क्योंकि वे थाने के लोगों की जेब गरम नहीं कर पाते। कोर्ट-कचहरी में वे अपने मामलों की पैरवी नहीं कर पाते, मुकदमे नहीं लड़ पाते, और इस कारण अपने साथ होने वाले अन्याय, शोषण और दमन के खिलाफ कुछ कर नहीं पाते और शोषण और अत्याचार की चक्की में पिसते रहते हैं।'

श्यामा को मनोहर की बात कुछ पल्ले नहीं पड़ी। वह अफसोस व्यक्त करते हुए बोली, 'यह तो तुम कल्पना लोक की सी बात कर रहे हो। समाज को शोषण और दमन से मुक्ति मिले यह तो होना चाहिए, लेकिन तुम तो बहुत ही गलत तरह से सोच रहे हो।...तुम यह क्यों नहीं समझ पा रहे हो कि जब पूरे देश में रिश्वत लेना-देना संस्कृति सी बन गई है और सभी लोग बिना किसी संकोच के रिश्वत ले-दे रहे हों, तब तुम ही क्यों आदर्शवादी बने बैठे हो।'

मनोहर ने उसकी बात का खंडन करते हुए कहा, 'देखो श्यामा, दुनिया क्या करती है, ये दुनिया जाने। हमें यह देखना है कि हम क्या करते हैं। सब लोग कुएँ में गिर रहे हैं तो हमें भी उस कुएँ में गिर जाना चाहिए। यह तो अच्छी सोच नहीं है।'

श्यामा उसकी समझ पर सवाल करती हुई बोली, 'अच्छी सोच भी एक आदर्श ही होता है। इससे ज्यादा क्या कीमत है अच्छी सोच की? कितने अच्छी सोच वाले लोग हैं तुम्हारे आसपास और कैसी हालत में रहते हैं वे, यह तुम अच्छी तरह देखते-समझते हो। कौन मान रहा है उनकी अच्छी सोच को। मानना तो दूर की बात है, सुन भी कौन रहा है उनकी बात? कभी कोई उनकी बात सुन भी ले तो केवल हूँ, हाँ, करके रह जाता है। थोड़ा ठंडे दिमाग से सोचो तुम कि क्या तुम्हारे अकेले के रिश्वत न लेने से रिश्वत लेना और देना बन्द हो जाएगा? क्या भ्रष्टाचार खत्म हो जाएगा उससे?'

मनोहर ने जवाब देते हुए कहा, 'मानता हूँ मेरे अकेले के रिश्वत नहीं लेने से कोई बड़ा फर्क नहीं पड़ेगा, लेकिन यदि हमारे समाज के लोग इसका प्रतिकार करें तो जरूर फर्क पड़ेगा।'

श्यामा मनोहर का विचार परिवर्तन करने के लिए भरसक प्रयास कर रही थी। किन्तु किसी भी तरह से वह मनोहर को प्रभावित नहीं कर पा रही थी। इस बार वह नए विचार के साथ समझाने की कोशिश करते हुए बोली, 'वैसे तो तुम्हारी बात मुझे कुछ हजम नहीं हो रही है, लेकिन फिर भी तुम यह कह रहे हो तो जब अपने समाज के सब लोग रिश्वत लेना बन्द करें तब तुम भी बन्द कर देना। जब तक ऐसा नहीं होता तब तक तो लो ना तुम भी।'

मनोहर को उसकी यह बात भी स्वीकार्य प्रतीत नहीं हुई, वह अपने विचार को मजबूती देता हुआ बोला, 'समाज में इस चेतना का प्रसार करने के लिए शुरू में कुछ लोगों को ही सामने आना पड़ता है। शुरुआत कुछ लोगों से ही होती है। देश के स्वतन्त्रता आन्दोलन की शुरुआत भी कुछ लोगों ने ही की थी ना, और बाद में हजारों, लाखों लोग उस आन्दोलन से जुड़ते गए और देश आजाद हो गया। यदि वे कुछ लोग शुरुआत नहीं करते, वे अँग्रेजी शासन के विरुद्ध आवाज उठाकर आजादी के लिए संघर्ष की चेतना का प्रसार नहीं करते तो देश आज भी अंग्रेजों के अधीन ही रहता।'

श्यामा को मनोहर का तर्क व्यावहारिक नहीं लगा। वह उसके तर्क को नकारते हुए बोली, 'आजादी का आन्दोलन दूसरी बात थी। लेकिन यह दूसरी बात है...।'

मनोहर ने अपने तर्क को आगे बढ़ाते हुए कहा, 'भ्रष्टाचार से मुक्ति भी कोई दूसरी बात नहीं है। एक बार शुरुआत हो जाए फिर समाज में आग की तरह फैल जाएगी भ्रष्टाचार से मुक्त होने की मुहिम। रिश्वत लेना बन्द हो जाए तो फिर देने वालों को भी बल मिल जाएगा, वे भी रिश्वत देना बन्द कर देंगे। रिश्वत लेना-देना बन्द हो जाएगा तो दूसरे क्षेत्रों में फैला भ्रष्टाचार भी बन्द हो जाएगा।'

'लेकिन अभी तक तो कोई एक भी व्यक्ति सामने नहीं आया है जिसने रिश्वत लेने का विरोध किया हो, इसके लिए किसी आन्दोलन की शुरुआत की हो।' श्यामा ने उसके विचार पर सवाल करते हुए कहा।

मनोहर ने तुरन्त दृढ़तापूर्वक जवाब की मुद्रा में कहा, 'मैं हूँ ना।...मैंने शुरुआत की है। ऐसे और भी कई लोग हो सकते हैं, जो रिश्वत नहीं लेते हों, लेकिन उनका हमें पता नहीं है। मैं रिश्वत नहीं लेता हूँ तो मेरे दफ्तर में मेरा विशेष मान-सम्मान है व्यापारियों की नजरों में। वे मेरा उदाहरण देकर दूसरे बाबुओं को भी रिश्वत देने में आनाकानी करते हैं। अकेले मेरे कारण मेरे दफ्तर में रिश्वत में काफी कमी आई है।'

'तो तुम ही बनोगे भ्रष्टाचार-विरोधी आन्दोलन के नेता? तुम्हें ही मिलेगा पद्मश्री इसके लिए। तुम्हारा ही नाम लिखा जाएगा लालकिले पर।' इस बार श्यामा ने कटाक्ष किया।

उसके कटाक्ष का जवाब देते हुए मनोहर ने कहा, 'मैं नेता नहीं बन रहा हूँ। मुझे नेता बनने का कोई शौक भी नहीं है। मेरे विभाग की कर्मचारी यूनियन के लोग कई बार कह चुके हैं मुझसे कि मैं यूनियन का अध्यक्ष या महासचिव बनूँ, लेकिन मैं ही कभी नहीं बना।'

इस बार श्यामा ने पहले से अधिक बड़ा कटाक्ष करते हुए कहा, 'क्यों? क्यों नहीं बने तुम नेता? बन जाते। तुम्हें तो नेता बन जाना चाहिए यूनियन का। तुम्हारे जैसा फालतू का और सिरफिरा आदमी ही तो चाहिए यूनियन को भी ताकि तुम यूनियनबाजी करते रहो और दूसरे लोग दफ्तरों में बैठकर अपनी जेबें भरते रहें।'

श्यामा के व्यवहार के तीखेपन और उसके बात करने के ढंग ने मनोहर के अन्दर चिड़चिड़ापन सा पैदा कर दिया था। वह चिड़चिड़ेपन के साथ बोला, 'अरे, मैंने तो केवल एक बात कही थी। तुम तो उसमें भी बाल की खाल निकालने लगी हो।'

श्यामा की खीझ भी बढ़ गई थी। बात का कोई सार्थक निष्कर्ष नहीं निकलता देख वह निराशापूर्ण स्वर में बोली, 'कोई खाल-वाल नहीं निकाल रही हूँ मैं। मैं भी बात ही कह रही हूँ। अब तुम्हें मेरी हर बात गलत ही लगती है तो मैं क्या करूँ।...ठीक है, जो अच्छा लगे वह करो।...किन्तु कभी-कभी गलत लगने वाली बातें भी सही और सुखदायी सिद्ध होती हैं।' इतना कहकर श्यामा ने बातचीत पर विराम लगा दिया था।

श्यामा चाहती थी कि मनोहर भी दूसरे लोगों की तरह वेतन से अलग ऊपर की कमाई करे ताकि वह भी दूसरी स्त्रियाँ की तरह नई-नई और कीमती साड़ियाँ और गहने पहनकर घूमे। उनके पास भी अच्छा घर और कार आदि हो। सच तो यह है कि उसने ऊपरी आमदनी वाला विभाग देखकर ही तो मनोहर से शादी के लिए हामी भरी थी, नहीं तो निर्धन और जिम्मेदारियों के बोझ से दबे आदमी से कौन लड़की शादी करने को तैयार होती है आज के समय में। उसमें भी श्यामा जैसी अफसर बाप की पढ़ी-लिखी बेटी तो ऐसे लड़के से शादी करने के बारे में सोच भी नहीं सकती थी। श्यामा के कई रिश्ते आए थे, जिनमें बैंककर्मी, अध्यापक

से लेकर केन्द्र सरकार के कर्मचारी तक थे। प्राइवेट क्षेत्र में काम करने वाले इंजीनियर का रिश्ता भी आया था। वेतन बेशक अच्छा था, किन्तु वेतन तो सूखी रोटी की तरह होता है, जिससे किसी तरह पेट भरा जा सकता है। जबकि रिश्वत घी है, जिससे खाने में स्वाद आ जाता है। घी की महक आकृष्ट करती है। स्वादिष्ट खाना जहाँ मौजूद हो, वहाँ सूखी रोटी कौन खाना चाहता है। ऐसा करने वाला व्यक्ति मूर्ख ही माना जाता है।

मनोहर की बात से श्यामा ने समझ लिया था कि वह भी उसी तरह का एक मूर्ख व्यक्ति है, जो भावुकता के आवेग में आदर्शवाद को ढो रहा है। उसमें व्यावहारिकता का अभाव है। उसे मनोहर की सोच विचित्र अवश्य लगी थी किन्तु इस बात को लेकर वह अधिक परेशान नहीं थी। अपितु कहीं न कहीं यह सोचकर आशान्वित थी कि 'देर-सवेर वह भावुकता और आदर्शवाद से बाहर आ जाएगा और व्यावहारिकता सीख लेगा।

एक दिन उसने बहुत प्यार से मनोहर से पूछा था, 'मनोहर! तुम इतने पढ़े-लिखे और इंटेलीजेंट हो, फिर इस नौकरी में क्यों पड़े हो। तुमने कोई दूसरी अच्छी नौकरी पाने की कोशिश क्यों नहीं की?'

मनोहर ने उसे बताया, 'तुम तो जानती हो श्यामा, नौकरी मिलना इतना आसान नहीं है आज के समय में। शुरू में तो मैंने भी ऑफिसर ही बनना चाहा था। कोशिशें भी की थीं उसके लिए। कई प्रतियोगी परीक्षाएँ भी पास की थीं।'

'तो ?...फिर क्या दिक्कत हुई?' श्यामा ने जिज्ञासा व्यक्त करते हुए पूछा।

मनोहर ने बताया, 'साक्षात्कार में नहीं निकल पाया।...हालाँकि हर बार मेरा साक्षात्कार अच्छा हुआ, लेकिन हर बार मुझे साक्षात्कार में कम अंक मिले और मैं ऑफिसर बनने में सफल नहीं हो सका। लिखित परीक्षा में मुझसे कम अंक पाने वाले कई लोग साक्षात्कार में अधिक अंक पाकर सफल हो गए। जबकि उनका साक्षात्कार भी मुझसे अच्छा नहीं हुआ था।'

'ऐसा कैसे?' श्यामा को यह जानकर आश्चर्य हुआ। उसने जानने के उद्देश्य से पूछा।

'सब पैसों का खेल था।' मनोहर अफसोस व्यक्त करते हुए बोला।

'यदि ऐसा था तो यह काम तुमने क्यों नहीं किया?...तुम भी ढूँढ़ लेते कोई सम्पर्क-सूत्र और पैसे देकर करा लेते तुम भी अपना काम।' श्यामा ने जानने के साथ-साथ सुझाव देते हुए कहा।

'मेरे पास पैसे नहीं थे रिश्वत देने को।' मनोहर ने बताया।

'ओह!...।' श्यामा को सुनकर अफसोस हुआ। अपना अफसोस व्यक्त करते हुए वह बोली, 'तुम्हारे पास नहीं था तो किसी रिश्तेदार से उधार लेकर दे देते और नौकरी लगने पर लौटा देते।'

मनोहर उससे सहमत होते हुए बोला, 'हाँ, बात तो तुम्हारी ठीक है। लेकिन मैं स्वाभिमानी व्यक्ति रहा हूँ और सदैव अपनी मेहनत पर भरोसा किया है। इसलिए मैंने इस मामले में किसी से कोई मदद नहीं माँगी।'

श्यामा को मनोहर की यह बात बिलकुल अव्यावहारिक और मूर्खतापूर्ण लगी। वह बोली, 'स्वाभिमानी होना तो ठीक है। लेकिन ऐसे मामलों में स्वाभिमान को छोड़कर दूसरों से मदद लेने में कोई बुराई नहीं है।...खैर, जो हुआ सो ठीक है, लेकिन कहीं अच्छी नौकरी पर लग जाते तो अच्छा रहता।'

मनोहर को लगा श्यामा इस बात को लेकर दुःखी है कि उसका पति अफसर नहीं है और उसके मन में यह एक गाँठ है। वह श्यामा को सान्त्वना देते हुए बोला, 'देखो श्यामा, अब जो है वही सच है। अब तो इसी सच को तुम्हें स्वीकार करना चाहिए।'

मनोहर की बात श्यामा समझ नहीं पाई। वह अचरज से बोली, 'कौन से सच की बात कर रहे हो तुम? मैं कुछ समझी नहीं।'

मनोहर उसके अचरज की गाँठ को खोलते हुए बोला, 'तुम्हारा सपना शायद किसी ऑफिसर के साथ शादी करने का था। लेकिन एक क्लर्क के साथ शादी करके तुम्हारा वह सपना टूट गया है।'

श्यामा ने यह प्रश्न बहुत सहजता से और जिज्ञासावश किया था, किन्तु मनोहर ने उसकी बात को बहुत गम्भीरता से ले लिया था। श्यामा ने महसूस किया कि उसकी बात मनोहर के मर्म को छू गई है। वह मनोहर के मर्म को सहलाते हुए आश्वस्तिपूर्ण शब्दों में बोली, 'नहीं मनोहर, ऐसी कोई बात नहीं है। हाँ, यह सच है कि अन्य लड़कियों की तरह शुरू में मैं भी डाक्टर, इंजीनियर या किसी ऑफिसर के साथ ही शादी करने का सपना देखती थी। सपने देखना कोई बुराई भी नहीं है। लेकिन सब सपने पूरे नहीं होते। कुछ सपने पूरे हो जाते हैं, कुछ नहीं होते। सपनों का पूरा होना बहुत कुछ परिस्थितियों पर निर्भर करता है। मेरी शादी किसी ऑफिसर के साथ नहीं हुई, इस बात को लेकर मेरे मन में कोई अफसोस नहीं है। तुम ऐसा बिलकुल भी मत सोचो कि मैं तुमसे शादी करके खुश नहीं हूँ। मैं तुम्हारे साथ शादी करके बहुत खुश हूँ।'

मनोहर को लगा कि श्यामा जो कुछ कह रही है वह सच नहीं है। वह अपने दर्द को दबा रही है। वह श्यामा के दर्द को समझने की कोशिश करता हुआ बोला, 'फिर तुमने अच्छी नौकरी की बात क्यों की?'

मनोहर के इस प्रश्न पर श्यामा का दर्द उसके मुँह से इन शब्दों में बाहर आ गया, 'अच्छी नौकरी में होते तो ज्यादा इनकम होती। हाथ में खुला पैसा होता तो हम ज्यादा अच्छी तरह से जिन्दगी जी पाते। आखिर एक अफसर और क्लर्क की नौकरी में अन्तर तो होता ही है न, यह तो तुम भी स्वीकार करोगे ही।'

मनोहर ने श्यामा के दर्द को महसूस किया। वह उसे समझाते हुए बोला, 'हाँ, वो तो है। लेकिन क्या तुम ऐसा समझती हो कि ज्यादा पैसा होने से ही जिन्दगी खुशहाल हो जाती है। बहुत से लखपति, करोड़पति लोग हैं दुनिया में जिनके पास रुपए, पैसे की कोई कमी नहीं है। लेकिन उनकी जिन्दगी में सुख, शान्ति कुछ भी नहीं है। हमेशा दुःखी और परेशान रहते हैं।'

श्यामा को मनोहर की बात कुछ जमी नहीं। वह अपना भिन्न विचार व्यक्त करते हुए बोली, 'बात तो ठीक है तुम्हारी। लेकिन यह भी सच है कि दुनिया पैसे से ही चलती है। दस पैसे का नमक नहीं खरीद सकते तुम बाजार से यदि तुम्हारी जेब खाली हो।...जिनके पास रुपए-पैसों का अभाव होता है, उनकी जिन्दगी कहीं अधिक दुःखी और कष्टपूर्ण होती है।'

मनोहर को श्यामा की बात अति-भौतिकवादी लगी। उसने श्यामा के विचार का प्रतिवाद किया और अपने विचार को पुष्ट करते हुए बोला, 'पैसे से वस्तुएँ खरीदी जा सकती हैं, सुख नहीं। सुख का स्रोत तो व्यक्ति के अन्दर ही होता है, उसे वह वहीं ढूँढ़ना पड़ता है। अपने अन्दर खुशी ढूँढ़ने वाला व्यक्ति बिना पैसों के भी सुखी रह सकता है।'

श्यामा को मनोहर की बात एकदम सैद्धान्तिक और अव्यावहारिक लग रही थी। वह व्यावहारिकता का पक्ष रखते हुए बोली, 'यह सब कहने की बातें हैं। व्यक्ति के पास इतना पैसा होना जरूरी है कि उसकी जिन्दगी की गाड़ी आराम से चल जाए। यदि ऐसा नहीं होगा तो वह न परिवार की जरूरतें पूरी कर पाएगा और न समाज के साथ तालमेल बनाकर ही चल पाएगा। ऐसे में वह और उसका परिवार कैसे सुखी रह सकता है।'

मनोहर को श्यामा की बात स्वीकार नहीं हो रही थी। वह अपने विचार पर दृढ़ता से कायम रहते हुए बोला, 'सुखी होना और रहना कम आमदनी में भी सम्भव है श्यामा। बस हमें यह सोचने की जरूरत है कि हमारे पास जो कुछ है वह कम नहीं है। बल्कि दूसरे बहुत से लोगों से बहुत अधिक है।'...हमसे कम आमदनी वाले लोग यदि सुखी जीवन जी सकते हैं तो हम क्यों नहीं जी सकते?'

श्यामा को भी मनोहर की बात हजम नहीं हो रही थी। बल्कि मनोहर की बातों पर उसे मन ही मन खीझ सी हो रही थी। किन्तु अपनी खीझ को दबाते हुए वह बोली, 'सुनने-सुनाने में यह बात बहुत अच्छी लगती है। लेकिन व्यावहारिकता से बहुत दूर है। व्यावहारिकता में कोई भी किसी से कम या पीछे नहीं रहना चाहता। बल्कि, एक-दूसरे से आगे निकलने की प्रतिस्पर्द्धा में ही सब लगे रहते हैं। यही जिन्दगी की सच्चाई है।...जिन्दगी तो एक दौड़ है मनोहर! जो जिन्दगी की इस व्यावहारिक सच्चाई को समझते हैं, इसे स्वीकार करते हैं, वे आगे बढ़ जाते हैं, जो इस सच्चाई को नहीं समझते या इससे मुँह फेरते हैं, वे

जिन्दगी की दौड़ में पीछे रह जाते हैं।...तुम इस सच्चाई को समझने की कोशिश क्यों नहीं करते ?'

मनोहर बिना विचलित हुए शान्त स्वर में बोला, 'जो तुम कह रही हो, उसे मैं अच्छी तरह समझता हूँ श्यामा।'

मनोहर के मुँह से यह सुन श्यामा को लगा मनोहर पर उसकी बात का असर हो रहा है। वह उत्साहित होते हुए बोली, 'तो फिर उससे मुँह क्यों मोड़ रहे हो ? क्यों नहीं अपना लेते तुम भी जिन्दगी की इस व्यावहारिक सच्चाई को ?'

किन्तु, श्यामा की बात से अप्रभावित रहते हुए और व्यावहारिकता को समझाते हुए मनोहर बोला, 'जिसे तुम व्यावहारिकता कह रही हो, वास्तव में वह अनुकूलता है। जो बातें लोगों को अपने अनुकूल लगती हैं, वे ही उन्हें व्यावहारिक लगती हैं। जो बातें अनुकूल नहीं लगतीं, वे अव्यावहारिक लगती हैं। जो लोग ऊपर की कमाई करते हैं, वे तो उसे उचित और व्यावहारिक बताएँगे ही। लेकिन क्या सच में ऊपर की कमाई अर्थात रिश्वत लेना उचित है ? जिन लोगों को अपने मामूली से कामों के लिए भी रिश्वत देनी पड़ती है और न देने पर कई-कई बार दफ्तरों के धक्के खाने को बाध्य होना पड़ता है, क्या वे भी रिश्वत को उचित और व्यावहारिक बताएँगे ? ...शायद नहीं।...शायद नहीं, पक्के तौर पर कह सकता हूँ कि वे रिश्वत को अनुचित और अव्यावहारिक ही बताएँगे और उसकी निन्दा करेंगे।'

श्यामा ने प्रतिवाद का तीर चलाते हुए कहा, 'तुम यह क्यों भूल रहे हो कि बहुत से लोग अपना समय बचाने के लिए रिश्वत देकर अपना काम कराना पसन्द करते हैं। और बिना माँगे ही वे स्वयं रिश्वत का ऑफर देते हैं।'

मनोहर को श्यामा का प्रतिवाद अनावश्यक और कमजोर लगा। श्यामा के प्रतिवादी स्वर में उसे एक बेकार की जिद और नासमझी दिखाई दी। उसने महसूस किया कि श्यामा दुनिया की चकाचौंध से प्रभावित है और उसके प्रभावस्वरूप ही वह व्यावहारिकता पर इतना ज़ोर दे रही है। श्यामा के तीर की काट में अपना तीर चलाते हुए वह बोला, 'कितने लोग होते हैं ऐसे जो स्वेच्छा से रिश्वत देना चाहते हैं ?...अपने मन से कोई रिश्वत देना नहीं चाहता। जो लोग भी अपनी ओर से रिश्वत देते हैं या देने की पेशकश करते हैं, वे किसी न किसी स्वार्थ या दबाव के तहत ही ऐसा करते हैं। यदि उनको यह आश्वस्ति हो जाए कि उनका काम बिना रिश्वत दिए हो जाएगा, वे कदापि रिश्वत नहीं देंगे।'

प्रारम्भ में श्यामा के मन में यह धारणा थी कि मनोहर अभी तक अकेला रहा है। उसके परिवार की जरूरतें भी बहुत सीमित रही हैं। ऊपर से दर्शनशास्त्र का विद्यार्थी रहा है, जिसमें नैतिकता और मूल्यों का पाठ पढ़ाया जाता है। वही सब उसके मस्तिष्क में घूमता रहता है। इसी के आवेग में वह जिन्दगी के यथार्थ को ठीक देख और समझ नहीं पा रहा है। शायद इसीलिए वह अभी आदर्शवादी बना

हुआ है तथा ऊपरी आमदनी को अनुचित और अव्यावहारिक मानता है। परिवार की जिम्मेदारियाँ और खर्चे बढ़ेंगे तो उनकी पूर्ति के लिए वह खुद आदर्शों के आकाश से उतरकर व्यावहारिकता की जमीन पर आ जाएगा। किन्तु मनोहर की ये बातें सुन उसे अपनी धारणा ध्वस्त होती दिखाई दी। जीवन में सुख-समृद्धि की सम्भावनाएँ उसे धूमिल होती लगीं और कहीं न कहीं उसके मन में यह बात घर कर गई कि उसका भावी जीवन आर्थिक तंगी के कारण अभाव और कष्टों से भरा होगा। मन में यह बात आते ही उसके चेहरे पर निराशा फैल गई। इस विषय पर मनोहर से और आगे बात करने का कोई औचित्य अब उसे दिखाई नहीं दे रहा था। इसलिए उसने 'हुम्म..., अपनी-अपनी समझ की बात है,...क्या कहूँ', सिर्फ इतना कहा और खामोशी में डूब गई।

श्यामा को चुप देख मनोहर भी चुप लगा गया और उसने भी इस विषय में और कोई बात नहीं की। किन्तु, श्यामा के चेहरे पर अचानक से उभर आई निराशा के चिह्नों को मनोहर ने भली-भाँति पढ़ लिया था और यह महसूस कर लिया था कि श्यामा चाहती है कि घर में खूब सारा पैसा आना चाहिए। खूब सारा पैसा वेतन से नहीं आ सकता, वह वेतन से अलग ऊपरी कमाई से ही आ सकता है। इसलिए उसका ऊपर की कमाई नहीं करना श्यामा को अच्छा नहीं लगा है। श्यामा का व्यावहारिकता के बहाने रिश्वत का इतना जबरदस्त समर्थन मनोहर पर परोक्ष रूप से यह दबाव बनाने का प्रयास था कि वह भी रिश्वत ले। जबकि मनोहर का मन इसे स्वीकार करने के लिए तैयार नहीं था।

इस घटना के बाद श्यामा और मनोहर, दोनों के मधुर सम्बन्धों के बीच एक दरार सी पड़ गई थी, जो बीतते समय के साथ दिन-प्रतिदिन चौड़ी होती गई और फिर कभी भरी नहीं जा सकी।

आठ

सुजाता का जन्म हुआ तो घर भर में उल्लास का वातावरण छा गया। मुद्दत पश्चात परिवार में किसी बच्चे का और वह भी लड़की का जन्म हुआ था, माँ को अत्यधिक प्रसन्नता हुई थी। उन्होंने धरती को चूमा और आकाश की ओर सिर उठाकर मन ही मन अपने आराध्य को याद कर उसका शुक्रिया अदा किया। मनोहर को तो बेटी के होने की इतनी खुशी थी कि उसने बिना देर किए माँ के हाथों मौहल्ले भर में लड्डू बँटवाए। मौहल्ले वालों के लिए यह पहला अवसर

था जब किसी ने बेटी के जन्म पर लड्डू बँटवाए हों। प्राय: पुत्र के जन्म पर ही लड्डू बाँटे जाने की प्रथा मौहल्ले में रही थी। इसलिए पुत्री के जन्म की खुशी में लड्डू बँटते देख मौहल्ले के सब लोग आश्चर्यचकित थे और मनोहर की प्रशंसा कर रहे थे।

कुछ ही दिन पश्चात कपिल का परीक्षाफल आया, वह प्रथम श्रेणी से उत्तीर्ण हुआ था। यह संयोग था कि वह पहली बार प्रथम श्रेणी से उत्तीर्ण हुआ था। सुजाता को अपनी गोद में लेकर खिलाते समय माँ प्राय: कहती, 'यह बड़ी भाग्यवान है। देखो इसके आते ही इसका चाचा इतने अच्छे नम्बरों से पास हुआ है। घर में रौनक आ गई है। सुबह-सवेरे उठकर जब तक वह सुजाता को घंटे भर अपने हाथों में लेकर इधर-उधर, घुमा-फिरा न लेती थी, कुछ न करती थी। तीसों दिन बीमार रहने वाली माँ अब स्वस्थ दिखने लगी थी। स्कूल से आने के पश्चात इधर-उधर समय व्यर्थ करने वाला कपिल भी अब अपना समय सुजाता के साथ खेलने में बिताने लगा था। सुजाता तनिक रोती तो वह अपनी कापी-किताबें सब एक ओर रख तुरन्त आकर उसे अपनी गोद में उठा लेता था और कभी कन्धे से लगाकर, कभी अपने हाथों में झुलाकर उसे चुप करा देता।

राजो से भी उसने सुजाता की दोस्ती करा दी थी। कभी-कभी वह सुजाता को राजो के पास बैठाकर उनके परस्पर हाथ मिलवाता था और कभी सुजाता को राजो की पीठ पर बैठा देता था। सुजाता इस सबसे बहुत खुश होती थी। सुजाता ने जब घुटनों के बल चलना शुरू किया, और उसके बाद जब धीरे-धीरे खड़े होकर चलना शुरू किया तो वह किलकारी मारकर सारे आँगन में इधर से उधर घूमती फिरती थी। आँगन में आकर बैठने और फुदकने वाली गौरैया और राजो, इन दोनों के साथ खेलने में उसका मन लगता था। कभी वह गौरैया को छूने के लिए उसके पीछे आँगन के चक्कर लगाती थी और कभी राजो के पास जाकर उसके साथ खेलने लगती थी। अपने इस खेल में, कभी वह राजो के बालों को तथा कभी उसके कान और पूँछ को पकड़कर खींचने लगती थी। शायद राजो भी यह जानती थी कि सुजाता एक अबोध बच्चा है। इसलिए सुजाता उसके साथ कुछ भी करती, राजो कभी उस पर गुस्सा नहीं करती थी। यदि सुजाता के किसी छेड़छाड़ से कभी परेशान होती भी थी तो सुजाता को कुछ न कहकर वह उसके पास से हटकर किसी दूसरे स्थान पर चली जाती थी।

श्यामा भी अब पहले की अपेक्षा बेहतर दिखने लगी थी। सारा दिन वह सुजाता के साथ लगी रहती। उसे नहलाना, दूध पिलाना, उसके कपड़े साफ करना, उसके साथ खेलना-खिलाना, उसके हाथ-पैरों की मालिश करना, सुलाना—इन्हीं सब कामों में वह लगी रहती थी। यह सब करते हुए वह बहुत प्रसन्न दिखाई देती थी। किन्तु, वह पूरी तरह सामान्य या खुश थी, ऐसा बिलकुल भी नहीं था। मनोहर

के साथ वह पहले की तरह ही खिंची-खिंची सी रहती थी और उससे बहुत कम बात करती थी।

दफ्तर से छुट्टी का दिन था। यूँ छुट्टी के दिन भी मनोहर किसी न किसी काम से घर से निकाल जाता था और शाम होने तक ही लौट पाता था। किन्तु उस दिन वह कहीं नहीं गया था और घर पर ही अपने कमरे में बैठा कुछ काम कर रहा था। श्यामा रसोई में थी। कपिल घर पर नहीं था, वह कहीं बाहर गया हुआ था। माँ की तबीयत ठीक नहीं थी। वह अपनी चारपाई पर लेटी हुई थी। सुजाता आँगन में खेल रही थी। खेलते-खेलते अचानक वह गिर गई और रोने लगी। मनोहर अपने काम में लीन था। श्यामा चुप करा लेगी, यह सोचकर वह अपने काम में व्यस्त रहा। पर श्यामा भी इसी उम्मीद से कि मनोहर चुप करा लेगा, अपने कार्य में लगी रही। सुजाता को रोते हुए कुछ सेकण्ड हो गए तो रसोई का काम बीच में छोड़कर श्यामा ने जाकर उसे उठाया और गोद में उठाये हुए ही कमरे में प्रवेश किया। मनोहर अभी भी अपने काम में व्यस्त था। कुछ क्षण वह चुपचाप खड़ी रही फिर सहसा मनोहर के निकट आ खड़ी हुई और मनोहर की ओर देखने लगी। मनोहर को लगा श्यामा कुछ जरूरी बात कहना चाहती है। उसने अपने कापी-कलम एक ओर रखे और प्रश्नसूचक दृष्टि से श्यामा की ओर देखते हुए बोला, 'कुछ कहना है?'

जवाब में श्यामा ने क्रोध से उसकी ओर आँखें तरेरते हुए कहा, 'हाँ, कहना है। कहना ही नहीं फैसला भी करना है।'

मनोहर क्षण भर को उसे गुस्से में भरा देख स्तब्ध रह गया। 'यह सब क्या हो रहा है' विचारों का सनसनाता हुआ एक तीर सा आया और उसके मस्तिष्क को सुन्न कर निकल गया। जैसे-तैसे उसने स्वयं को सँभाला। हालाँकि मनोहर और श्यामा के सम्बन्धों में अब बहुत ठंडापन और संवादहीनता सी आ गई थी। उनके बीच सामान्य संवाद हो जाए यही काफी था, प्रेम और मृदुतापूर्ण संवाद बहुत दूर की बात थी। श्यामा अब उससे शायद ही कभी मृदुतापूर्वक बोलती थी। ऐसे में मज़ाक करने का तो प्रश्न ही नहीं उठता था। किन्तु इसके बावजूद मनोहर ने सोचा शायद श्यामा मजाक कर रही है। अभी तनिक देर में ठट्ठा मारकर हँस देगी। यह विचार कर, मनोहर मजाक के अन्दाज में अपने हाथ नचाता हुआ बोला, 'हाँ तो कर लो फैसला। बताओ किस बात का फैसला करना है तुम्हें?'

'सुजाता का।' श्यामा पहले की तरह क्रोधपूर्ण स्वर में बोली।

मनोहर पहले की तरह ही बात को मज़ाक में लेता हुआ बोला, 'तो कर लो फैसला, पलड़ा मेरा ही भारी रहेगा। सुजाता मेरी है।'

वह सोच रहा था कि उसका यह उत्तर सुनकर श्यामा पहले थोड़ा मीठा गुस्सा दिखाएगी और फिर खिलखिलाकर सुजाता को उसकी गोद में रख देगी और कहेगी 'हाँ सुजाता तुम्हारी है। यह लो, सँभालो अपनी सुजाता को।'

किन्तु ऐसा नहीं हुआ। अप्रत्याशित रूप से, मनोहर के शब्द सुनकर श्यामा तिलमिला कर बोली, 'नहीं, सुजाता तुम्हारी नहीं है। तुम्हारे लिए कुछ नहीं है वह।'

श्यामा के ये शब्द सुन मनोहर आश्चर्य से भर गया और आश्चर्यचकित दृष्टि से उसकी ओर देखते हुए बोला, 'यह क्या कह रही हो तुम?'

श्यामा ने कठोर शब्दों में जवाब दिया, 'सही कह रही हूँ। सुजाता से तनिक भी प्यार नहीं है तुम्हें।' इतना कहते-कहते उसका चेहरा तमतमा आया था और भौंहें फड़कने लगी थीं।

'क्या?...मुझे सुजाता से प्यार नहीं है?...कुछ भी कहने से पहले थोड़ा तो सोच लिया करो तुम।' मनोहर भी आवेश में आकर बोला।

'हाँ, सच कह रही हूँ। तुम्हारा उसकी ओर कोई ध्यान नहीं रहता है। सच तो यह है कि अपने कामों के आगे तुम्हें कुछ भी दिखाई नहीं देता। अपने कामों के अतिरिक्त किसी चीज से मोह नहीं है, किसी चीज की परवाह नहीं है तुम्हें।' श्यामा ने तमतमाते हुए कहा।

श्यामा को गुस्से में उबलता देख मनोहर भी उत्तेजित हो गया था। बौखला उठा। वह बोला, 'क्या कहा तुमने—अपने काम के अतिरिक्त... ? क्या हर समय अपने कामों में ही डूबा रहता हूँ मैं।...तुम्हारी ओर, सुजाता की ओर कोई ध्यान नहीं देता मैं?'

'हाँ, नहीं देते तुम सुजाता की ओर कोई ध्यान? मुझे तुम कुछ नहीं समझते, कोई बात नहीं। लेकिन, कम से कम अपनी बेटी के बारे में तो कुछ सोचो तुम।'

श्यामा का यह व्यवहार मनोहर को बहुत आहत करता था। वह पूरी कोशिश करता था कि श्यामा पहले की तरह खुश रहे, सामान्य व्यवहार करे, किन्तु श्यामा के व्यवहार में कोई परिवर्तन दिखाई नहीं देता था। लगता था जैसे विषादों ने उसके अन्तर में स्थायी घर बना लिया था। उसने अपनी ओर से बहुत प्रयास किया कि श्यामा के व्यवहार में कुछ सकारात्मक परिवर्तन आए किन्तु ऐसा नहीं हो सका। उसने श्यामा को यह समझाने की कोशिश की कि किसी एक बिन्दु पर अटककर जिन्दगी को वहीं रोक देना उचित नहीं है। इस तरह जिन्दगी को नहीं जिया जा सकता। जिन्दगी को जीने के लिए आगे बढ़ना होता है। जब कभी भी वह श्यामा को यह समझाने की कोशिश करता तो वह बेरुखेपन से जवाब देती थी। एक दिन मनोहर ने उससे यही सब कहा तो उसने बेरुखेपन से जवाब दिया, 'तुमसे कौन कह रहा है अटकने या रुकने के लिए। तुम अपनी जिन्दगी को आगे बढ़ाओ न, खूब तेज दौड़ो।'

'लेकिन, परिवार की गाड़ी के दोनों पहिये एक गति से साथ-साथ चलेंगे तभी तो दौड़ पाएगी परिवार की गाड़ी।' मनोहर ने समझाने की कोशिश करते हुए कहा।

मनोहर के इस कथन पर श्यामा कटाक्ष करते हुए बोली थी, 'परिवार की बात वो करते हैं जो परिवार का मतलब समझते हैं, जिन्हें परिवार की चिन्ता होती है। जिसे परिवार की परिभाषा ही पता नहीं, और जो खुद को ही परिवार समझता हो वह क्या समझेगा परिवार को। इसलिए परिवार की बात मत करो, अपनी बात करो तुम।'

श्यामा से इस प्रकार के कटाक्ष सुन उससे बात करने का मनोहर का उत्साह भी ठंडा पड़ जाता था। किन्तु श्यामा निरन्तर तनाव में रहती थी, यह उसे असह्य होता था। कई बार उसका मन करता था कि श्यामा से उसके तनाव और दुःख का कारण पूछे, किन्तु चाहते हुए भी वह यह सोचकर कुछ नहीं पूछ पाता था कि श्यामा वैसे ही नाराज, गुस्से में भरी और खिंची-खिंची सी रहती है, कहीं इसी बात पर वह भड़क न उठे।...पर कब तक। एक दिन साहस जुटाकर उसने श्यामा से पूछ ही लिया, 'श्यामा, तुम हर समय तनावग्रस्त, उदास और बुझी-बुझी सी रहती हो। किस बात का तनाव है तुम्हें?...क्या दुःख है तुम्हारा?'

मनोहर के इस प्रश्न का उपेक्षापूर्ण शब्दों में जवाब देते हुए श्यामा बोली, 'क्या करोगे जानकर?...तुम्हारे पास कोई दवा नहीं है जो मेरे दुःखों का इलाज कर सके। मुझे मेरे हाल पर रहने दो। पूछकर क्यों अपना और मेरा समय बर्बाद करते हो।'

श्यामा के उपेक्षा-भाव पर ध्यान न देते हुए मनोहर ने विनीत स्वर में कहा, 'मेरे पास न सही, दुनिया में कहीं तो कोई दवाई होगी।...लेकिन यह तो पता चले कि तुम्हारा दुःख क्या है? ना तुम ठीक से बात करती हो, ना खाती-पीती हो। हमेशा गुमसुम सी, कहीं खोयी-खोयी सी रहती हो। तुम बताओ तो सही आखिर बात क्या है?'

'कोई बात नहीं है। मैं बिलकुल ठीक हूँ। मेरी फिक्र मत करो तुम।' श्यामा अपने उपेक्षाभाव को बरकरार रखते हुए बोली।

मनोहर ने पुनः आग्रह करते हुए कहा, 'तुम क्यों इतनी गुमसुम, उदास और खोयी-खोयी सी रहती हो? तुम्हारी यह घुटन मेरे लिए एक समस्या बन गई है। लगता है तुम्हारे अन्तर में कोई विस्फोटक परिस्थिति कहीं पर रुकी पड़ी है।'

इस बार श्यामा ने उपेक्षा के साथ-साथ गुस्साए स्वर में कहा, 'मैं क्या सोचती हूँ, क्या चाहती हूँ, यह तुम अच्छी तरह जानते हो। आज तक तुमने कभी ध्यान दिया है मेरी ओर। तुम्हें कोई अन्तर पड़ा है मेरी इच्छा या समस्या से। तुम्हारा जीने का अपना ढंग है। अपने ढंग से जीते रहो तुम, अपनी दुनिया में सुखी रहो। मेरी चिन्ता छोड़ दो।'

श्यामा के इन शब्दों ने मनोहर के दिल पर आघात किया। तीर की तरह उसके कलेजे में बहुत अन्दर तक घुस गए थे श्यामा के ये शब्द, जिन्होंने उसके

हृदय को जख्मी कर दिया था। उस जख्म की टीस उसे पीड़ा दे रही थी। पिछले काफी दिन से श्यामा बात-बे-बात पर उसे जली-कटी सुना रही थी, जिससे उसे बहुत पीड़ा होती थी। निरन्तर वह इस पीड़ा को कम करने की चेष्टा कर रहा था। उसने श्यामा को कई बार, कई तरह से समझाने की चेष्टा की, किन्तु वह उसे समझा नहीं सका।

एक दिन उसने इत्मीनान से श्यामा के पास बैठकर उससे कहा, 'अच्छा बताओ, क्या चाहती हो तुम। किस चीज की कमी है तुम्हें?'

श्यामा ने तुनक भरे स्वर में जवाब दिया, 'कह तो ऐसे रहे हो जैसे न जाने क्या-क्या लाकर दिया हुआ है तुमने और जो कुछ भी मैं कहूँगी वह अभी लाकर दे दोगे। हाथ-पल्ले कुछ है नहीं और बात कर रहे हो जाने क्या-क्या लाने की।'

मनोहर श्यामा के साथ प्यार से बात करके दोनों के सम्बन्धों के बीच कम होती जा रही ऊष्मा तथा बढ़ती जा रही शुष्कता और तनाव को कम करना चाहता था। किन्तु श्यामा जैसे इसके लिए तैयार नहीं थी। उसका व्यवहार ज्यों-का-त्यों शुष्क और उपेक्षापूर्ण बना हुआ था। श्यामा के बातचीत के अन्दाज से उसका मन भी खट्टा सा हो गया और श्यामा के ये शब्द उसे अपमानजनक लगे। वह प्रतिप्रश्न करते हुए बोला, 'क्यों? हाथ-पल्ले क्यों नहीं है कुछ? नौकरी नहीं करता हूँ मैं?...वेतन नहीं मिलता है मुझे?'

श्यामा कटाक्ष करते हुए बोली, 'हाँ करते हो नौकरी। मिलता है तुम्हें वेतन। लेकिन कितने रुपए मिलते हैं तुम्हें नौकरी के? जितना तुम्हारा एक महीने का वेतन है उतने रुपयों में एक ढंग की साड़ी तो आ नहीं सकती और बता रहे हो ऐसे डींग मारकर कि नौकरी करते हो।'

श्यामा के मुँह से यह सुन मनोहर सहसा असहज हो उठा। श्यामा ताना ही नहीं मार रही थी उसकी आर्थिक विपन्नता का उपहास भी उड़ा रही थी। वह सोचने लगा, 'श्यामा ऐसा क्यों कर रही है? क्या वह मुझसे अलग है? क्या मेरा उपहास और अपमान करके उसे सुख और सम्मान प्राप्त होगा?' उसके मन में आया कि वह श्यामा से यह सब कहे किन्तु श्यामा का उखड़ा मूड देखकर चुप लगा गया और इतना ही बोला, 'साड़ियाँ तो सौ से लेकर लाखों रुपए तक की आती हैं। यह तो कोई पैमाना नहीं है। हम जिस वर्ग के हैं, उसके अनुसार मेरा वेतन इतना है कि तुम्हें साड़ी खरीदवा सकूँ। अब तुम लाख रुपए की साड़ी की बात करो तो जरूर मेरे वेतन से एक साड़ी नहीं आ सकती।'

लगता था जैसे श्यामा पूरी तरह मनोहर को लज्जित और अपमानित करने के लिए बैठी थी। वह मनोहर को उसकी हैसियत बताते हुए बोली, 'लाख रुपए की साड़ी की बात कर कौन रहा है तुमसे? इतने हवा में जाकर बात क्यों कर रहे हो? तुम्हारी हैसियत है इतनी कि तुमसे यह अपेक्षा की जाए।'

मनोहर को इस बात की तनिक भी उम्मीद नहीं थी कि श्यामा इस तरह की बातें भी कर सकती है। एक के बाद एक कटुता के शब्द–बाणों से वह मनोहर को जख्मी करती जा रही थी। वह भी विचलित हो उठा और आवेश में आते हुए बोला, 'तो आदमी की हैसियत सिर्फ पैसे से बनती है?'

श्यामा अपनी बात पर ज़ोर देते हुए बोली, 'जी हाँ, हैसियत पैसे से ही बनती है, सिद्धान्त और आदर्शों से नहीं बनती। नहीं तो ले जाओ अपने सिद्धान्त और आदर्शों को बाजार में और देखो कितने के बिकते हैं वे? क्या खरीद कर ला सकते हो तुम उनसे?'

श्यामा को अपने रुख पर कायम देख वह समझौते के से स्वर में बोला, 'ठीक है, यदि पैसे की ही बात है और पैसे से ही सुख मिल सकता है तुम्हें तो मैं कोई पार्ट टाइम दूसरा काम कर लूँगा। इसमें मुझे कोई परेशानी नहीं है।''

श्यामा को मनोहर का यह प्रस्ताव मंजूर नहीं हुआ। उसे खारिज कर वह अपने रुख पर ही दृढ़ रहते हुए बोली, 'आठ घंटे की नौकरी के बाद पार्ट टाइम काम तो तुम कर लोगे, लेकिन उसी आठ घंटे की नौकरी में जो कर सकते हो वो नहीं करोगे।'

मनोहर अपनी बात को पानी देते हुए प्रेमपूर्ण शब्दों में बोला, 'तुम्हारे सुख और खुशी के लिए मैं कुछ भी कर सकता हूँ।'

श्यामा तुनक के साथ बोली, 'रहने दो बड़ी–बड़ी बातें करना। एक छोटी सी बात तो सुन नहीं रहे हो। इतने दिन हो गए तुम्हें समझाते हुए। और कहते हो कि कुछ भी कर सकता हूँ। कर सकते हो तो करते क्यों नहीं हो मैं जो कह रही हूँ।'

'क्या कह रही हो तुम, मैं कुछ समझ नहीं पा रहा हूँ?' मनोहर ने श्यामा का आशय समझते हुए भी अनभिज्ञता प्रकट करते हुए कहा।

'भोले मत बनो। तुम अच्छी तरह जानते हो कि मैं क्या कह रही हूँ।' श्यामा ने दृढ़तापूर्वक अपना मन्तव्य दोहराया।

मनोहर अपनी विवशता व्यक्त करते हुए बोला, 'श्यामा, तुम मुझे समझती क्यों नहीं? तुम मुझसे वह काम करने के लिए जिद क्यों कर रही हो, जिसे करने के लिए मेरा मन और चेतना तैयार नहीं है।'

यह सुनकर श्यामा गुस्से से सुलग उठी। तमतमाकर बोली, 'तुम ठीक कहते हो। सचमुच मैं तुम्हें समझ नहीं पा रही हूँ। तुम दिखावा तो ऐसा करते हो जैसे तुमसे ज्यादा दुनिया में कोई व्यक्ति अपनी पत्नी को प्यार नहीं करता और न तुमसे ज्यादा उसका ध्यान रखता है। लेकिन करने के नाम पर...कभी दिल, कभी चेतना और कभी समाज का वास्ता देकर कुछ भी करने से इन्कार कर देते हो।'

मनोहर संयम से काम लेते हुए बोला, 'मैं इन्कार कहाँ करता हूँ। तुम जो भी कहती हो, वह सब उपलब्ध कराने की कोशिश करता हूँ कि नहीं, तुम ही बताओ।'

मनोहर के इन शब्दों ने जैसे जलती आग में घी का काम किया। श्यामा सुनते ही भभक उठी, 'तो तुम घर के आटे, दाल की बात कर रहे हो?...हाँ, वह तो तुम करते हो।...क्या वह भी नहीं करोगे? इसके अलावा और क्या लाकर देते हो तुम मेरे लिए? कितनी साड़ियाँ खरीदकर या खरीदवाकर लाए हो, कितने गहने जड़वा दिए हैं और कितने कॉस्मेटिक्स लाकर देते हो तुम मेरे लिए?'

मनोहर भी तैश में आते हुए बोला, 'क्या साड़ियाँ और गहने ही तुम्हारी बीमारी का इलाज है? यही तुम्हारी सर्वोच्च प्राथमिकता है? यदि ऐसा है तो बताओ कितनी साड़ियाँ खरीदनी हैं तुम्हें और कितनी सोने-चाँदी की चीजें चाहिए। मैं कुछ भी करूँगा लेकिन तुमको ये सब दिलवाऊँगा।'

श्यामा व्यंग्य-बाण छोड़ती हुई बोली, 'कह तो ऐसे रह हो जैसे अभी लाकर दे दोगे।'

मनोहर ने जवाबी बाण छोड़ा, 'अभी नहीं तो दो-चार दिन में लाकर दे दूँगा। तुम बताओ तो सही।'

श्यामा के तरकस से दूसरा बाण निकला, 'कहाँ से ला दोगे? गाँठ में है कुछ? जेब में सौ रुपए नहीं और बात कर रहे हो लाखों के खर्च की।...वाह, क्या बात है।'

'श्यामा...।' मनोहर ने कुछ कहना चाहा, किन्तु श्यामा ने बीच में ही टोक दिया और उस पर आक्रमण सा करते हुए बोली, 'मेरी तो छोड़िए, इस छोटी सी बच्ची के लिए भी ढंग के कपड़े, खिलौने कुछ लाकर देते हो कभी...। सुजाता तो तुम्हारी अपनी बेटी है। जब अपनी बेटी के लिए कुछ नहीं करते हो तुम तो मैं अपने लिए क्या उम्मीद करूँ तुमसे।'

श्यामा की बातें मनोहर के दिल में बने जख्मों पर नमक सा छिड़क रही थीं। वह अन्दर ही अन्दर बुरी तरह तिलमिला रहा था, किन्तु किसी तरह स्वयं को संयत किए हुए था। अपनी तिलमिलाहट को नियंत्रित करते हुए वह बोला, 'तुम मुझ पर व्यंग्य कर सकती हो। मेरा उपहास कर सकती हो। यदि तुम्हें इसमें सुख मिलता है तो खूब करो मेरा उपहास, और ज्यादा करो मुझ पर व्यंग्य और खूब सुख प्राप्त करो। लेकिन तुम्हारे उपहास या व्यंग्य-बाणों से विचलित होकर मैं वह गलत कार्य करने के लिए तैयार नहीं होऊँगा, जो तुम मुझसे कराना चाहती हो, जो न नैतिक रूप से ठीक है, न सामाजिक रूप से और न कानूनी रूप से ठीक है।...और सबसे बड़ा, जो काम हमारे दलित समाज को अधोगति में ले जाने में बड़ी भूमिका निभाता है।...तुम मुझसे वह काम करने के लिए आग्रह कर रही हो श्यामा, जिसका हमें पुरजोर विरोध करना चाहिए।'

'किसी काम को करना हो तो उसे करने के रास्ते ढूँढ़ लिए जाते हैं, और नहीं करना हो तो उसके लिए बहाने ढूँढ़ लिए जाते हैं। इतना तो मैं भी जानती हूँ। उतनी मूर्ख नहीं हूँ मैं जितना तुम समझते हो।...तुम ही हो समाज के सबसे बड़े मसीहा।

तुम्हारे करने से ही होगा दलित समाज की सारी समस्याओं का समाधान।...तुम्हारा ही नाम लिखा जाएगा लाल किले पर।' श्यामा ने नया व्यंग्य बाण छोड़ते हुए कहा।

मनोहर उसके व्यंग्य को नकारते हुए बोला, 'मैं कोई बहाना नहीं बना रहा हूँ। जो सच है, वह बता रहा हूँ...।'

मनोहर को बीच में ही रोकते हुए वह बोली, 'बस्स, बस्स, ज्यादा कहने की जरूरत नहीं है। तुम्हारे बिना कहे ही मैं जानती हूँ कि तुम मेरी बात नहीं मानोगे। मेरी कोई परवाह नहीं है तुम्हें। लेकिन कम से कम अपनी बेटी के बारे में तो कुछ सोचो तुम।'

श्यामा द्वारा अपनी बातों के बीच बेटी का उल्लेख करना उसे अच्छा नहीं लगा। लेकिन बेटी का जिक्र होते ही वह थोड़ा भावुक हो गया था और भावुक हृदय से श्यामा को आश्वस्त करता हुआ बोला, 'मुझे तुम्हारी पूरी परवाह है श्यामा, यह बात और है कि तुम्हें ऐसा नहीं लगता है।...रही बात सुजाता की तो वह मुझे अपनी जान से भी ज्यादा प्यारी है। उसके लिए मैं वह सब करूँगा जो उसके लिए जरूरी होगा।'

मनोहर की भावुकता ने श्यामा पर भी प्रभाव डाला। उसने व्यंग्य बाण छोड़ना बन्द कर इस बार प्रश्नों के बाण निकाले, और कई बाण एक साथ छोड़ते हुए बोली, 'कुछ दिन बाद वह स्कूल जाने लगेगी। कौन से स्कूल में एडमिशन कराओगे उसका, कुछ सोचा है तुमने? आजकल माँ-बाप बच्चे के जन्म के बाद से ही उसकी एजुकेशन और फ्यूचर को लेकर सोचना और प्लानिंग करना शुरू कर देते हैं। तुमने कोई प्लानिंग की है इसके लिए? मुझसे तो आज तक कोई बात नहीं की है तुमने इस बारे में कि कौन से स्कूल में एडमिशन कराना चाहते हो तुम उसका।'

श्यामा के प्रश्नों के आक्रमण के जवाब में मनोहर ने प्रति-प्रश्न किया, 'क्या बात करूँ मैं तुमसे? कब में करूँ?...कभी ठीक से बोलती हो मुझसे तुम?'

'तो अब यह इल्जाम भी... ।...बोलती नहीं हूँ मैं तुमसे?' श्यामा ने व्यंग्यमिश्रित स्वर में पूछा।

ऐसा लगा जैसे मनोहर को श्यामा के कटाक्ष और प्रश्नों के आक्रमण से बचने के लिए प्रश्नों के रूप में एक ढाल मिल गई हो। वह फिर से प्रतिप्रश्न के स्वर में बोला, 'बोलने के नाम पर मुझे जली-कटी बातें सुनाने, मुझ पर कटाक्ष करने के अलावा और क्या करती हो तुम? इसे बोलना कहती हो... ?'

श्यामा पर मनोहर के इस प्रश्न की तीखी प्रतिक्रिया हुई। वह कटाक्ष करते हुए बोली, 'बता दो कैसे बोला जाता है, वह सीख लूँगी मैं और जैसे तुम कहोगे वैसे बोल लिया करूँगी तुमसे।...आखिर तुम्हारी गुलाम हूँ मैं...तुम्हारे अनुसार रहना होगा मुझे...।'

श्यामा के कटाक्ष को काटते हुए मनोहर ने फिर से प्रश्न की भाषा में कहा, 'मैं क्या बताऊँ, तुम खुद ही देख लो अपना बात करने का ढंग। किस तरह बात कर रही हो तुम।'

इस बार श्यामा के शब्दों में कटाक्ष के साथ-साथ घृणा और उपेक्षा भी उतर आई थी। घृणा और उपेक्षा भरे शब्दों में वह बोली, 'तुम्हारे जैसे नकारा आदमी से और किस ढंग से बात करूँ मैं... ?'

मनोहर ने सुना, किन्तु, जैसे उसको अपने कानों पर विश्वास न हुआ हो। वह चौंकते हुए बोला, 'नकारा... ?'

'हाँ, नकारा ही तो हो तुम।' श्यामा ने अपने शब्दों को पुष्ट करते हुए कहा।

मनोहर को ऐसा महसूस हुआ मानो श्यामा ने उसके समस्त वजूद पर जोरदार हमला बोल दिया हो। वह तिलमिला उठा और श्यामा की आँखों में देखते हुए बोला, 'क्यों? कुछ करता नहीं हूँ मैं? क्या मैं घर में निठल्ला बैठा रहता हूँ और मेरी जगह तुम जाती हो ड्यूटी पर?'

श्यामा ने भी जवाबी हमला करते हुए कहा, 'तो अब ड्यूटी का ताना मार रहे हो? श्रीमान जी, मैं ड्यूटी पर जा रही होती तो शायद तुम यह ताना नहीं मारते।'

श्यमा की आक्रामकता का मनोहर के पास कोई जवाब नहीं था। वह विनीत स्वर में बोला, 'ताना नहीं मार रहा हूँ मैं?...क्या तुम बिना गुस्से के, सहज होकर बात नहीं कर सकती मुझसे? कोई दुश्मन हूँ मैं तुम्हारा? लोग तो दुश्मनों से भी इस तरह बात नहीं करते जिस तरह तुम मुझसे बात करती हो।'

श्यामा ने मनोहर के उसूली जज़्बातों को नकारते हुए कहा, 'है क्या तुम्हारे पास बात करने के लिए? वे ही घिसे-पिटे सिद्धान्त और आदर्श, जिनका हवाला बात-बात पर देते रहते हो।...क्या होगा तुम्हारे उन सिद्धान्तों से। यदि तुम अपनी बीवी-बच्चे को दूसरों की तरह सुख-सुविधाएँ नहीं दे सकते तो किस काम के हैं तुम्हारे ये सिद्धान्त? तुमने ही तो सुनाई थी अदम गोण्डवी की वह कविता बड़े चाव से कि 'चोरी ना करें, झूठ ना बोलें तो क्या करें / चूल्हे पर क्या उसूल पकाएँगे शाम को?' और अब तुम ही उसूलों की बात कर रहे हो।...तुम्हारे उसूल पकेंगे चूल्हे पर?'

'यहाँ मैं कौन से सिद्धान्त की बात कर रहा हूँ तुमसे?' मनोहर ने अपनी शालीनता बनाए रखते हुए पूछा।

मनोहर को अपराधी की तरह कठघरे में खड़ा कर वह उससे प्रश्न करते हुए बोली, 'अच्छा!...सिद्धान्त की बात नहीं कर रहे हो तो बताओ अपनी बीवी को सुख देने के लिए क्या कर रहे हो तुम?'

'जो कुछ भी जरूरी है एक गृहस्थ जीवन के लिए, वह सब कर तो रहा हूँ मैं।' जवाब में मनोहर ने कहा।

मनोहर का जवाब सुन वह और आक्रामक होते हुए बोली, 'घर-गृहस्थी से क्या मतलब है तुम्हारा? चूल्हा, रसोई, झाड़-पोंछा... ? क्या सिर्फ यहीं तक ही सीमित होती है स्त्री? क्या उससे बाहर उसकी कोई दुनिया या वजूद नहीं है? क्या उसकी कोई इच्छा, आकांक्षाएँ नहीं हैं। क्या उसका कुछ अच्छा ओढ़ने-पहनने का मन नहीं होता है?...इसके लिए क्या करते हो तुम?'

श्यामा का कथन मनोहर को अनुचित और अनावश्यक लगा। वह नसीहत देते हुए बोला, 'तुम फिर वे ही घिसी-पिटी बात लेकर बैठ गईं। दुनिया की किस-किस बात की नकल या बराबरी करोगी तुम? तुम दूसरी स्त्रियों के महँगे कपड़ों और गहनों के साथ कम्पीटीशन कर रही हो।...और भी बहुत सी बातें हैं दूसरों से कम्पीटीशन करने की, वह करो न।'

मनोहर की नसीहत पर कटाक्ष करती हुई श्यामा बोली, 'तो तुम कहते हो कि मुझे तुम्हारी, तुम्हारे परिवार के लोगों की सेवा करने में दूसरी स्त्रियों से कम्पीटीशन करना चाहिए और दूसरी स्त्रियों से बढ़-चढ़कर तुम्हारी और तुम्हारे परिवार की सेवा करनी चाहिए।...क्यों? यही चाहते हो ना तुम मुझसे?'

मनोहर ने श्यामा के कटाक्ष का विनम्रतापूर्वक जवाब देते हुए कहा, 'मैंने ऐसा कब कहा? मैं तो चाहता हूँ कि तुम कुछ पढ़ो, लिखो, कुछ सोशल वर्क करो।'

श्यामा पर मनोहर की सलाह का कोई प्रभाव नहीं पड़ा। वह अपनी तरह से, अपनी ही भाषा में, अपने ही स्वर में मनोहर के सुझाव को नकारते हुए बोली, 'तुम ही बहुत हो सोशल वर्क के लिए तो। तुम ही बन जाओ मसीहा सोशल वर्क करके। मुझे तो एक इनसान की तरह जीने दो, यही बहुत है मेरे लिए। लेकिन उसकी बात तुम नहीं करोगे। इस तरह की बातें करोगे ताकि मैं इन सब में उलझी रहूँ और तुमसे किसी तरह की कोई माँग नहीं करूँ?...क्यों ये ही चाहते हो ना? बहुत अच्छा सुझाव है तुम्हारा। धन्य हो गई हूँ मैं तुम्हारे जैसा पति पाकर।'

मनोहर बात के एक सिरे पर था और श्यामा दूसरे सिरे पर थी, और दोनों सिरे कहीं पर भी एक-दूसरे से मिल नहीं रहे थे। किसी प्रकार का कोई सामंजस्य भी उनमें नहीं बन पा रहा था। श्यामा अपने सिरे से बोल रही थी और मनोहर अपने सिरे से आवाज दे रहा था। दोनों के तर्क और प्रश्न एक-दूसरे को काट रहे थे। श्यामा अपने सिरे पर तनकर खड़ी थी। वह झुकने के लिए तनिक भी तैयार नहीं थी। मनोहर की किसी भी बात का उस पर कोई असर नहीं पड़ रहा था। श्यामा की जली-कटी बातें उसको तीर की तरह चुभ रही थीं। उसने महसूस किया कि श्यामा संवाद नहीं लड़ाई कर रही थी। श्यामा से बात जारी रखने का मतलब उसके गुस्से को और बढ़ाना था। इसलिए श्यामा के साथ संवाद को यहीं विराम देकर वह वहाँ से उठा और दूसरी ओर चला गया था।

दोनों के बीच इस प्रकार की तकरार अब लगभग रोज की बात हो गई थी। श्यामा जी भरकर मनोहर को खरी-खोटी सुना अपने मन की भड़ास निकालती थी। मनोहर की किसी भी बात का उस पर कोई प्रभाव नहीं पड़ता था। श्यामा की जली-कटी बातें उसको तीर की तरह चुभती थीं। उसने महसूस किया कि श्यामा संवाद नहीं कर रही थी, लड़ रही थी। अब तक वह स्वयं को संयत किए हुए था, किन्तु श्यामा के मुख से निरन्तर कटाक्षपूर्ण शब्द सुनना उसके लिए असह्य हो गया था। एक दिन बात करते हुए श्यामा ने तीव्र कटाक्ष किए तो क्रोधाग्नि से उसका शरीर फड़क उठा। सुर्ख आँखों से उसने श्यामा की ओर देखा और लगभग चीखते हुए कहा, 'मैं कुछ कह नहीं रहा हूँ तो सिर पर चढ़े जा रही हो तुम। जो मन में आ रहा है उल्टा-सीधा कुछ भी कहे चली जा रही हो।'

'मेरी बातें तो उल्टी-सीधी ही लगेंगी तुम्हें।...जब भी मैं कोई न्याय या अधिकार की बात करती हूँ मेरी बातें हमेशा उल्टी-सीधी ही लगती हैं तुम्हें।' कहकर श्यामा ने एक क्षण मनोहर की ओर देखा और गुस्से से पैर पटकती हुई कमरे से बाहर हो गई थी।

मनोहर का मस्तिष्क भी विक्षिप्त सा हो गया था और उसने काम करना बन्द सा कर दिया था। उसे कुछ सूझ नहीं रहा था। बहुत समय तक वह किंकर्तव्यविमूढ़ सा पड़ा रहा। मस्तिष्क में विचार आते और निकल जाते। कोई विचार क्षण भर को भी मस्तिष्क में न ठहरता था। श्यामा का गुस्सा इतना बढ़ गया था कि उस रात वह मनोहर के साथ कमरे में नहीं सोयी थी, अपितु उसने अपना बिस्तर रसोई में लगाया था। मनोहर भी उस रात सो नहीं सका। कमरे में अकेला पड़ा करवटें बदलता रहा। बार-बार उसके मन में आता कि श्यामा के पास जाकर उसे मनाए और उसको उठाकर कमरे में ले आए और समझाए, 'छोटी सी बात का इतना बुरा मान गईं तुम। यह ठीक नहीं है। चलो कमरे में चलकर सोओ।' किन्तु हर बार उसका मस्तिष्क उसके मन को रोक लेता था।

कई बार वह इस हेतु बिस्तर से उठकर चला भी, किन्तु कमरे की दहलीज तक आते ही कोई अदृश्य जंजीर सी उसके पैरों को जकड़ लेती थी। सोचता, श्यामा क्या सोचेगी मेरे विषय में, यही न कि मैं अपनी वासना पर संयम न रख सका, इसलिए प्यार जता रहा हूँ।' यह सोच वह वापस लौट आता। एक बार नहीं रात भर में कई बार इसकी पुनरावृत्ति हुई।

वह पहला दिन था जब मनोहर और श्यामा के बीच इतनी तल्खी हो गई थी कि वे एक साथ न सोकर अलग-अलग सोए थे। किन्तु अब यह लगभग रोज की बात हो गई थी। दोनों ही एक-दूसरे के प्रति उदासीन से रहने लगे थे। मनोहर तो फिर भी श्यामा से बोल लेता था और उसका दुःख-दर्द भी पूछ लेता था। कभी-कभी हँसी-मज़ाक करके माहौल को ठंडा और सामान्य करने की कोशिश भी

करता था, किन्तु श्यामा बुत की तरह बनी हुई थी। बहुत अधिक जरूरी होने पर ही वह मनोहर से बोलती थी, और वह भी गिने-चुने शब्दों में ही। अ़न्यथा बात करना तो दूर, मनोहर की बातों का ठीक से जवाब भी वह नहीं देती थी। हर समय वह उदासी में डूबी रहती थी। न ठीक से खाती थी, न पीती थी। उसका गोरा शरीर पीला पड़ने लगा था। पहले दु:खी होने पर वह राजो के साथ समय बिताकर अपने दु:ख से उबरने की कोशिश किया करती थी। किन्तु अब उसका दु:ख इतना बढ़ गया था कि राजो की ओर भी उसका ध्यान नहीं जाता था। वह केवल अपने आप में ही खोयी और उलझी रहती थी। वह अन्दर ही अन्दर घुटती जा रही थी। निरन्तर तनावग्रस्त रहने से उसका स्वास्थ्य भी गिरने लगा था।

नौ

मनोहर जिस समय ऑफिस से घर लौटा श्यामा रात के भोजन की तैयारी कर रही थी। सब्जी की टोकरी से सब्जी निकालते हुए उसने मनोहर से पूछा, 'आलू और सेम की फलियाँ ही हैं बस घर में। ये ही बना लूँ या दाल खानी है?'

'ये कब के लिए पूछ रही हो?' मनोहर ने पूछा।

'शाम हो रही है। दिन छिपने को है। रात के खाने के लिए ही पूछूँगी इस समय, और कब के लिए पूछूँगी?' श्यामा ने तुनक के साथ कहा।

'लेकिन आज तो रात को बहुत ज्यादा खाना बनाने की जरूरत ही नहीं है। बस माँ और कपिल के लिए बनाना है।' मनोहर ने उसे कुछ याद दिलाने की कोशिश करते हुए कहा।

श्यामा शायद मनोहर के कहने का आशय नहीं समझ पाई, उसी तुनक के साथ बोली, 'क्यों? आप नहीं खाओगे? मैं नहीं खाऊँगी?...हमारे लिए गुरुद्वारे से आएगा क्या आज खाना?'

मनोहर ने उसकी तुनक से विचलित हुए बिना सहजतापूर्वक कहा, 'गुरुद्वारे से नहीं आएगा खाना, हम बाहर खाएँगे।'

श्यामा पर मनोहर की सहजता का कोई प्रभाव नहीं पड़ा। वह ताना सा मारते हुए बोली, 'बाहर तो ऐसे कह रहे हो जैसे किसी होटल में ले जा रहे हो आज डिनर के लिए। क्यों? क्या बात है आज?'

'अरे ध्यान नहीं है तुम्हें, आज वर्मा जी की बेटी की शादी है।' मनोहर ने बताया।

'कौन से वर्मा जी?' श्यामा ने पूछा।

'अरे वो ही, हमारे ऑफिस वाले। पिछले रविवार को आए थे ना कार्ड देने।' मनोहर ने याद दिलाते हुए कहा।

'अच्छा...हाँ, आए थे।' श्यामा ने अनमनेपन से कहा।

'उन्हीं की बेटी की शादी है आज। तैयार हो जाओ। शादी में चलना है।' मनोहर ने उत्साहपूर्वक कहा।

'तुम ही चले जाओ। मेरा मन नहीं है कहीं जाने का। और फिर माँ और कपिल तो जाएँगे नहीं। उनके लिए खाना भी तो बनाना होगा। खाना बनाऊँगी फिर तैयार होऊँगी। बहुत देर हो जाएगी।' श्यामा ने अनिच्छा व्यक्त करते हुए कहा।

'माँ तो वैसे ही थोड़ा सा खाती कहाँ है रात में। हाँ कपिल खाता है, सो अंडे रखे ही होंगे। अंडों की भुजिया बनाकर खा लेगा। थोड़ी सी रोटी ही तो बनानी हैं, तो बनाकर रख चलो जल्दी से या वहाँ से आने के बाद बन जाएँगी। हमें कौन सी बहुत देर करनी है वहाँ पर।' मनोहर ने उसे चलाने के लिए प्रेरित करते हुए कहा।

'कपिल की बात और है। वह तो लड़का है। कुछ भी खा लेगा। लेकिन माँ तो कुछ भी नहीं खा सकती न। उनको तो सब्जी चाहिए ही। उनके लिए तो बनाना ही पड़ेगा कुछ। उसमें टाइम लगेगा।...कब खाना बनाऊँगी, कब तैयार होऊँगी।...तुम ही चले जाओ ना।' कहते हुए श्यामा ने जाने से इन्कार करने की कोशिश की।

'कितने प्यार से वह इनवाइट करके गए हैं। पति-पत्नी दोनों आए थे। तुम नहीं चलोगी तो उन्हें लगेगा पता नहीं क्यों नहीं आई। चलो, थोड़ी देर की ही तो बात है, जल्दी ही आ जाएँगे।' मनोहर ने उसे समझाते हुए कहा।

'कुछ बुरा नहीं लगेगा। वे तो अपने कामों में ही इतने व्यस्त होंगे कि उनको होश भी नहीं होगा यह देखने का कि कौन आया है और कौन नहीं। बाद में कभी ध्यान आएगा भी तो वे समझ जाएँगे कि कोई न कोई जरूरी काम रहा होगा इसीलिए मैं नहीं जा पाई।' श्यामा ने टालते हुए कहा।

श्यामा का मना करना मनोहर को अच्छा नहीं लग रहा था। स्त्रियाँ तो शादी-पार्टियों आदि में जाने के लिए हमेशा तैयार रहती हैं और खुश होकर जाती हैं, फिर श्यामा क्यों मना कर रही है, यह उसे विचित्र लग रहा था। श्यामा के मना करने के पीछे क्या वजह हो सकती है, उसने दिमाग पर ज़ोर देकर यह जानने की कोशिश की, किन्तु उसे कोई खास वजह दिखाई नहीं पड़ी। श्यामा से इस बारे में कुछ पूछने के बजाय उसने आग्रह करते हुए कहा, 'चलो न श्यामा, ऑफिस के सब लोग अपनी फेमिली के साथ आएँगे। मैं अकेला जाऊँगा तो अच्छा नहीं लगेगा। और लोग तुम्हारे बारे में पूछेंगे तो क्या कहूँगा।'

मनोहर के आग्रह पर वह अनमने मन से शादी में जाने के लिए तैयार हो गई। किन्तु विवाह समारोह में अधिकांश समय वह मनोहर के साथ ही रही। अन्य स्त्रियों से मिलने और बात करने में उसने कोई रुचि नहीं ली। मनोहर को यह

अजीब लगा। श्यामा को किसी से मिलते, बात करते न देख कुछ स्त्रियाँ श्यामा के पास आकर ही उसका हालचाल पूछ गई थीं। श्यामा तब भी किसी स्त्री के पास नहीं गई तो मनोहर ने उसे टोका, 'सभी स्त्रियाँ एक-दूसरे से बात कर रही हैं, तुम्हारे पास आकर तुम्हारा भी हालचाल पूछ रही हैं। तुम भी चली जाओ थोड़ी देर के लिए उनके पास, उनसे मिल लो।'

मनोहर के कहने पर श्यामा चली तो गई स्त्रियों के पास, लेकिन कुछ देर में ही वह उनके पास से हटकर वापस मनोहर के पास आ गई और उससे बोली, 'चलो, जल्दी से खाना खा लो, फिर घर चलते हैं।'

मनोहर ने उत्सुकता से पूछा, 'अभी से?...क्या हुआ? कुछ परेशान सी लग रही हो। क्या बात है?'

'नहीं, कुछ खास नहीं।...बस मन नहीं लग रहा है।' यह कहते हुए श्यामा का चेहरा उतरा हुआ था।

मनोहर ने महसूस किया कि अवश्य कोई विशेष बात है जिसकी वजह से श्यामा का मन उखड़ गया है, और इसीलिए वह जल्दी घर चलने की बात कर रही है। हालाँकि विवाह समारोह में आए उन्हें अभी थोड़ी देर ही हुई थी और इतनी जल्दी वापस लौटना कुछ विचित्र सा लग रहा था। उसके मन में कहीं न कहीं यह सवाल जरूर था कि कहीं वर्मा जी को यह नहीं लगे कि केवल मुँह दिखाने के लिए ही आए थे। किन्तु वह श्यामा का स्वभाव जानता था, कि उसने एक बार यहाँ और नहीं रुकने का फैसला कर लिया है तो रुकेगी नहीं। इसलिए श्यामा का मूड भाँपते हुए वह बोला, 'ठीक है, तो चलो फिर खाना खा लेते हैं, और चलते हैं।'

'मुझे नहीं खाना कुछ। तुम्हें खाना है खा लो।' श्यामा ने उपेक्षापूर्ण स्वर में कहा।

श्यामा का उखड़ा मूड देखकर मनोहर का भी खाने का कोई मन नहीं हो रहा था। किन्तु 'खाना नहीं खाएँगे और ऐसे ही चले जाएँगे तो वर्मा जी और दूसरे लोग भी पता नहीं क्या का क्या सोचेंगे। इससे अच्छी छवि नहीं बनेगी हमारी। किस-किस को क्या-क्या सफाई दूँगा मैं।' यह सोचकर वह श्यामा को समझाते हुए बोला, 'मन न हो तो भी, थोड़ा-बहुत खा लो। ताकि वर्मा जी को और दूसरे लोगों को भी यह लगे कि हम खाना खाकर गए हैं। ऐसे अवसरों पर बिना किसी ठोस कारण के, खाना खाए बिना चले जाने के दूसरे अर्थ निकाल लिए जाते हैं।'

मनोहर के यह कहने पर वह खाना खाने के लिए तैयार हो गई थी। किन्तु खाने की ओर उसका कोई मन नहीं था। वह खाना नहीं खा रही थी, बल्कि प्लेट हाथ में पकड़े वह खाना खाने का दिखावा कर रही थी। मनोहर भी पूरे मन से खाना नहीं खा पा रहा था। कुछ मिनटों के अन्दर ही खाने की औपचारिकता पूरी कर वे घर लौट आए थे।

घर लौटते हुए भी श्यामा गुस्से से तमतमाई हुई थी। रास्ते भर उसने मनोहर से कोई बात नहीं की। घर के अन्दर प्रवेश करते ही राजो अपनी जगह से उठकर प्यार से पूँछ हिलाती हुई उनके पास आकर उनके पैरों से चिपकाने लगी तो गुस्से में भरी श्यामा ने राजो को भी पैर से एक ओर झटक दिया। उसके गुस्से को भाँपकर राजो चुपचाप वहाँ से हटकर अपनी जगह पर चली गई थी।

कमरे के अन्दर आने पर मनोहर ने श्यामा से पूछा, 'क्या हो गया था तुम्हें वहाँ, जो न तुमने किसी से कोई बात की। और यहाँ भी...।'

यह सुनकर श्यामा का गुस्सा और बढ़ गया। वह गुस्से से उबलते हुए बोली, 'यहाँ भी क्या? यहाँ क्या कर दिया मैंने?'

मनोहर ने उसके गुस्से को देखते हुए शान्त स्वर में कहा, 'राजो कितने प्यार से तुम्हारे पास आई थी। लेकिन तुमने उस बेचारी को भी गुस्से से झिड़क दिया।'

श्यामा ने इस पर कुछ नहीं कहा। वह मौन लगा गई थी। मनोहर ने कुछ देर प्रतीक्षा की कि शायद श्यामा कुछ बोलेगी। किन्तु, उसको कुछ न बोलते और गुस्से में ही कपड़े और अन्य सामान फेंकते हुए देख मनोहर ने उससे पूछा, 'क्या बात है श्यामा तुम्हें?'

'क्या हुआ है?...कुछ नहीं हुआ मुझे।' श्यामा ने गुस्से में भरे हुए ही मनोहर की ओर आँखें तरेरते हुए कहा।

'तुम इतने गुस्से में हो। कोई तो बात रही होगी। कुछ खाया भी नहीं तुमने वहाँ पर शादी में और आने के लिए भी बहुत जल्दी की?' मनोहर ने उससे जानना चाहा।

श्यामा गुस्से से भरी थी। गुस्से से उबलती हुई बोली, 'जल्दी घर न आती तो क्या वहाँ पर अपनी बेइज्जती कराती रहती मैं।'

मनोहर को आश्चर्य हुआ सुनकर। वह बोला, 'यह क्या कह रही हो तुम।...किसने की तुम्हारी बेइज्जती?...तुमने मुझे वहीं क्यों नहीं बताया।'

'क्या करती बताकर। तुम्हें बताने से कुछ फायदा है?' श्यामा ने गुस्से से फुफकारते हुए कहा।

मनोहर को यह बात बुरी लग रही थी कि श्यामा के साथ किसी ने कुछ दुर्व्यवहार किया और श्यामा ने उसे बताया नहीं। वह पूछते हुए बोला, 'क्यों? फायदा क्यों नहीं है? कोई तुम्हारी बेइज्जती करे और तुम मुझे नहीं बताओगी तो किसे बताओगी।...बताओ तो सही क्या हुआ। कौन था वह जिसने तुम्हारी बेइज्जती की?''

श्यामा ने आँखें तरेरते हुए मनोहर की ओर देखा और बोली, 'तुमने देखा वहाँ आने वाले लोगों को?'

'हाँ देखा था। सबको तो नहीं, लेकिन काफी लोगों को तो देखा ही था।' मनोहर ने सहज रूप से बताया।

'औरों को ना सही, अपने दफ्तर के लोगों को तो देखा ही होगा?' यह कहते हुए श्यामा की आँखों में गुस्सा बरकरार था।

'हाँ, देखा था। लेकिन हुआ क्या, यह तो बताओ...।' मनोहर ने आग्रह करते हुए पूछा।

'तुमने देखा वे किस तरह आए थे?' श्यामा ने प्रश्न किया।

'हाँ। लेकिन तुम ऐसे क्यों पूछ रही हो?' मनोहर ने प्रतिप्रश्न किया।

श्यामा गुस्से से हाथ नचाते हुए बोली, 'पूछ नहीं रही हूँ तुम्हें बता रही हूँ कि वे सब कितने ठाट-बाट से रहते हैं। कोई कार से कोई मोटरसाइकिल से, सब किसी न किसी वाहन से आए थे। एक तुम ही थे जिसके पास अपना कोई वाहन नहीं था और अपनी बीवी को रिक्शे से लेकर गए थे।'

'कोई किसी भी वाहन से जाए, उससे हमें क्या फर्क पड़ता है? हम रिक्शे से चले गए तो क्या हो गया?...ऐसा तो नहीं है कि वे मोटरसाइकिल और कारों से गए तो उनको कुछ विशेष प्राप्त हो गया और हम रिक्शे से गए तो हम कुछ पाने से वंचित रह गए।' मनोहर ने समझाते हुए कहा।

'नहीं, कुछ नहीं हुआ।...पैदल ले जाते तब भी कुछ नहीं होता तुम्हारे लिए तो।' श्यामा ने गुस्से में भरे हुए ही कहा।

'श्यामा!...तुम भी क्या तुलना करने लग जाती हो दूसरों से। उनकी अपनी जिन्दगी है, हमारी अपनी है।' मनोहर ने उसके गुस्से को शान्त कराने की कोशिश करते हुए कहा।

'क्यों न करूँ। उनकी बीवियों को देखा तुमने कैसी कीमती साड़ियों और गहनों से लदी हुई थीं सब की सब और एक-दूसरे से प्रतिस्पर्द्धा सी कर रही थीं। और अपनी ओर देखो, अपनी बीवी को देखो...सबसे साधारण साड़ी थी मेरी। और गहनों की तो बात ही क्या है। कितनी फटीचर सी लग रही थी मैं उनके सामने। शर्म सी आ रही थी मुझे खुद पर। अपमानित सा महसूस हो रहा था उनके साथ खड़े होने में।' श्यामा ने अपने मन की गाँठ खोलते हुए कहा।

जब भी किसी अवसर पर मनोहर के दोस्तों, रिश्तेदारों और उनके परिवारों के साथ मिलना होता तो श्यामा यह देखकर दु:खी होती कि अन्य स्त्रियाँ कीमती साड़ी और गहने पहने हुए हैं, जबकि वह साधारण साड़ी पहने हुए है। यह देखकर वह स्वयं में हीनता का सा अनुभव करती थी। इसी कारण से वह शादी-ब्याह या इसी तरह के अन्य आयोजनों में जाने से प्राय: कतराती थी और जाना जरूरी ही होता तो बुझे मन से जाती थी। ऐसे अवसरों पर उसके चेहरे पर कभी खुशी दिखाई नहीं देती थी। उस दिन भी ऐसा ही हुआ था और दिल से अनिच्छा के उपरान्त मजबूरीवश ही वह वर्मा जी की बेटी की शादी के समारोह में आई थी।

मनोहर ने महसूस किया श्यामा हीनताबोध की शिकार है। उसे इस बोध से उबारते हुए वह बोला, 'क्यों ?...किस बात की शर्म। कौन कहता है तुम फटीचर लगती हो। तुम्हारी अपनी पर्सनेलिटी है। तुम इन कपड़ों में और बिना गहनों के भी उनसे ज्यादा सुन्दर और आकर्षक दिखती हो।'

किन्तु, मनोहर के शब्दों से अप्रभावित होते हुए वह बोली, 'यह तुम कह रहे हो। क्योंकि तुम्हें अपनी कमजोरी पर लीपापोती जो करनी है। लेकिन सब औरतें एक-दूसरे के कपड़ों-गहनों को ही देखती हैं और उनकी ही बात करती हैं आपस में। सब के पास कुछ ना कुछ होता है अपने बारे में बताने को। मैं क्या बताऊँ उनको। दूसरी औरतों के पर्स रुपयों से भरे होते हैं और मेरे पास दस रुपए भी नहीं होते। मेरे पास तो ऐसा कुछ भी नहीं है जिसके बारे में बता सकूँ कि कब खरीदा, कहाँ से खरीदा, कितने का खरीदा। सब औरतें हर फंक्शन में नई साड़ी पहनकर आती हैं। और एक मैं हूँ कि सभी फंक्शन्स में उन्हीं तीन-चार साड़ियों को अदल-बदलकर पहन कर जाती हूँ। क्या तुम्हें कोई अन्दाजा है इस बात का कि उस समय क्या गुजरती है मेरे कलेजे पर।...इसलिए उन स्त्रियाँ के बीच खड़े होकर अपमानित होने से अच्छा था मैं तुम्हारे साथ ही खड़ी रहती, और मैंने वो ही किया था। तुम तो मुझे समाज में सम्मान दिला नहीं सकते, मुझे तो अपने सम्मान की रक्षा करनी ही होगी।'

मनोहर जानता था कि श्यामा को समझाना आसान नहीं है, किन्तु इसके बावजूद वह समझाना जारी रखते हुए बोला, 'हर किसी के जीने और सोचने का अपना ढंग होता है। हर किसी की अपनी रुचि और पसन्द हैं। हर किसी के गर्व और सुख के अपने आधार हैं। भ्रष्ट तरीके से की गई कमाई से वे लोग विलासिता की सुविधाएँ जुटा सकते हैं और उसका दिखावा कर सकते हैं, किन्तु क्या वे इस बात पर गर्व कर सकते हैं और गर्व से कह सकते हैं कि वे रिश्वत लेते हैं, भ्रष्टाचार में लिप्त हैं। सार्वजनिक तौर पर वे इसे छिपाएँगे और कोशिश करेंगे कि किसी को यह पता नहीं चले। वे अन्दर से डरे हुए रहते हैं कि कहीं पकड़े न जाएँ, छापा न पड़ जाए।'

मनोहर की बात श्यामा को निरर्थक लग रही थी। उसकी उपेक्षा करते हुए वह बोली, 'कह तो ऐसे रहे हो जैसे तुम्हारे दफ्तर में न जाने कितने आदमी पकड़े गए हैं आज तक, और न जाने कितनों के यहाँ छापे पड़े हैं ?'

रिश्वत की कमाई के दुष्परिणाम और प्रभावों के बारे में विस्तार से बताते हुए मनोहर ने कहा, 'बात केवल मेरे विभाग की नहीं है। कभी भी किसी भी विभाग का आदमी पकड़ा जा सकता है, किसी के भी यहाँ छापा पड़ सकता है। पढ़ती तो रहती हो तुम अखबारों में, आए दिन कहीं न कहीं लोग रिश्वत लेते हुए रंगे हाथों या आय से अधिक सम्पत्ति जमा करने के आरोप में पकड़े जाते हैं और जेल भी

जाते हैं। जिस ऊपरी आमदनी के बल पर वे कोठी, कार, सोना-चाँदी, नकदी जमा करते हैं, उसी के कारण जेल चले जाते हैं। उनकी सम्पत्ति सरकार द्वारा जब्त कर ली जाती है। एक खिलौने की तरह उनका सब कुछ बिखर जाता है। समाज में बदनामी होती है सो अलग। जिस समाज के बीच वे ऊपरी आमदनी के बल पर इतराते हैं, पकड़े जाने पर वही समाज उनको हेयता से देखता है। जेल से आने पर ऐसे लोग समाज के बीच सम्मान से सिर उठाकर जी नहीं पाते। बहुत से लोग बदनामी के कारण समाज का सामना नहीं कर पाते और आत्महत्या तक कर लेते हैं। उनके बच्चों की पढ़ाई बाधित हो जाती है, उनकी जिन्दगी चौपट हो जाती है। महँगे कपड़ों और गहनों पर इतराने और उनका रोब दिखाने वाली उनकी बीवियों के सामने भीख माँगने की नौबत आ जाती है। पढ़ा तो होगा तुमने कुछ दिन पहले ही अखबार में आया था कि किसी सरकारी कम्पनी का एक अधिकारी रिश्वत और भ्रष्टाचार के आरोप में जेल गया और चारों ओर से उस पर थू-थू हुई तो उसकी पत्नी और जवान बेटी समाज का सामना नहीं कर सकीं और दोनों ने अपने फ्लैट के अन्दर ही आत्महत्या कर ली।'

'लेकिन कितनी घटनाएँ होती हैं इस तरह की?' श्यामा ने सीधा सवाल किया।

'सवाल गिनती का नहीं है। कोई भी कभी भी पकड़ में आ सकता है। गलत काम करने वाला व्यक्ति कभी सुरक्षित नहीं होता। वह हमेशा असुरक्षित रहता है।' मनोहर ने जवाब दिया।

मनोहर की किसी भी बात से वह सन्तुष्ट नहीं हुई और क्रोध से पैर पटकते हुए बोली, 'अपनी कमजोरी को छिपाने के लिए हर बात का जवाब ढूँढ़ लेते हो तुम। क्या बात की जाए तुमसे। ना किसी की भावनाओं को समझते हो और ना जरूरत को। निरे पत्थर हो तुम। तुमसे बात करना तो अपना सिर दीवार में मारना है।'

मनोहर को श्यामा का यह व्यवहार बहुत अप्रिय और आपत्तिजनक लग रहा था। उसे श्यामा की बातों से खीझ सी आने लगी थी। वह खीझते हुए बोला, 'यह क्या कह रही हो तुम? तुम्हारी सब जरूरतों का तो ध्यान रखता हूँ मैं।'

श्यामा भी जैसे पूरी तरह लड़ने के मूड में थी। वह कटाक्ष करते हुए बोली, 'मेरी जरूरतों का ध्यान रखते हो तो बताओ हर महीने कितनी साड़ी दिलवाते हो तुम मुझे, कितने गहने जड़वाकर लाते हो?'

श्यामा के कटाक्ष से मनोहर थोड़ा तिलमिलाया, किन्तु स्वयं को सहज रखते हुए बोला, 'तुम्हारी जरूरत के लिए तुम्हारे पास साड़ियाँ हैं। जिन्हें तुम जरूरत कह रही हो वे तुम्हारी इच्छाएँ हैं। इच्छाएँ तो हमारे अपने हाथों में होती हैं। हम चाहें तो अपनी इच्छाओं को कितना ही कम कर सकते हैं और चाहें तो कितना ही बढ़ा सकते हैं। इच्छाएँ जितनी पूरी होती जाती हैं, उतनी ही बढ़ती जाती हैं। एक

चीज की इच्छा पूरी हुई तो दूसरी चीज की इच्छा पैदा हो जाती है। इच्छाओं की कोई सीमा नहीं है। हमारी अपनी इच्छाएँ ही हमें समाज के बारे में सोचने और कुछ करने के लिए प्रेरित होने से रोकती हैं। लोगों की यही सोच हो जाती है कि हम अपने बारे में सोचें कि समाज के बारे में। समाज की कीमत पर नौकरी, सुख-सुविधाएँ प्राप्त करने वाले लोग समाज के बारे में नहीं सोचते, इसीलिए हमारा समाज दरिद्र, पिछड़ा और शोषित है।'

'आ गए ना घूम-फिरकर अपनी ही बात पर।...एक तुम ही तो हो समाज के सबसे बड़े शुभचिन्तक और मसीहा। तुम्हारे करने से ही तो समाज का भला हो रहा है। अपना घर, परिवार गया भाड़ में, समाज की चिन्ता करो तुम।' इतना कहकर श्यामा ने संवाद बन्द कर दिया।

यह पहला अवसर नहीं था जब श्यामा और मनोहर के बीच इस तरह की तकरार हुई थी। उनके बीच अकसर किसी न किसी बात पर नोक-झोंक होती रहती थी। शुरुआत किसी भी बात से होती लेकिन श्यामा घुमा-फिराकर मनोहर की मुफ़लिसी पर लाकर टिका देती थी। श्यामा हर बार किसी न किसी बहाने मनोहर पर रिश्वत लेने का दबाव बनाती। मनोहर हर बार उसे समाज का हवाला देकर यह समझाने की कोशिश करता था कि रिश्वत लेना-देना दलित समाज के हित में नहीं है।

उस समय मनोहर घोर विस्मय में डूब गया जब एक दिन श्यामा ने उससे कहा, 'मनोहर, कॉलेज में पढ़ते समय तुम कितने अच्छे, कितने व्यावहारिक थे। उसके कारण मैं तुम्हारी ओर आकर्षित हुई थी। तुम्हारे उस व्यक्तित्व का ही प्रभाव था कि जब तुम्हारा जिक्र करके मुझसे तुम्हारे बारे में पूछा गया तो मैंने तुरन्त तुमसे शादी करने के लिए हाँ कह दी थी। लेकिन आज सोचती हूँ कि तुमसे शादी करके मैंने अपने जीवन की सबसे बड़ी भूल की है। मैं तुम्हें ठीक से समझ नहीं पाई। काश, मैंने तुम्हें समझने में गलती नहीं की होती...। तुम्हारे साथ तो किसी ऐसी औरत की शादी होनी चाहिए थी जो तुम्हारा खाना बनाती, कपड़े धोती, तुम्हारी सेवा करती और एक साधारण सी साड़ी और दो जून की रोटी में खुश रहती। यानी तुम्हारी सेविका बनकर रहती। न वह तुमसे कोई माँग करती, न उसकी कोई इच्छा होती। तुम जैसा कहते वैसा करती, जैसा उसे समझा देते वैसा मान लेती। तुमसे कोई सवाल नहीं करती। तुम्हारे सिद्धान्त और आदर्शों को वह ओढ़ती-बिछाती और उन पर गर्व करती।'

उसके ये शब्द मनोहर के कलेजे में अन्दर तक चुभते चले गए। एक जख्म सा बन गया। यह व्यंग्य नहीं था, एक चोट थी। सीधी चोट। मनोहर का मन इस चोट से आहत हो गया। वह आक्रोश से भर उठा, 'यह क्या बकवास कर रही हो तुम? क्या बुरा किया है मैंने तुम्हारे साथ?'

'बकवास तो लगेगी ही मेरी बात तुम्हें, सच जो कह रही हूँ।...इससे ज्यादा और क्या बुरा करोगे तुम कि मुझे घर की नौकरानी बनाकर रख छोड़ा है तुमने और नौकरानी की तरह ही रख रहे हो।...बहुत सी नौकरानियाँ भी मुझसे अच्छी जिन्दगी जीती होंगी।' श्यामा ने अपनी स्थिति पर अफसोस जताते हुए कहा।

मनोहर को लगा श्यामा कुछ ज्यादा ही नकारात्मक हो रही है। उसकी नकारात्मकता ने मनोहर के मस्तिष्क में प्रतिकूल प्रतिक्रिया को जन्म दिया। वह बोला, 'कुछ सोच-समझकर तो बोला करो श्यामा। क्या ऊल-जलूल, जो मन में आता है कहती रहती हो।'

श्यामा के तीखेपन में किसी प्रकार की कोई कमी नहीं आ रही थी। अपने तीखेपन के साथ बोली, 'क्यों? क्या गलत कह रही हूँ मैं?...बुरा लग रहा है तुम्हें?...बुरा तो लगेगा ही, सच कड़वा जो होता है।'

'तो क्या तुम जो कहती हो वही सच है? और मैं जो कहता हूँ वह सब झूठ और गलत है?...जिन्दगी को देखने और जीने का एक ही नजरिया नहीं होता। अपने नजरिए को थोड़ा बदलो श्यामा। जिन्दगी को सहज रहने दो, कठिन मत बनाओ।' मनोहर ने नसीहत देते हुए कहा।

मनोहर की नसीहत का प्रतिवाद करते हुए वह बोली, 'तो तुम यह कहना चाहते हो कि मैं तुम्हारी जिन्दगी को कठिन बना रही हूँ।...ऐसा है तो मैं चली जाती हूँ यहाँ से। तुम्हारी जिन्दगी आसान हो जाएगी।...शादी की है तो अपनी पत्नी को समझना पड़ेगा तुम्हें, उसकी बात सुननी पड़ेगी। यदि पत्नी की ज़िम्मेदारी नहीं उठा सकते थे तो शादी क्यों की थी तुमने? क्यों अपनी जिन्दगी को मुश्किल बनाया और क्यों मेरी जिन्दगी को बर्बाद किया।'

श्यामा के निरन्तर कटाक्षों से मनोहर का मन बहुत आहत हो गया था। श्यामा को कैसे समझाए, वह कुछ समझ नहीं पा रहा था। वह स्वयं को असहाय सा पा रहा था। अपनी बेबसी व्यक्त करते हुए बोला, 'उफ़फ़, श्यामा...मैं कहाँ भाग रहा हूँ तुम्हारी ज़िम्मेदारी उठाने से।'

'कंगली सी हालत में रहती हूँ मैं।...इसे जिम्मेदारी उठाना कहते हो तुम?' श्यामा मनोहर पर प्रहार करने में कोई कसर बाकी नहीं छोड़ रही थी।

श्यामा पर मनोहर की किसी भी बात का कोई असर नहीं हो रहा था। श्यामा का एक-एक शब्द मनोहर को आहत और विचलित कर रहा था। उसकी चेतना के तन्तु सुन्न से हो गए थे। सामान्यत: शान्त रहने वाला और कटु से कटु बात सुनकर भी सहज बने रहने वाला मनोहर श्यामा की जहर बुझी बातें सुन स्वयं को असहज महसूस करने लगा था। क्रोध और गुस्से से उसका शरीर फड़कने लगा। क्रोध के आवेश में एक बार उसके मन में आया कि वह श्यामा के गाल पर एक चाँटा रसीद कर दे, लेकिन स्त्री पर हाथ उठाना वह पुरुष की सबसे बड़ी कमजोरी

और कायरता समझता था। इसलिए किसी तरह अपने आवेश को नियंत्रित कर वह केवल इतना कहकर चुप लगा गया, 'लगता है मुझसे भी जिन्दगी की सबसे बड़ी भूल हुई है तुमसे शादी करके।'

'तो छोड़ दो मुझे। दे दो डाइवोर्स। हो जाओ मुक्त। सुधार लो अपनी भूल।... पुरुष हो। तुम तो कर सकते हो यह भी। सच्चाई और जिम्मेदारियों से बचने का यह भी एक हथियार है। चला लो इस हथियार को भी।' श्यामा ने पहले की तरह ही गुस्से में भरे हुए कहा।

इससे आगे श्यामा के साथ कुछ भी संवाद करना अब मनोहर के लिए असम्भव हो गया था। संवाद को किसी परिणति तक ले जाकर समाप्त करने की कोई सम्भावना उसे दिखाई नहीं दे रही थी। श्यामा के सामने से हट जाना ही उसे उस समय एकमात्र विकल्प दिखाई दे रहा था। इसी विकल्प को अपनाते हुए, वह बिना एक शब्द भी बोले, क्रोध से पैर पटकता हुआ घर से बाहर चला गया।

दस

श्यामा की मृत्यु से घर भर का वातावरण एक उदास खामोशी में डूब गया था। यूँ माँ, कपिल सभी दुःखी थे, किन्तु मनोहर सबसे ज्यादा दुःखी था। वह बहुत शान्त और एकान्त रहने लगा था। पहले वह रोज सुबह समाचार-पत्र पढ़ने का आदी था। सुबह जब तक समाचार-पत्र नहीं पढ़ लेता था, तब तक बेचैन सा रहता था। समाचार-पत्र लाने वाले हॉकर का एक निर्धारित समय था। यदि निर्धारित समय से कुछ मिनट भी ऊपर हो जाते तो वह हॉकर के इन्तजार में बेसब्री से घर के आँगन में घूमता रहता था। किन्तु आजकल समाचार-पत्र पढ़ने में भी उसका मन नहीं लगता था। हॉकर समाचार-पत्र लेकर कब आया, कब नहीं आया, उस ओर भी मनोहर की कोई दिलचस्पी नहीं होती थी। प्रायः विक्षिप्त सा वह अपने कमरे में पड़ा रहता था और जब तक कोई बहुत जरूरी काम न हो वह कमरे से बाहर नहीं निकलता था। यही हाल माँ का भी था। बहू और बच्चे के साथ बोलते-खेलते दिन बिताने की आदी हो चुकी माँ अब घोर चुप्पी और उदासी में डूबी रहती थी। श्यामा का तनिक भी जिक्र आते ही उसका दिल भारी हो जाता था और नेत्र गीले होकर झरने लगते थे। मनोहर सब कुछ देखता, महसूस करता था और माँ को सान्त्वना देने की कोशिश करता था। किन्तु, स्वयं को सान्त्वना देने का कोई उपाय उसके पास नहीं था। उसने श्यामा की मृत्यु के दुःख से उबरने की काफी चेष्टा की, किन्तु

रह-रहकर श्यामा और उसके साथ बिताए जिन्दगी के दिनों की स्मृतियाँ उसके मानस-पटल पर छाई रहती थीं, जो उसे इस दुःख से उबरने नहीं देती थीं।

मनोहर के अन्दर खामोशी ने घर सा कर लिया था। वह स्वयं में एक रिक्तता सी अनुभव करने लगा था। दिन तो दफ्तर में व्यस्त रहते बीत जाता था, किन्तु सन्ध्या उपरान्त उसके लिए एक-एक पल बिताना कठिन हो जाता था। उसके अन्य साथी पाँच बजते ही दफ्तर छोड़ अपने-अपने घरों की ओर निकल जाते थे। किन्तु उसका घर जाने को मन नहीं होता था। अपना समय बिताने के लिए वह देर तक ऑफिस में बैठकर फाइलों को उलटता-पुलटता रहता था। जब सारा दफ्तर खाली हो जाता था और चपरासी दफ्तर बन्द करने के लिए कहता था तब वह दफ्तर से बाहर निकलता था। उसके बाद भी वह सीधे घर न जाकर, कभी बाजार की ओर चला जाता था और वहाँ लोगों की आती-जाती भीड़ में खुद को खोए रखता था। कभी किसी रेस्तरां में बैठकर एक कप चाय के बहाने घंटों गुजार देता था, और कभी पार्कों या खाली मैदानों में खेलते बच्चों की क्रीड़ाएँ देखकर मन बहलाता था। प्रायः अँधेरा हो जाने पर ही वह घर लौटता था।

घर के अन्दर कदम रखते ही वह असहजता और घुटन सी महसूस करने लगता था। उसे लगता था जैसे उसके चारों ओर विषादों का कोई घेरा है, जो हर क्षण उसे अपने अन्दर कैद करके रखता है। जब तक वह घर में रहता था, विषादों के घेरे में ही कैद रहता था। विषादों में डूबे रहने के कारण वह रात को ठीक से सो भी नहीं पाता था और उसकी रातें प्रायः आँखों में गुजर जाती थीं।

माँ की स्थिति उसके लिए अधिक कष्टदायक और असहनीय बन गई थी। सत्तर साल से ऊपर पार कर चुके संघर्षों की मार से जर्जर शरीर को लिए वह लाठी के सहारे किसी तरह चल-फिर पाती थी। उसकी आँखें भी धुँधला गई थीं। नजर का चस्मा लगाकर ही थोड़ा-बहुत देख पाती थी। किन्तु, यह एक विडम्बना थी कि उम्र के इस पड़ाव पर उसे अपने हाथों से खाना बनाना पड़ रहा था। ठीक से दिखाई नहीं देने के कारण रोटी सेंकते समय कभी-कभी उसकी अँगुलियाँ जल जाती थीं। माँ की जली हुई अँगुलियों को देखकर मनोहर को बहुत दुःख होता था। एक दिन माँ की जली अँगुलियाँ देखकर उसने कहा था, 'तुम खाना मत बनाया करो माँ। तुम्हारे बस का नहीं रहा अब यह सब।'

'मैं ना बनाऊँ तो कौन बनाएगा?...और कौन है यहाँ घर में खाना बनाने वाला, जो बना लेगा? पेट भरने के लिए खाना तो बनाना ही पड़ेगा बेटा।' माँ के इन शब्दों में उसके अन्तर की पीड़ा झलक आई थी।

मनोहर ने माँ की पीड़ा और दर्द को महसूस किया। माँ गलत नहीं कह रही थी। किन्तु, इस उम्र और स्थिति में भी माँ खाना बनाए, वह यह नहीं चाहता था। वह बोला, 'वह हम बना लेंगे माँ। उसकी चिन्ता मत करो तुम।'

माँ के रहते बेटे खाना बनाएँगे, यह माँ की कल्पना से बाहर था। मनोहर के ये शब्द सुन माँ के अन्दर वात्सल्य उमड़ आया। वह ममता और वात्सल्य से भरकर बोली, 'तुम्हें आता है खाना बनाना? कभी बनाया है तुमने?...फिर कैसे बनाओगे?...बेटा मैं भी दिन भर खाली पड़ी-पड़ी थक जाती हूँ। और तो कुछ काम है नहीं मुझे करने को जिससे मेरे हाथ-पाँव भी कुछ हिलें-डुलें। हाथ-पैर नहीं हिलेंगे-डुलेंगे तो जल्दी बैठ जाएँगे। धीरे-धीरे खाना बना लेती हूँ तो इस बहाने मेरे भी हाथ-पैर थोड़े चल जाते हैं। और खाना बनता भी कितना है। थोड़ा सा तो बनता है। खाते ही कितना हो तुम लोग।'

माँ के प्यार और वात्सल्य के समक्ष वह निरुत्तर सा हो गया था। हालाँकि यह बात वह अच्छी तरह जानता, समझता था कि माँ खाना बनाने के लिए कह अवश्य रही है, किन्तु ठीक से खाना अब उससे नहीं बनता था। उस पकी उम्र में, जब चलने-फिरने में भी उन्हें दिक्कत होती थी, खाना बनाना उनके लिए आसान काम नहीं रह गया था। और इसीलिए रसोई का अधिकांश काम अब कपिल करने लगा था। मनोहर चाहता था कि कपिल रसोई का काम न कर अपनी पढ़ाई में ही पूरा समय लगाए। एक दिन उसने कपिल से यह कहा भी, 'खाना बनाने में तुम अपना समय व्यर्थ मत करो। यह तुम्हारा पढ़ाई का समय है। कम्पीटीशन देने हैं, उनके लिए तैयारी करो। खाना मैं बनाया करूँगा।'

कपिल नहीं चाहता था कि उसके घर में मौजूद रहते हुए उसका बड़ा भाई खाना बनाए। उसने यह कहते हुए मनोहर को खाना बनाने से मना कर दिया, 'खाना बनाने में कितना समय लगता है भैया। इतना टाइम तो वैसे भी इधर-उधर खर्च हो जाता है। और वैसे भी, हर समय थोड़े ही पढ़ाई होती है। कुछ समय तो रेस्ट लेना होता ही है। बस उतने समय में मैं खाना बना लेता हूँ।'

यद्यपि, कपिल ने अपनी ओर से यह कहा अवश्य था, किन्तु सच यही था कि खाना बनाने में उसका काफी समय खर्च होता था। मनोहर इस बात को अच्छी तरह समझता था। मनोहर अफसर नहीं बन पाया था, उसे इस बात का अफसोस था। इसलिए वह चाहता था कि कपिल खूब मेहनत से पढ़े और कोई कम्पीटीशन पास कर कहीं अफसर बने। वह कपिल से बोला, 'मैं नहीं चाहता हूँ कि तुम्हारी पढ़ाई किसी भी तरह डिस्टर्ब हो। सब ओर से मुक्त होकर तुम अपना पूरा समय और ध्यान केवल पढ़ाई पर लगाओ।'

मनोहर की बात को पानी देते हुए कपिल आश्वस्त करता हुआ बोला, 'बिलकुल भैया, आप निश्चिन्त रहें। मैं ऐसा ही कर रहा हूँ।'

मनोहर यह जानता था कि कपिल बहुत लगनशील और जिम्मेदार है। और वह जो कह रहा है वह सच ही होगा। किन्तु इसके बावजूद वह कपिल को समझाते हुए बोला, 'मैं अफसर नहीं बन पाया, इसका मलाल मुझे आज तक

है।...मैं नहीं बन पाया, कोई बात नहीं। लेकिन मैं चाहता हूँ कि कम से कम तुम अवश्य ही अफसर बनो। तुम अफसर बन जाओगे तो मैं समझूँगा मेरी वह कमी पूरी हो गई है। इसलिए तुमसे कहता हूँ कि तुम घर या बाजार का कोई काम मत करो। सारे काम मैं कर लूँगा। तुम केवल पढ़ाई करो और अपनी परीक्षा की ओर देखो बस। थोड़े दिन ही तो रह गए हैं तुम्हारी परीक्षा को। सिर पर आ गई हैं।'

मनोहर की भावनाओं को समझते हुए और उनका सम्मान करते हुए उसने मनोहर को आश्वस्त करते हुए कहा, 'मेरी आपको कितनी चिन्ता है, यह मैं समझता हूँ भैया। मेरी पूरी कोशिश होगी कि मैं आपकी इच्छा को पूरा करूँ। लेकिन रसोई का थोड़ा सा काम करने में मेरी पढ़ाई बिलकुल भी डिस्टर्ब नहीं होती है। बल्कि देर तक पढ़ने से थक जाता हूँ तो ये छोटे-मोटे काम करके मैं फ्रेश हो जाता हूँ। इससे मेरे पढ़ाई पर कोई प्रभाव नहीं पड़ता है...आप निश्चिन्त रहें।'

कपिल की बातों से मनोहर यह समझ गया था कि वह कितना भी मना करे कपिल उसे खाना नहीं बनाने देगा। इसलिए उसने कपिल से आगे कुछ नहीं कहा। जब भी खाना बनता, कपिल के साथ-साथ वह भी रसोई में चला जाता था और खाना बनाने के काम में हाथ बँटा देता था। कभी सब्जी काट देता, कभी आटा गूँथ देता, और कभी बर्तन साफ कर देता था।

मनोहर और कपिल ने कभी खाना नहीं बनाया था। उनमें से किसी को भी खाना बनाने का शौक नहीं था और न कभी ऐसा अवसर ही आया कि उन्हें खाना बनाने की जरूरत पड़ती। मनोहर की शादी से पहले माँ खाना बनाती थी। उसकी शादी के बाद श्यामा घर में आई तो वह खाना बनाने लगी थी। किन्तु, कहते हैं पेट सब कुछ सिखा देता है। श्यामा के नहीं रहने पर, पेट की जरूरत ने मनोहर और कपिल को भी खाना बनाना सिखा दिया था।

कमरे के अन्दर कदम पड़ते ही अनायास मनोहर की दृष्टि दीवार पर टँगे श्यामा के चित्र की ओर उठ जाती थी और बहुत देर तक वह अपलक उसकी ओर टक-टकी लगाये देखता रहता था। कभी कोई पुस्तक या पत्रिका खोलकर वह कुछ पढ़ने बैठता तो आँखों के सामने श्यामा का चित्र उपस्थित हो जाता था और उसे बन्द करके वह घंटों तक श्यामा की स्मृतियों में खोया रहता था। कुछ भी करने के प्रति उसमें कोई उत्साह नहीं होता था। दफ्तर से छुट्टी हो जाने के पश्चात अब वह अपना समय इधर-उधर व्यतीत करने लगा था और अन्धकार होने पर ही घर में घुसता था। उसकी भूख-प्यास भी मर सी गई थी। खाने-पीने का उसका कोई मन नहीं करता था। किन्तु जब कभी भूख महसूस होती थी और भूख मिटाने के लिए कुछ खाना जरूरी लगता तो वह अनिच्छापूर्वक थोड़ा-बहुत खा लेता था। वह जिस मन:स्थिति में था उसमें, यदि बिना खाना खाए जीवित रहना सम्भव होता तो शायद वह कभी भी कुछ नहीं खाता। किन्तु ऐसा सम्भव नहीं था।

भले ही श्यामा की मृत्यु के पश्चात जीने के प्रति उसका उत्साह मर सा गया था। किन्तु, किसी और के लिए हो न हो, कम से कम सुजाता के लिए उसका जीना जरूरी था। और जीवित रहने के लिए खाना जरूरी था। इसलिए वह थोड़ा-बहुत जो कुछ भी खाता था, खाने के लिए नहीं, अपितु जीवित रहने के लिए खाता था।

श्यामा का एक छोटा चित्र हर समय उसके बटुवे में रखा रहता था। श्यामा की निशानी के रूप में उसके पास श्यामा द्वारा सगाई के समय पहनाई गई एक अँगूठी भी थी, जिसको वह कभी अपनी अँगुली से नहीं निकालता था। किन्तु विडम्बना कहिए कि एक दिन अँगूठी में कुछ खराबी हो गई। खो जाने के डर से उसने उस अँगूठी को अँगुली से निकालकर अपने बैग में रख लिया था कि किसी दिन ठीक कराएगा। किन्तु, संयोग से कई दिन तक अँगूठी को ठीक कराने का समय नहीं मिल सका और वह अँगूठी उसके बैग में ही पड़ी रही। एक दिन सन्ध्या समय वह रिक्शे में बैठकर अपने एक मित्र के घर जा रहा था। गन्तव्य स्थान पर पहुँचकर उसने रिक्शे वाले को पचास रुपये का एक नोट दिया। रिक्शेवाले के पास फुटकर पैसे नहीं थे। मनोहर उसको पैसे देने के लिए एक दुकान तक पैसे खुल्ले कराने गया। और इस विश्वास के साथ कि रिक्शावाला बिना पैसे लिए कहीं नहीं जाएगा, उसने अपना बैग रिक्शे में ही छोड़ दिया था। दुकान तक जाकर वापस आने में उसे मुश्किल से दो-तीन मिनट लगे थे। किन्तु सड़क पर आकर देखा तो रिक्शेवाले का कोई अता-पता नहीं था।

इस घटना से मनोहर को बहुत दुःख हुआ। बैग गया सो गया, इसका उतना दुःख उसे नहीं था, जितना इस बात का था कि हर समय श्यामा की याद दिलाने वाली उसकी एक महत्त्वपूर्ण निशानी भी चली गई थी।

श्यामा गई, उसकी दी हुई अँगूठी भी गई। अब जो कुछ शेष था, वह था अतीत की स्मृतियाँ, कमरे की दीवार पर टँगा श्यामा का फ्रेम किया हुआ चित्र और उसकी अमानत और निशानी के तौर पर बेटी सुजाता।

श्यामा की मृत्यु के पश्चात सगे-सम्बन्धियों ने मनोहर के प्रति सहानुभूति व्यक्त करते हुए उसको दूसरी शादी करने का सुझाव दिया था। एक-दो लोगों ने लड़की भी बताई और बात चलाने की पेशकश भी की। माँ ने भी कई बार उससे आग्रह किया, किन्तु मनोहर ने उसकी बात भी टाल दी थी। एक दिन गाँव से उसके एक चाचा मिलने के लिए आए थे। बातचीत के दौरान उन्होंने भी मनोहर को सामाजिक ऊँच-नीच समझाते हुए कहा था, 'तुम अभी जवान हो। अभी उम्र ही क्या है तुम्हारी। दूसरी शादी कर लो। अभी तो बहुत सारे रिश्ते मिल जाएँगे। बाद में दिक्कत होती है।'

पास में बैठी माँ ने भी चाचा की बात का समर्थन करते हुए कहा था, 'तेरे चाचा ठीक कह रहे हैं बेटा। घर की शोभा औरत से ही होती है। औरत के बिना

आदमी की कोई जिन्दगी नहीं होती। घर में औरत का होना बड़ा जरूरी है। बिना औरत के घर, घर नहीं होता। घर-गृहस्थी को सँभालने के लिए औरत चाहिए।'

मनोहर को माँ की बात कुछ अटपटी सी लगी। वह उसकी ओर प्रश्नसूचक दृष्टि से देखता हुआ बोला, 'तुमने तो देखा है माँ, श्यामा के साथ किस तरह की गृहस्थी चल रही थी मेरी। कितना सुख था मेरी जिन्दगी में। उसके बाद भी तुम यह कह रही हो?'

माँ ने अपनी बात पर ज़ोर देते हुए कहा, 'हाँ बेटा। सब कुछ जानती हूँ। और तब भी कह रही हूँ। लड़ाई-झगड़े किस घर में नहीं होते हैं। ये तो आम बात है आदमी-औरत के बीच। लड़ता भी कोई अपनों से ही है। किसी गैर से कोई लड़ने नहीं जाता। श्यामा का तुझसे झगड़ा रहता था, क्योंकि तू उसका अपना था। और आज श्यामा नहीं है तो देख तू उसके लिए कितना दुःखी रहता है।'

चाचा ने माँ के स्वर में स्वर मिलाते हुए कहा, 'भाभी सही कह रही है मनोहर बेटा। औरत भले ही लड़ती हो, पर सही से ध्यान भी वही रखती है आदमी का और पूरे घर का।'

मनोहर को माँ और चाचा की यह बात कि 'घर की शोभा औरत से होती है और वही सबकी देखभाल करती है' उसे पितृसत्ता का समर्थन और संरक्षण करती लग रही थी। उसका मन कर रहा था कि वह इस मानसिकता का विरोध करे और उन्हें समझाए कि उनको इस तरह नहीं सोचना चाहिए। उसकी समझ में यह बात नहीं आ रही थी कि स्त्री से ही घर की शोभा क्यों है? पुरुष से क्यों नहीं? वस्तुतः स्त्री को घर की शोभा बताना पुरुषवादी सौन्दर्य बोध है, जो स्त्री को सुन्दर, सुशील और कुशल गृहिणी के रूप में ही देखता और इसका महिमामंडन करता है ताकि स्त्री को घर की चारदीवारी के अन्दर कैद कर उसे अपने अधीन, नियंत्रण में रख और भोग सके। मनोहर को यह एक वर्चस्ववादी सोच लगती थी। वह इस सोच को कभी स्वीकार नहीं करता था। किन्तु, उस समय वह किसी के साथ भी तर्क करने की मनःस्थिति में नहीं था। इसलिए उसने इस बारे में माँ या चाचा से कुछ नहीं कहा।

वह दूसरी शादी करने का इच्छुक नहीं था, इसलिए उसने चाचा की बात को यह कहते हुए टाल दिया, 'नहीं चाचा। मेरा दूसरी शादी करने का कोई इरादा नहीं है।'

'इरादा तो बनाना पड़ता है बेटा। अकेले जिन्दगी बिताना इतना सरल नहीं होता है। घर में कोई बोलने-बतलाने वाला, दुःख-सुख बाँटने वाला होना बहुत जरूरी है। अकेलापन आदमी को खा जाता है। देखो, अभी तुम्हारी बच्ची भी छोटी है। उसे परवरिश के लिए माँ की बहुत जरूरत है। अपनी माँ को भी तुम देख ही रहे हो। बेचारी लाठी के सहारे ही किसी तरह चलती-फिरती है। घर का काम अब उनसे न हो सकेगा। और खुद को भी देखो तुम, क्या हालत बनी है तुम्हारी। घर

में पत्नी आ जाएगी तो तुम्हारी जिन्दगी और घर-गृहस्थी ठीक से चल जाएगी।' चाचा ने दुनियादारी समझाते हुए कहा था।

हालाँकि चाचा जो कुछ कह रहे थे वह केवल उनका ही विचार नहीं था, बल्कि उनके शब्दों में माँ की भावना भी मिली हुई थी। लेकिन चाचा के समझाने का मनोहर पर कोई प्रभाव नहीं पड़ा। उसने उनसे साफ मना कर दिया, 'नहीं चाचा। दूसरी शादी करने का बिलकुल इरादा नहीं है।...किसी भी तरह की कोई दिक्कत नहीं है। हाँ, खाना बनाने की थोड़ी बात है, सो बना लेंगे वह भी। उसकी भी कोई दिक्कत नहीं है। जहाँ तक बेटी की परवरिश की बात है, मैं अपनी बेटी की परवरिश खुद ही करूँगा।'

इससे आगे वह कुछ नहीं कह सके थे। मनोहर का यह दृढ़ निश्चय सुन उन्होंने एक नजर माँ की ओर देखा और चुप लगा गए।

कुछ दिन के बाद मनोहर सुजाता से मिलने के लिए देहरादून गया तो आनन्द ने भी उससे इस बारे में बात की। आनन्द समझदार व्यक्ति था। वह मनोहर के साथ मित्रवत था और उसको मनोहर से हमदर्दी थी। मनोहर कैसे सुजाता की देखभाल करेगा, मनोहर की इस परेशानी को वह अच्छी तरह समझता था। इसलिए उसने मनोहर को दूसरी शादी करने का सुझाव देते हुए कहा था, 'दूसरी शादी क्यों नहीं कर लेते। अभी उम्र ही क्या है तुम्हारी। इतनी लम्बी जिन्दगी का बोझ अकेले कैसे ढोओगे, कोई साथ-सहारा तो होना ही चाहिए।'

किन्तु अपने मन में दूसरी शादी नहीं करने का पूरी तरह निश्चय कर चुके मनोहर ने आनन्द के सुझाव को भी यह कहकर अस्वीकार कर दिया, 'अकेला कहाँ हूँ मैं? सुजाता जो है मेरे साथ। मैं चाहता हूँ सुजाता खुलकर हँसे, खेले और पूरी आजादी के साथ अपना जीवन जिए। दूसरी पत्नी लाकर सुजाता की जिन्दगी में किसी प्रकार की कोई बाधा उत्पन्न नहीं करना चाहता मैं। मुझे दूसरी शादी की जरूरत नहीं है।'

आनन्द को मनोहर की सोच अपनी जगह सही लगी थी, किन्तु इसके उपरान्त मनोहर के प्रति अपनी सहानुभूति के चलते उसने मनोहर को समझाते हुए कहा, 'बात तो आपकी ठीक है। लेकिन बड़ी होने पर सुजाता अपने ससुराल चली जाएगी। तब तो तुम अकेले रह जाओगे। तब किसका सहारा रहेगा तुम्हें। तब के लिए तो कोई साथी होना चाहिए ना, जिसके साथ बोल-बतलाकर अपना समय व्यतीत कर सको।'

मनोहर ने महसूस किया कि आनन्द व्यावहारिक बात कह रहा था। आनन्द की इस बात पर एक क्षण को वह निरुत्तर सा रह गया था। किन्तु शीघ्र ही सँभलते हुए बोला, 'वह सब तो ठीक है। लेकिन अपने बुढ़ापे की सुविधा के लिए मैं अपनी बेटी के जीवन की खुशियों को दाँव पर लगा दूँ, यह ठीक नहीं

होगा। यह मैं नहीं कर सकता।...मैं दूसरी शादी कर भी लूँ, पर इस बात की क्या गारंटी है कि दूसरी माँ सुजाता को प्यार से रख पाएगी। वह कितना एडजस्ट कर पाएगी, क्या पता।'

आनन्द ने महसूस किया कि मनोहर की आशंका निराधार नहीं थी। दूसरी शादियों के मामले में प्राय: इसी प्रकार के उदाहरण समाज में देखे गए हैं। हालाँकि दूसरी शादियों की कुछ अच्छी परिणतियाँ भी रही हैं। उसने मनोहर को समझाते हुए कहा, 'निगेटिव क्यों सोचते हो। आपका कहना सही है, और अकसर ऐसा होता भी है कि दूसरी औरत दूसरे बच्चों को अपने बच्चे की तरह नहीं रख पाती हैं। लेकिन अपवाद भी तो होते हैं। कोई अच्छी समझ वाली, ऐसे ही किसी हादसे से गुजरी हुई युवती मिल जाए तो वह सही से एडजस्ट कर सकती है।'

आनन्द के आशावादी दृष्टिकोण से मनोहर का मन सहमत हो रहा था, किन्तु उसका मस्तिष्क इसे स्वीकार नहीं कर रहा था। अपने निश्चय पर दृढ़ रहते हुए उसने अपने मस्तिष्क की बात को महत्त्व दिया और आनन्द से कहा, 'हाँ, यह तो है। लेकिन है तो रिस्क ही। मैं रिस्क नहीं लेना चाहता।...यदि उसने एडजस्ट नहीं किया तब क्या होगा? रोज की कलह और तनाव। इससे सुजाता पर असर पड़ेगा। सुजाता माँ के प्यार से तो वंचित हो ही गई है। यह अभाव कम नहीं है उसके लिए। इसकी पूर्ति मैं नहीं कर सकता। लेकिन उसे जीवन में और कोई दु:ख या अभाव मिले यह मैं कभी नहीं चाहूँगा। मैं उसके पिता के प्यार को भी बाँटना या कम होने देना नहीं चाहूँगा।'

मनोहर की बात आनन्द की समझ में आ रही थी और वह उससे सहमत भी हो रहा था। किन्तु इसके बावजूद उसने मनोहर को समझाने की कोशिश जारी रखी, 'आपकी भावनाओं को समझता हूँ मैं और उनकी कद्र भी करता हूँ। बहुत सही सोच है आपकी। लेकिन जीवन अभी बहुत लम्बा है आपके सामने और कई तरह के उत्तरदायित्व आपको सँभालने हैं। आसान नहीं होगी मंजिल। एक बार ठंडे दिमाग से सोच लो।'

मनोहर ने आनन्द की बात को ध्यान से सुना और उस पर विचार करते हुए प्रश्न के स्वर में बोला, 'जिन्दगी में क्या आसान है आनन्द? तुम ही बताओ। हर कदम पर संघर्ष और चुनौतियाँ हैं। अब तो मैं इन सबका आदी सा हो चुका हूँ।...एक चुनौती यह भी सही।'

आनन्द जानता था कि मनोहर एक दृढ़ निश्चयी व्यक्ति है और उसे उसके निश्चय से डिगाना आसान नहीं है। उसे यह देखकर अच्छा भी लग रहा था कि एक जिम्मेदार पिता की तरह मनोहर अपनी बेटी के भविष्य को लेकर बहुत संवेदनशील और सजग है। फिर भी वह मनोहर को समझाने की आखिरी कोशिश करते हुए बोला, 'वो सब तो ठीक है। आप सुजाता के हित में दूसरी शादी न करने

की बात कह रहे हैं। मैं भी सुजाता के हित में ही आपसे दूसरी शादी करने की बात कह रहा हूँ।...मैं जानता हूँ कि बच्चे की परवरिश और उसके भविष्य के बारे में माँ-बाप से बढ़कर कोई नहीं सोच सकता। लेकिन एक नौकरीपेशा आदमी के लिए अकेले एक बच्ची की देखभाल करना आसान काम नहीं है। अभी वह छोटी है। कल को वह स्कूल जाने लगेगी तो उसकी कई जरूरतें और जिम्मेदारियाँ बढ़ जाएँगी।...हाँ, यदि सुजाता को किसी रेजीडेंशियल स्कूल में भेज दें तब आप मैनेज कर सकते हैं। लेकिन वह खर्चीला मामला है। उस स्थिति में भी आप नहीं हैं कि सुजाता को रेजीडेंशियल स्कूल में भेज सकें।...दूसरी शादी कर लोगे तो चीजें शायद आसान हो जाएँगी। इसीलिए मैं आपसे दूसरी शादी करने के लिए कह रहा हूँ।'

आनन्द जिस अपनेपन से परिस्थितियों का आकलन करके मनोहर को समझाने का प्रयास कर रहा था, उससे मनोहर का मन अभिभूत था। उसे सबसे अधिक सन्तोष इस बात का था कि श्यामा की मृत्यु के बाद भी उसके प्रति आनन्द के अपनेपन में कोई कमी नहीं आई थी। वह उसे आज भी उसी तरह मान देता था और उसकी चिन्ता कर रहा था। वह बहुत प्यार और अपनेपन से आनन्द की ओर देखते हुए बोला, 'आनन्द, तुम जो कुछ भी कह रहे हो, तुम्हारी सब बातें सही हैं। मेरे और सुजाता के बारे में तुम्हारी चिन्ता को मैं दिल से महसूस कर रहा हूँ। मेरे और सुजाता के प्रति तुम्हारी भावनाओं का मैं सम्मान करता हूँ। लेकिन मुझे मेरे एंगल से भी समझने की कोशिश करो। तुम सुजाता के मामा हो, उसके लिए बहुत कुछ कर सकते हो। लेकिन मैं उसका पिता हूँ। मैं नहीं चाहूँगा कि कभी सपने में भी सुजाता को कोई कष्ट या दुःख हो। मैं उसे माता-पिता दोनों का प्यार देना चाहता हूँ। चाहे मुझे कितना भी कष्ट उठाना पड़े, मैं सुजाता को उसकी उन खुशियों से मुँहताज नहीं होने दूँगा, जो उसके लिए जरूरी हैं और जिनकी वह हकदार है। अपनी बेटी की खुशियों के साथ कोई समझौता नहीं कर सकता मैं।...माफ करना आनन्द, मैं दूसरी शादी नहीं करूँगा।'

मनोहर के इस निश्चय के समक्ष आनन्द लगभग निरुत्तर हो गया था। इस विषय पर अब और कुछ भी कहना उसे गैर-जरूरी लगा। 'ठीक है।...देख लो, जैसा आपको अच्छा लगे' कहकर वह चुप लगा गया था।

आनन्द और मनोहर दोनों ही एक-दूसरे की बातों को बहुत महत्त्व और पानी देते थे। अब से पहले उन्होंने कभी एक-दूसरे की किसी बात को नहीं गिराया था। शायद यह पहला अवसर था जब मनोहर आनन्द की बात को नहीं मान पा रहा था। आनन्द को चुप लगाता देख मनोहर के मन में एक खटका सा हुआ, कहीं आनन्द को उसकी बात का नहीं मानना अप्रिय तो नहीं लगा है। कहीं मेरे प्रति उसकी संवेदनाएँ आहत तो नहीं हुई हैं। वह प्यार से आनन्द के कन्धे पर हाथ

रखते हुए बोला, 'आनन्द, तुम मेरे बहुत बड़े शुभचिन्तक और अपने हो। रिश्तेदार से बढ़कर तुम मेरे दोस्त हो। मेरा तुमसे अधिक नजदीकी कोई और नहीं है। मुझे दु:ख है कि मैं तुम्हारी यह बात नहीं मान पा रहा हूँ।'

मनोहर के ये शब्द आनन्द के दिल को छू गए। मनोहर के हाथ पर अपना हाथ रख, उसे अपनी भावनाओं से अवगत कराते हुए वह बोला, 'नहीं, ऐसा बिलकुल भी नहीं सोचें आप। आपके निर्णय का मैं भी सम्मान करता हूँ। आपके इस निर्णय से मेरे मन में आपके प्रति सम्मान और अधिक बढ़ गया है। श्यामा नहीं है तो आना-जाना कम मत कीजिएगा। इस घर में आपको उतना ही प्यार और सम्मान मिलेगा जितना पहले से मिलता रहा है। बल्कि अब पहले से कहीं ज्यादा सम्मान मिलेगा आपको। सुजाता की जब भी स्कूल में छुट्टियाँ हों, उसे बिना किसी संकोच के, हमारे यहाँ छोड़ दिया करें। यहाँ बच्चों के साथ खेलेगी तो उसे भी अच्छा लगेगा और आपके लिए भी कुछ सहूलियत हो जाएगी। और भी किसी सहयोग की जरूरत कभी भी समझें तो जरूर बताएँ, हम से जो हो सकेगा जरूर करेंगे।'

आनन्द के ये शब्द औपचारिक थे। अनौपचारिक सम्बन्धों में औपचारिकता का कोई महत्त्व नहीं होता। किन्तु कभी-कभी औपचारिकता भी आवश्यक होती है। मनोहर ने भी उसकी इस औपचारिकता का जवाब औपचारिक शब्दों से देते हुए कहा, 'हाँ-हाँ, क्यों नहीं। तुम्हारे अलावा कौन नजदीकी है मेरा। तुमने इतना कहा, यह बहुत बड़ा सम्बल है मेरे लिए। श्यामा नहीं है तो तुम भी हमारे घर आने में कभी संकोच मत करना। पहले की तरह ही आते रहना। श्यामा न सही श्यामा की बेटी तो है, छोटी श्यामा...।'

आनन्द ने उसे आश्वस्त करते हुए कहा, 'जी, जरूर। आप निश्चिन्त रहें। हमारा आपसी प्यार कम नहीं होगा।'

काफी दिन तक सुजाता आनन्द के घर, उनके पास देहरादून में ही रही थी। वहीं पर स्कूल जाने लगी थी। कभी-कभी मनोहर का हृदय उससे मिलने को उमड़ता तो वह देहरादून जाकर उससे मिल आता था। किन्तु कुछ दिन पूर्व उसने आनन्द और उसकी पत्नी के बीच परस्पर मन-मुटाव देखा तो यह सोचकर वह सुजाता को अपने पास ले आया कि 'कहीं सुजाता ही उनके झगड़े और मन-मुटाव का कारण न हो।' वैसे भी सुजाता अब मनोहर से अच्छी तरह घुल-मिल गई थी। मनोहर जब भी उससे मिलने जाता था, वह उससे मिलकर बहुत खुश होती थी और उसके साथ आने के लिए जिद भी करने लगती थी।

सुजाता को लाने के बाद मनोहर अपना ज्यादा से ज्यादा समय अब सुजाता के साथ और सुजाता के लिए ही व्यतीत करने लगा था। रोज सुबह खुद तैयार होने से पहले वह सुजाता को अपने हाथों से नहलाता, नाश्ता करवाता और दिन भर में

उसके खाने के लिए कुछ बनाकर रख जाता था। शाम को दफ्तर से आते ही वह सबसे पहले सुजाता के कामों में लग जाता था। जब तक वह ऑफिस में होता तब तक के लिए ही वह सुजाता से दूर रहता था। अन्यथा हर समय वह सुजाता के साथ रहता था। अब वह ऑफिस के बाद सीधा घर आता था। बल्कि उसे घर पहुँचने की जल्दी सी रहती थी। बाजार भी जाता था तो सुजाता को अपने साथ ले जाता था। हालाँकि माँ और कपिल भी सुजाता की पूरी देखभाल करते थे, किन्तु मनोहर चाहता था कि सुजाता की पूरी ज़िम्मेदारी वह स्वयं ही उठाए, और धीरे-धीरे वह उसकी ज़िम्मेदारी स्वयं उठाने लगा था।

ग्यारह

रविवार का दिन था। मनोहर कुछ ख़रीदारी करने के लिए बाजार गया हुआ था। छुट्टी का दिन होने के कारण बाजार में अन्य दिनों की अपेक्षा अधिक भीड़ थी। वह यह सोचकर दोपहर में बाजार आया था कि शाम को भीड़ अधिक हो जाती है। बाजार की भीड़ में दो बार उसकी जेब कट चुकी थी। इसलिए वह इस मामले में कुछ अधिक ही सावधानी बरतता था और कोशिश करता था कि दोपहर के उस समय में बाजार जाए जब भीड़ कम होती है। किन्तु दीपावली का त्यौहार नजदीक होने के कारण उस दिन बाजार में दोपहर में भी अच्छी-ख़ासी भीड़ थी। बाजार में सड़कों पर और दुकानों के अन्दर लोगों की भीड़ देखकर ऐसा लगता था जैसेकि कोई लूट सी मची हो और हर कोई अधिक से अधिक लूटने की जल्दी में हो। या कि जैसे इस दौरान ख़रीदारी करना अनिवार्य हो। जो इस समय ख़रीदारी करने से चूक गया तो पता नहीं फिर कब उसे ख़रीदारी करने का अवसर मिले।

दोनों हाथों से साइकिल का हैंडल पकड़े हुए वह बाजार का दृश्य देखते हुए और त्यौहार के नाम पर लोगों के ख़रीदारी के पागलपन को देखते हुए पैदल बाजार से गुजर रहा था। जहाँ पर भीड़ अधिक होती थी वहाँ पर वह बहुत धीमी गति से चलता था और जहाँ पर भीड़ थोड़ी कम होती थी वहाँ पर सामान्य गति से चलने लगता था। एक-दो सामान के अलावा उसे अपनी माँ के लिए एक साड़ी खरीदनी थी। कपड़ों की दुकानों पर सबसे अधिक भीड़ थी। रास्ते में साड़ियों की कई दुकानें आईं, किन्तु, 'ऐसी भीड़-भाड़ में दुकानों के अन्दर भी जेब साफ हो जाती हैं' मन में ऐसा विचार कर वह अधिक भीड़ वाली दुकानों में घुसने का साहस नहीं कर सका और एक छोटी दुकान पर अपेक्षाकृत कम भीड़ देखकर वह

रुक गया और अपनी साइकिल दुकान के बाहर सड़क के किनारे पर खड़ी की और दुकान के अन्दर प्रविष्ट हो गया।

दुकान के अन्दर और भी बहुत से लोग अलग-अलग काउंटर पर खड़े साड़ी देख रहे थे। मनोहर भी उन लोगों के बीच एक काउंटर पर जाकर साड़ी देखने लगा। मनोहर का ध्यान अन्य ग्राहकों की ओर नहीं था। किन्तु मनोहर के दुकान के अन्दर प्रवेश करते ही, वहाँ पर पहले से ही साड़ियाँ देख रहा एक व्यक्ति साड़ी देखना बन्द कर मनोहर की ओर देखने लगा था। कुछ देर तक देखते रहने के पश्चात वह अपनी जगह से हटा और मनोहर के पास आकर बोला, 'क्या हाल हैं मनोहर?'

अपने नाम का सम्बोधन सुन मनोहर ने चौंककर उस व्यक्ति की ओर देखा। वह व्यक्ति उसका परिचित था, किन्तु सहसा उसे उसका नाम याद नहीं आया। एक क्षण को उसने अपनी स्मृति पर ज़ोर डाला। तत्काल उसकी स्मृति से निकला—सुधीर राजौरा। स्मृति में यह नाम आते ही वह सुखद आश्चर्य से भर गया और साड़ी देखना बन्द कर, काउंटर की भीड़ से अलग हटते हुए बोला, 'सुधीर तुम? कितने दिन के बाद दिखाई दिए हो यार।' कहने के साथ-साथ उसने गर्मजोशी से अपना हाथ सुधीर राजौरा की ओर बढ़ाया।

सुधीर राजौरा ने भी उसी गर्मजोशी से हाथ मिलाते हुए कहा, 'हाँ यार, कॉलेज के बाद कभी मुलाक़ात ही नहीं हुई। तब के बाद पहली बार मिले हैं आज।'

मनोहर को ऊपर से नीचे तक देखते हुए सुधीर राजौरा ने कहा, 'तुम तो बिलकुल भी नहीं बदले। अभी भी वैसे के वैसे ही हो जैसे कॉलेज में पढ़ते समय थे।'

'लेकिन तुम्हारे अन्दर काफी बदलाव आ गया है। पहले काफी तन्दुरुस्त लगते थे, लेकिन अब कुछ पतले और कमजोर से दिख रहे हो। क्या बात है?' मनोहर ने मित्रवत पूछा।

मनोहर की बात का कोई उत्तर न देते हुए वह उसका हाथ पकड़कर दुकान से बाहर लाते हुए बोला, 'अब सारी बातें यहीं करोगे दुकान के अन्दर ही। बहुत दिन बाद मिले हो। चलो, बाहर चलते हैं। ख़रीदारी बाद में करेंगे, पहले कहीं चलकर बैठते हैं। एक कप चाय पीएँगे और वहीं पर तसल्ली से बात करेंगे।'

सुधीर राजौरा भी साइकिल से आया था और उसकी साइकिल भी दुकान के बाहर मनोहर की साइकिल के पास ही खड़ी थी। दोनों ने अपनी-अपनी साइकिलें उठाईं और थोड़ी दूर पर स्थित चाय की दुकान पर जाकर बैठ गए।

दुकानदार को दो कप चाय बनाने का ऑर्डर देकर सुधीर राजौरा ने बातचीत का क्रम शुरू किया, 'अब बताओ, कैसा चल रहा है?'

'सब अच्छा है। लाइफ ठीक से चल रही है।' मनोहर ने जवाब दिया।

'अन्य साथियों का भी कुछ अता-पता है? कहाँ हैं, क्या कर रहे हैं?

'हाँ, दिनेश का पता है। वह दिल्ली में किसी मंत्रालय में नौकरी करता है। और भोपाल एक्साइज विभाग में है। पहले तो लखनऊ में था, अब का पता नहीं कहाँ है।' मनोहर ने बताया।

'अरे वाह। दोनों अच्छी जगह लग गए हैं। केन्द्र सरकार वालों का तो वेतन ही काफी अच्छा है। और एक्साइज विभाग के तो कहने ही क्या हैं। वहाँ पर तो नोट बरसते हैं।' सुधीर राजौरा ने सुखद आश्चर्य से कहा।

'तुम्हें भी कुछ जानकारी है किसी के बारे में?' मनोहर ने पूछा।

'नहीं यार, मेरा किसी से कोई सम्पर्क नहीं हुआ है तब से। सारे साथियों में से आज तुम मिले हो पहली बार।...खैर, तुम बताओ, तुम क्या कर रहे हो आजकल?'

'बिक्री कर विभाग में हूँ।' मनोहर ने बताया।

बिक्री कर विभाग का नाम सुनते ही सुधीर राजौरा उछल पड़ा, ''बिक्री कर विभाग में? अरे वाह! पौ-बारह हैं तुम्हारे तब तो।''

'किस बात के पौ-बारह?' मनोहर आश्चर्य से बोला।

'अरे यार, बहुत भोले मत बनो। यह मत समझो कि हमें कुछ पता नहीं है। थोड़ा-बहुत तो हम भी जानते हैं दुनियादारी को।' सुधीर राजौरा ने मित्रवत अन्दाज में कहा।

'नहीं, ऐसी कोई बात नहीं है, जैसा तुम सोच रहे हो।' मनोहर ने बहुत सहजता से बताया।

सुधीर राजौरा मनोहर की ओर प्रश्नसूचक दृष्टि से देखते हुए बोला, 'भई तगड़ी कमाई वाला महकमा है ये तो। व्यापारियों से सीधा वास्ता है उस विभाग का। सुना है खूब नोट बरसते हैं वहाँ पर। बीस-तीस हजार की कमाई तो हो ही जाती होगी आराम से हर महीने ऊपर की। कोठी-वोठी तो बना ली होगी तुमने भी...।'

'नहीं, ऐसी बात नहीं है। कोई कोठी-वोठी नहीं बनाई है मैंने। अपने पुस्तैनी मकान में ही रहता हूँ।' मनोहर ने पुनः उसी सहजता से बताया।

सुधीर राजौरा को मनोहर की बात पर विश्वास नहीं हुआ। वह प्यार से मनोहर के कन्धे पर हाथ मारते हुए बोला, 'क्यों झूठ बोलते हो यार। दोस्तों से भी छिपाते हो।'

मनोहर उसे आश्वस्त करता हुआ बोला, 'तुम कुछ गलत सोच रहे हो सुधीर। मैं सच कह रहा हूँ। मुझे जो वेतन मिलता है, वही मेरी कमाई है। कोई ऊपर की कमाई नहीं है मेरी।'

यह सुनकर सुधीर राजौरा को आश्चर्य हुआ। वह बोला, 'ताज्जुब है। बिक्री कर विभाग में नौकरी करते हो और कहते हो कि ऊपर की कमाई नहीं है। अरे मैं कौन सा सीबीआई को बताने जा रहा हूँ तुम्हारे बारे में।'

मनोहर उसे अपने बारे में बताते हुए बोला, 'तुम विभाग के बारे में सही सोच रहे हो। विभाग जरूर ऐसा है, जहाँ लोगों को ऊपर की कमाई होती है। लेकिन मेरी ऊपर की कमाई में कोई रुचि नहीं है। मैं रिश्वत नहीं लेता हूँ।'

सुधीर को मनोहर की बात कुछ विचित्र सी लगी। वह बोला, 'क्यों? क्यों भई, तुम क्यों नहीं लेते हो? यही तो असली कमाई है। तनख्वाह तो बहुत कम होती है। खाली तनख्वाह में किसका गुजारा होता है। लोग तो ऊपर की कमाई वाली जगह पर पोस्टिंग कराने के लिए हाथ-पैर मारते हैं, तिकड़में बैठाते हैं। उसके लिए भी सिफ़ारिश लगवाते हैं और रिश्वत भी देते हैं। और एक तुम हो कि कहते हो रिश्वत नहीं लेता। क्या पोस्टिंग कमाई वाली सीट पर नहीं है तुम्हारी?'

मनोहर उसे अपनी स्थिति समझाते हुए बोला, 'नहीं, ऐसी बात भी नहीं है। मैं भी लेजर कीपर हूँ। काफी बड़ी-बड़ी फर्मों को डील करता हूँ। चाहूँ तो दूसरों की तरह मैं भी खूब पैसा बना सकता हूँ, लेकिन मैं अलग तरह का आदमी हूँ।...मैं रिश्वत लेने के खिलाफ हूँ।'

यह सुनकर सुधीर राजौरा को और आश्चर्य हुआ, 'क्यों भई, यह तो नई बात सुन रहा हूँ। आती हुई लक्ष्मी को क्यों अस्वीकार करते हो तुम?'

मनोहर ने विस्तार से बताते हुए कहा, 'देखिए, जो लोग रिश्वत लेते हैं, वे मनुष्यता से इतना गिर जाते हैं कि बिना रिश्वत लिए किसी फाइल पर कलम चलाने में उनके हाथ रुकते हैं। उनके लिए दफ्तर में आने वाला व्यक्ति, मनुष्य नहीं होता, पार्टी या ग्राहक होता है। दूसरे, बिना परिश्रम किए रिश्वत के रूप में नोट मिलते हैं तो वे लोग कर्तव्य भावना से शून्य हो जाते हैं। वे मनुष्यता और श्रम का मूल्य नहीं समझ पाते। इससे समाज में एक अलग तरह का चरित्र निर्माण होने लगता है, और रिश्वत दैनिक जीवन का एक अनिवार्य घटक बन जाता है। इस भाग-दौड़ भरी जिन्दगी में समय व्यक्ति की सबसे बड़ी सम्पत्ति है। इसलिए अपना समय बचाने के लिए लोग रिश्वत देकर अपना काम करवाना सुगम समझते हैं। किन्तु, सबसे बड़ी बात तो यह है कि जिनके पास पैसे होते हैं रिश्वत देने को, वे तो अपने काम करवा लेते हैं। जो रिश्वत देने में असमर्थ हैं, उनके काम नहीं हो पाते। इससे समाज का गरीब और कमजोर वर्ग बहुत सी सरकारी सुविधाओं का फायदा उठाने से वंचित रह जाता है और जिन्दगी की दौड़ में हमेशा पिछड़ा रहता है।'

'तुम्हारा मतलब है कि रिश्वत गरीब-विरोधी कदम है?' सुधीर राजौरा ने आश्चर्य व्यक्त करते हुए पूछा।

'जी हाँ, तुम ठीक समझ रहे हो। रिश्वत गरीब-विरोधी काम ही है, रिश्वतख़ोरी की यह व्यवस्था उनके शोषण की जड़ें मजबूत करती है। जो लोग रिश्वत देते या लेते हैं वे गरीब-विरोधी काम करते हैं। वे एक प्रकार से गरीबों के शोषण की जड़ें मजबूत करते हैं।' मनोहर ने कहा।

सुधीर राजौरा को मनोहर की सोच कुछ अलग तरह की और सही लग रही थी। वह उससे प्रभावित हुआ। और मनोहर की बात का समर्थन करने के साथ आश्चर्य व्यक्त करता हुआ बोला, 'बात तो ठीक कह रहे हो तुम मनोहर। लेकिन कौन समझता है इस बात को?...हमें तो कोई आदमी दिखाई नहीं देता जो इस तरह सोचता हो।'

मनोहर ने अपनी बात पर दृढ़ रहते हुए कहा, 'कोई इस तरह नहीं सोचता है तो इसका यह मतलब तो नहीं कि हम भी नहीं सोचें। जो लोग ऐसा सोचते हैं यदि वे अपने-अपने स्तर पर अमल करने लगें तो धीरे-धीरे रिश्वत का लेन-देन कम हो सकता है और समाज का माहौल बदल सकता है।'

'हाँ, यह बात तो है।' सुधीर राजौरा सहमति में अपना सिर हिलाते हुए बोला।

मनोहर ने देखा उसकी बातें सुधीर राजौरा पर असर कर रही थीं। इससे उसका उत्साह बढ़ा। वह उत्साह से भरकर बोला, 'देखिए रिश्वत एक भ्रष्टाचार है, जो आर्थिक असमानता का पोषण करता है। उसी तरह जातिवाद भी सामाजिक भ्रष्टाचार है, जो सामाजिक असमानता, ऊँच-नीच और अस्पृष्यता का पोषण करता है। रिश्वत और जातिवाद के बीच गहरा सम्बन्ध है।'

सुधीर राजौरा को मनोहर की यह बात रहस्यपूर्ण सी लगी। वह चौंकते हुए बोला, 'यह क्या कह रहे हो तुम? रिश्वत का जातिवाद से क्या सम्बन्ध? यह बात मेरी समझ से परे है। तुम्हारी इस बात से मैं सहमत नहीं हूँ।'

'यह कोई बहुत टेढ़ी बात नहीं है जो समझ में नहीं आए। यदि समझना चाहो तो बहुत स्पष्ट और सीधी बात है यह।' मनोहर बोला।

'वो कैसे?' सुधीर राजौरा ने पूछा।

'रिश्वत या भ्रष्टाचार के दो पहलू हैं।' मनोहर ने बताया।

'रिश्वत के कौन से दो पहलू? वह तो दी जाती है और ली जाती है। एक ही पहलू है रिश्वत का तो।' सुधीर राजौरा ने विस्मित स्वर में कहा।

'सामान्य व्यक्ति इसी तरह सोचता है, जैसा तुम सोच रहे हो। वह केवल एक ही पहलू को देख और समझ पाता है। दूसरे पहलू को वह नहीं देख पाता है।' मनोहर ने कहा।

'तुम ही बताओ, कौन से हैं वे दो पहलू?' सुधीर राजौरा ने विस्मय से भरे हुए पूछा।

मनोहर ने स्पष्ट करते हुए कहा, 'पहला तो यह कि सरकारी दफ्तरों में रिश्वत और भ्रष्टाचार इसलिए है क्योंकि लोग अपना काम जल्दी और बिना लाइन में लगे करवाना चाहते हैं। नियम, कायदे से लाइन में लगकर काम करवाना एक प्रकार की तौहीन जैसा है। इससे आदमी का रुतबा कम होता है। ऐसे व्यक्तियों के बारे में माना जाता है कि उनका कोई रुतबा या रसूख नहीं है। रुतबा और रसूख, ये ही

तो चीजें हैं समाज में जिन पर किसी व्यक्ति का मान-सम्मान निर्भर करता है। समाज में रोब और दबदबे के साथ रहने वाले उच्च-जातीय लोग सरकारी दफ्तरों में लाइन में लगकर काम करवाना अपनी तौहीन समझते हैं। इससे उनकी जातीय गरिमा कम होती है। इसके अलावा, आर्थिक रूप से भी वे सम्पन्न होते हैं। इसलिए समाज वाले अपने रुतबे को बनाए रखने के लिए वे सरकारी दफ्तरों में पैसे देकर बिना लाइन में लगे अपने काम करवाते हैं। यदि वे अपने जातीय अहं से मुक्त होकर स्वयं को मनुष्य समझने लगें और उसी के अनुरूप सामाजिक व्यवहार करने लगें तो वे दफ्तरों में भी रिश्वत न देकर काउंटर पर खड़े होकर या लाइन में लगकर अपने काम करावा सकेंगे।'

'और दूसरा पहलू?' सुधीर कुमार राजौरा ने पूछा।

मनोहर विस्तार से समझाते हुए बोला, 'दूसरा पहलू यह कि रिश्वत का लेन-देन सरकारी दफ्तरों में होता है। सरकारी दफ्तरों में कितने लोग होते हैं निम्न जातियों के? अपने आरक्षित कोटे से भी बहुत कम संख्या में वे होते हैं। इसके अलावा, सरकारी दफ्तरों में भी सब जगह, प्रत्येक सीट पर रिश्वत का लेन-देन नहीं होता है। रिश्वत वहीं ली और दी जाती है, जहाँ पर जनता के साथ सम्पर्क होता है। जहाँ जनता के कार्यों की जरूरी फाइलें हों। रिश्वत की दृष्टि से जो सीट अधिक कमाई वाली मानी जाती हैं उनमें से कितनी सीटों पर निम्न जातियों के लोग होते हैं? तुम देखोगे ऐसी सीटों पर प्राय: गैर-दलित लोग मिलेंगे, और उनमें भी अधिकांशत: उच्च-जातीय ही।'

मनोहर की बातें सुन आश्चर्य से सुधीर राजौरा की आँखें फैलने लगीं। अपना आश्चर्य व्यक्त करते हुए वह बोला, 'यार, यह तो बहुत पते की बात कही तुमने। कभी ध्यान ही नहीं गया इस ओर। लेकिन अब तुम कह रहे हो तो याद आ रहा है कि राशन कार्ड, बिजली, पानी, आय, आवास और जाति प्रमाण-पत्र, परमिट, लाइसेन्स, रजिस्ट्री से लेकर स्कॉलरशिप, वृद्धावस्था पेंशन आदि कार्यों के लिए, जिस दफ्तर में भी जाओ अधिकांश डीलिंग क्लर्क या अफसर उच्च जातियों के ही मिलते हैं।'

मनोहर ने महसूस किया कि सुधीर राजौरा उसकी बात से कन्विन्स हो रहा था। वह अपना तर्क समझाते हुए बोला, 'अब समझ रहे हो न तुम। रिश्वत की कमाई वाली सीटों पर अधिकांश उच्च जातियों के लोग इसलिए हैं क्योंकि ऊपर के अधिकारी भी उच्च जातियों के होते हैं, जो उच्च जातीय कार्मिकों के प्रति उदार और अपनापन रखते हैं। इस कारण कमाई वाली सीटों पर प्राय: उच्च जातीय कर्मचारियों को ही तैनात किया जाता है, और उनको संरक्षण भी प्रदान किया जाता है। इस तरह रिश्वत का अधिकांश पैसा उच्च जातियों के पास जाता है। उच्च जातियों के लोग वैसे ही, परम्परा से निम्न जातीय लोगों का सामाजिक-आर्थिक

शोषण और दमन करते हैं। रिश्वत की इस अतिरिक्त मोटी कमाई से वे आर्थिक रूप से और अधिक समृद्ध हो जाते हैं और इसके दम पर आर्थिक रूप से कमजोर रहने वाले दलितों का और अधिक शोषण करते हैं।'

मनोहर के मुँह से यह सब सुन सुधीर राजौरा हतप्रभ था और मन ही मन सोच रहा था 'मनोहर जो कुछ कह रहा है, यह सब तो मैं पहले से भी देखता रहा हूँ समाज में। फिर यह बात मेरे दिमाग में क्यों नहीं आई अभी तक। मनोहर की बातों ने जैसे उसके प्रज्ञा चक्षुओं को खोल दिया था। वह मनोहर के स्वर में स्वर मिलाते हुए बोला, 'ठीक कह रहे हो मनोहर। अब सब समझ में आ रहा है। सभी अच्छे स्कूल प्राइवेट हैं, जो मोटी फीस लेते हैं। निम्न जातियों के गरीब लोग इन स्कूलों की फीस देने में समर्थ नहीं होते इसलिए इन स्कूलों में अधिकांशत: उच्च जातियों के बच्चे ही पढ़ते हैं। वे ही बाद में उच्च पदों पर जाते हैं। विज्ञान, प्रौद्योगिकी, प्रशासन, शिक्षा, खेल, सिनेमा, सब जगह वे ही छाए हुए हैं।...अफसरों के बच्चे ही ज़्यादातर अफसर क्यों बनते हैं, यह अब समझ में आ रहा है।'

सुधीर राजौरा की बात से मनोहर को बल मिला। उसने अपने तर्क को और आगे बढ़ाते हुए कहा, 'ये सामाजिक और आर्थिक भ्रष्टाचार दोनों एक-दूसरे के साथ जुड़े हैं और एक-दूसरे का पोषण करते हैं। सामाजिक रूप से निम्न और आर्थिक रूप से अभावग्रस्त निम्न जातियों के लोग इन दोनों प्रकार के भ्रष्टाचार के शिकार होकर दमन और शोषण की चक्की में पिसते हैं। रिश्वत पर अंकुश लगे बिना इससे मुक्ति नहीं मिल सकती।'

मनोहर की बातों से सुधीर राजौरा का मन अभिभूत हो गया। उसे लगा अपने किसी पुराने साथी और मित्र से नहीं अपितु, वह किसी विशिष्ट व्यक्ति के साथ बैठा है, जिसको सामाजिक ताने-बाने की गहरी समझ और हाशिये के लोगों के प्रति गहरा अनुराग है। वह एक गम्भीर विद्यार्थी की तरह मंत्रमुग्ध होकर मनोहर की बातें सुन रहा था। मनोहर को सुनते, उसकी ओर देखते हुए उसके मन में यह प्रश्न उभरा—'मनोहर जो कुछ सोच रहा है, क्या राष्ट्रवाद और राष्ट्रनिष्ठा इससे भिन्न कुछ और हो सकती है ? समाज के निम्न वर्गों के विकास और समानता के लिए इस तरह की अहिंसक और मानवीय सोच से बढ़कर क्या समाजवाद की कोई अन्य परिभाषा हो सकती है ? कितने लोग हैं इस तरह से सोचने वाले ?' वह कृतज्ञ भाव से मनोहर की ओर देखते हुए बोला, 'जिन्दगी में बहुत लोगों को देखा है मैंने। बड़े-बड़े आदर्शों की बात करने वाले, एक से बढ़कर एक नैतिकतावादियों को। लेकिन सबके आदर्श और नैतिकता केवल कथनों और सिद्धान्तों तक ही देखी, व्यवहार के स्तर पर सबको दूसरों की तरह ही पाया, सिद्धान्तों और आदर्शों के विपरीत कार्य करते हुए। तुम पहले आदमी दिखाई दे रहे हो, जो अपने सिद्धान्तों को व्यवहार में जी रहा है। मनोहर, तुम तो बिलकुल

वैसे के वैसे हो अभी भी जैसे पढ़ते समय होते थे। तब भी तुम गलत कार्यों का विरोध करते थे और आज भी वैसा ही कर रहे हो। तुम्हारी बातों में बहुत वजन है, लेकिन तुम्हारे अकेले के करने से होगा क्या?...तुम जानते हो अकेला चना भाड़ नहीं फोड़ सकता।'

सुधीर राजौरा के शब्दों में मनोहर के प्रति सहानुभूति थी किन्तु, मनोहर की बातों से सहमत होते हुए भी वह कुछ संशयग्रस्त प्रतीत हो रहा था। उसके संशय को दूर करते हुए मनोहर बोला, 'यदि सब यही सोचते रहेंगे तो निश्चित रूप से कुछ नहीं होगा। लेकिन सकारात्मक विचारों से प्रेरित लोग यदि अमल करेंगे तो बदलाव जरूर आ सकता है। सारा बदलाव एकदम से नहीं आता, धीरे-धीरे आता है।...भ्रष्टाचार की मार सबसे ज्यादा दलितों पर ही पड़ती है तो, कम से कम दलितों को तो भ्रष्टाचार के प्रतिकार की पहल करनी चाहिए। यदि दफ्तरों में दलित लोग रिश्वत लेना बन्द कर दें और बिना रिश्वत लिए लोगों के काम करने शुरू कर दें तो इससे गैर-दलित कर्मचारियों पर भी नैतिक दबाव बनेगा और जनता भी रिश्वत नहीं देने के लिए प्रेरित होगी। और इस तरह दफ्तरों में रिश्वत-मुक्त वातावरण बन सकता है।'

मनोहर की यह बात सुधीर राजौरा को बहुत पसन्द आई। वह उत्साह से भर गया और प्रशंसात्मक दृष्टि से मनोहर की ओर देखते हुए बोला, 'भाई वाह, क्या आइडिया है।...सही कह रहे हो यार।...सच में यदि तुम्हारे आइडिया पर दलित लोग ही अमल कर लें तो दलित समाज के उत्थान का एक बड़ा रास्ता खुल सकता है।'

मनोहर आशा व्यक्त करते हुए बोला, 'उम्मीद करते हैं कि ऐसा हो।'

मनोहर के प्रति सहयोग और समर्थन की भावना से भरकर वह बोला, 'तुम्हारे जैसे दृढ़ इच्छा-शक्ति के लोगों के रहते दलित समाज के शोषण से मुक्ति का रास्ता जरूर खुलेगा।...मैं तो दफ्तर की नौकरी में नहीं हूँ कि तुम्हारी तरह भूमिका निभा सकूँ। लेकिन इस विचार को लोगों तक पहुँचाने का काम मैं कर सकता हूँ और यह काम मैं जरूर करूँगा।'

मनोहर उसका उत्साह बढ़ाते हुए बोला, 'तुम तो मुझसे भी बड़ी भूमिका निभा सकते हो सुधीर।'

सुधीर राजौरा ने उत्साह से पूछा, 'ऐं...मैं? कैसे भला?'

मनोहर ने सुझाव देते हुए कहा, 'तुम अध्यापक हो। बच्चों को समाज पर रिश्वत के दुष्प्रभावों के बारे में बताकर उन्हें प्रेरित कर सकते हो कि बड़े होकर जब वे नौकरी पर जाएँ तो रिश्वत नहीं लें।'

मनोहर के सुझाव को स्वीकार कर उसे आश्वस्त करते हुए वह बोला, 'हाँ, ये तो है। यह काम तो मैं कर सकता हूँ।...और कर सकता हूँ नहीं, करूँगा।...यह समझ लो कि आज से विद्यार्थियों को रिश्वत और भ्रष्टाचार के दुष्प्रभावों के बारे

में बताकर, उन्हें इसके विरोध में खड़ा होने के लिए तैयार करना मेरा भी मिशन हो गया है।'

सुधीर राजौरा के मुँह से यह सुन मनोहर को बहुत अच्छा लगा। उसने अपने अन्दर एक नई स्फूर्ति और शक्ति का संचार अनुभव किया। सुधीर राजौरा की आश्वस्ति से उसे इस बात का बल मिला कि रिश्वत और भ्रष्टाचार विरोध की मुहिम में वह अकेला नहीं है। सुधीर राजौरा की बात के साथ अपनी बात जोड़ते हुए वह बोला, 'और भ्रष्टाचार की जड़ जातिवाद की बुराइयों के बारे में विद्यार्थियों को बताना और उनके अन्दर मानवीय चेतना जागृत करना भी उतना ही आवश्यक है।'

सुधीर राजौरा ने मनोहर का समर्थन करते हुए कहा, 'जरूर। यह तो होगा ही। यह काम तो मैं पहले से ही करता हूँ।'

उन्हें बातें करते हुए काफी देर हो गई थी। इस दौरान दो बार चाय भी वे पी चुके थे। दुकानदार भी 'कुछ और लेंगे भाई साहब?' कहकर दो-तीन बार टोक चुका था, जो इस बात का संकेत था कि बैठे हुए बहुत देर हो गई है, अब उठिए। दुकानदार के आशय को समझते हुए सुधीर राजौरा ने अपनी घड़ी की ओर देखा और मनोहर से बोला, 'इतने दिन के बाद तुमसे मिलकर बहुत अच्छा लगा। अपना फोन नम्बर दे दो। भाग-दौड़ की जिन्दगी में मिलना सम्भव ना भी हो तो कम से कम फोन के माध्यम से ही सम्पर्क में बने रहेंगे।'

'हाँ, अवश्य।...मैं तुम्हारा फोन नम्बर ले लेता हूँ।' मनोहर ने कहा।

एक-दूसरे से फोन नम्बर लेने के बाद सुधीर बोला, 'चलो, अब चलते हैं,...।'

मनोहर भी उठता हुआ बोला, 'ठीक है, चलो।'

दोनों उठकर चाय की दुकान से बाहर निकल आए। सुधीर राजौरा की सकारात्मक बातों से मनोहर का मन बहुत खुश था। उसकी खुशी की चमक उसके चेहरे पर दिखाई दे रही थी। वह ऐसा महसूस कर रहा था जैसे आज उसने कोई बहुत बड़ी जंग जीत ली हो।

एक-दूसरे से गर्मजोशी से हाथ मिलाकर अपने-अपने रास्तों की ओर चलने को हुए तो सुधीर राजौरा कुछ याद करके थोड़ा रुकते हुए बोला, 'अरे यार, और बातें तो हो गईं। परिवार के बारे में तो ध्यान से ही उतर गया। बताओ यार, परिवार के बारे में भी तो बताओ कैसी चल रहा है?'

परिवार का जिक्र आते ही मनोहर थोड़ा असहज सा हो गया। लेकिन अपनी असहजता को छिपाकर सहज होते हुए बोला, 'अच्छा चल रहा है परिवार भी।...और तुम्हारी?'

सुधीर राजौरा ने उत्साह से अपने परिवार के बारे में बताया, 'मेरा परिवार भी ठीक-ठाक चल रहा है। पत्नी एक प्राइवेट स्कूल में पढ़ाती है। दो बेटे हैं। एक स्कूल जाता है दूसरा अभी छोटा ही है। और तुम्हारा परिवार? कितने बच्चे हैं?'

'एक बेटी है। अभी छोटी है।' मनोहर ने बताया।

मनोहर ने अपने परिवार के बारे में पूरी जानकारी नहीं दी थी तो सुधीर राजौरा ने उससे पूछा, 'और तुम्हारी पत्नी? वे भी कहीं कोई नौकरी करती हैं?'

पत्नी के नाम पर मनोहर के चेहरे पर मायूसी छा गई थी। मायूस स्वर में ही उसने उत्तर दिया, 'नहीं।'

'तो क्या हाउस वाइफ ही हैं?...कोई प्राइवेट काम भी नहीं करतीं?' सुधीर राजौरा ने उत्सुकता से पूछा।

मनोहर ने पूर्ववत मायूस स्वर में उत्तर दिया, 'नहीं।'

सुधीर राजौरा ने महसूस किया कि परिवार की बात करते हुए मनोहर के अन्दर उत्साह दिखाई नहीं दे रहा है। परिवार की बात शुरू होते ही उसका स्वर मन्द पड़ गया है और उसके चेहरे पर कुछ अलग से भाव उभर आए हैं। वह अपने परिवार के बारे में सहजता से नहीं बता पा रहा है। मनोहर के चेहरे पर उभर आए भावों को पढ़ते हुए वह बोला, 'क्या बात है मनोहर, तुम अचानक से बहुत खामोश और उदास से हो गए हो और बहुत ही ठंडेपन से जवाब दे रहे हो? क्या पत्नी के साथ ठीक नहीं चल रहा है तुम्हारा?'

'नहीं, ऐसी बात नहीं है?' उसकी बात को नकारते हुए मनोहर बोला।

'फिर क्या बात है? भाभी जी अच्छी तो हैं न?' सुधीर राजौरा ने चिन्ता व्यक्त करते हुए पूछा।

'नहीं, वह अब दुनिया में नहीं है...।' मनोहर ने उदास स्वर में बताया।

'ओह! सॉरी यार। यह तो बहुत दुःख की बात है। मैं तुम्हारा दुःख समझ सकता हूँ।' सुधीर राजौरा सान्त्वना व्यक्त करते हुए बोला।

पत्नी के प्रसंग ने मनोहर के हृदय को मर्माहत कर दिया था। किन्तु, इसकी पीड़ा से उबरने की कोशिश करते हुए उसने कहा, 'यह जीवन है सुधीर, इसके बारे में कुछ कहा नहीं जा सकता। जन्म एक घटना है और मृत्यु एक दुर्घटना है। दुर्घटना कभी भी, किसी के साथ भी हो सकती है। बस, यह समझ लो मेरे साथ भी दुर्घटना हो गई है।'

सुधीर राजौरा ने उसके दर्द को महसूस कर अफसोस व्यक्त करते हुए कहा, 'हाँ, यह तो है। लेकिन अभी से, इतनी कम उम्र में लाइफ पार्टनर का चले जाना कष्टदायक तो है ही। इस कमी को कोई पूरी नहीं कर सकता।'

दुःख के क्षणों में व्यक्ति प्रायः दार्शनिकों जैसी बातें करने लगता है। मनोहर भी अपने दुःख के आवरण को हटाते हुए दार्शनिकता के स्वर में बोला, 'सबको अपना जीवन जीना तो पड़ता ही है। और अपने जीवन को उसके हालातो के साथ ही जीना होता है। जीवन में बहुत सी कमियाँ हम महसूस करते हैं, लेकिन वे कमियाँ पूरी नहीं होती हैं तो हम उनके बिना जीने की आदत डाल लेते हैं। मैं

भी धीरे-धीरे उबर रहा हूँ और एक और कमी के बिना जीने के लिए खुद को तैयार कर रहा हूँ।'

'दूसरी शादी के बारे में सोचा कुछ?' सुधीर राजौरा ने पूछा।

'नहीं, ऐसा कुछ नहीं सोचा है, और ना कुछ सोचना चाहता हूँ। मैं अपनी बेटी की परवरिश ही अच्छी तरह से करना चाहता हूँ।'

मनोहर की भावनाओं को समझ उसका मनोबल बढ़ाते हुए वह बोला, 'तुम्हारे लिए और तुम्हारी बेटी के लिए मैं बहुत सारी शुभकामनाएँ देता हूँ। और उम्मीद करता हूँ कि जिस हौसले के साथ तुम समाज को उत्कोच मुक्त करने के लिए लड़ रहे हो, अपने जीवन को भी तुम उसी तरह हौसले के साथ जिओगे।'

'शुक्रिया' कहकर मनोहर ने उसके प्रति धन्यवाद और आभार व्यक्त किया तथा उत्साह और उदासी मिश्रित मन के साथ सुधीर राजौरा से विदा लेकर वह बाजार की भीड़ में खो गया।

बारह

ऑफिस के सब लोग जानते थे कि मनोहर रिश्वत नहीं लेता है और रिश्वत के प्रति उसका दृष्टिकोण आलोचनात्मक है। इसलिए रिश्वत से जुड़े किसी भी सन्दर्भ में उससे बात करने से सभी लोग कतराते थे। कुछ लोग इसे इस रूप में लेते थे कि इस आदमी के क्या मुँह लगना। और कुछ सोचते थे इस आदमी से बात करना पत्थर में सिर मारना है। रिश्वत के न लेने के मामले में वह दृढ़ निश्चयी किस्म का व्यक्ति है, यह भी सब जानते थे। किन्तु, इसके उपरान्त कुछ लोग यदा-कदा कोई प्रसंग आने पर उससे रिश्वत के बारे में बात कर लेते थे। उनमें से एक सुन्दरलाल था। दफ्तर के अन्य कर्मचारियों की तुलना में वह मनोहर के प्रति अधिक उदार और मित्रवत रहता था। यूँ दूसरे लोगों की तरह मनोहर द्वारा रिश्वत का विरोध करना उसे भी अच्छा नहीं लगता था। किन्तु, उसे मनोहर के प्रति अपनत्व के कारण उससे सहानुभूति भी रहती थी। और इस कारण वह उसे पागल समझता था। एक दिन ऑफिस में परस्पर बात करते हुए उसने मनोहर से कह भी दिया था, 'मनोहर, सच कहूँ। कभी तुम बहुत भावुक लगते हो और कभी निरे बेवकूफ। इसलिए तुम पर प्यार भी आता है और गुस्सा भी।'

सुन्दरलाल के मुँह से यह सुन मनोहर को बहुत अच्छा लगा। उसने सुन्दरलाल के प्यार और अपनेपन को महसूस किया और भोलेपन से पूछा, 'वह क्यों?'

सुन्दरलाल, मनोहर के बारे में जो कुछ सोचता था, उसे बिना छिपाए वह बोला, 'तुम सिद्धान्तवादी व्यक्ति हो और अपने सिद्धान्त पर दृढ़ता से कायम रहते हो, यह देखकर अच्छा लगता है। लेकिन तुम मस्तिष्क से अधिक भावुकता से काम लेते हो और भावुकतावश यह नहीं देख पाते हो कि बड़े से बड़े सिद्धान्तवादी व्यक्ति अपने सिद्धान्तों पर नहीं टिके रहते। परिस्थितियाँ परिवर्तित होने पर या तो वे अपने सिद्धान्त में परिवर्तन कर लेते हैं अथवा परिस्थितियों के अनुसार उसकी व्याख्या कर लेते हैं। लेकिन तुम जैसे के तैसे बने हुए हो। ना तुम में कोई परिवर्तन होता है और ना तुम्हारे सिद्धान्त में।'

मनोहर को सुन्दरलाल की बात न बहुत अच्छी लगी और न बुरी। इसलिए उसकी बात पर कोई प्रतिक्रिया व्यक्त न कर उसने अपनी बात रखते हुए कहा, 'परिस्थितियों के साथ सिद्धान्त बदल लेना सिद्धान्तवाद नहीं अवसरवाद है। सिद्धान्तवादी व्यक्ति को अपने सिद्धान्त पर भरोसा होता है। चाहे जैसी परिस्थिति हो, वह कभी अपने सिद्धान्त से नहीं डिगता और न कभी भावुक होता है। कोई भी सिद्धान्त हो, वह अमल के लिए दृढ़ता की माँग करता है, जबकि भावुकता मनुष्य को कमजोर बनाती है।'

मनोहर की बात सुन्दरलाल को बहुत भारी, किताबी सी और समझ से बाहर भी लगी। इस भारी-भरकम शब्दावली के जाल में न उलझकर वह मनोहर को व्याहवारिक पक्ष समझाते हुए बोला, 'मेरी समझ में नहीं आता कि तुम इतनी बड़ी-बड़ी बातें तो समझते हो, लेकिन एक छोटी सी बात नहीं समझ पा रहे हो।'

मनोहर की कुछ समझ में नहीं आया कि सुन्दरलाल कौन सी छोटी सी बात के बारे में बात कर रहा था। उसने आश्चर्य से पूछा, 'क्या?'

सुन्दरलाल ने उसके आश्चर्य को दूर करते हुए कहा, 'यही कि सदियों से हमारा समाज भूखा-नंगा और अभावग्रस्त रहता आया है। इसलिए पैसे की सबसे ज्यादा जरूरत हमारे समाज को है। दूसरों के पास तो पहले से ही काफी कुछ रहता है। बल्कि मैं तो कहता हूँ हमें कमाई के हुनर इन ब्राह्मण, बनियों से सीखने चाहिए और उनसे भी ज्यादा कमाई करनी चाहिए। तभी हम उनके बराबर आ सकेंगे।'

सुन्दरलाल की बात मनोहर की समझ में ठीक से नहीं आई। उसने पूछा, 'वह कैसे?'

सुन्दरलाल ने समझाते हुए कहा, 'देखो, बनिए व्यापार करके खूब धन कमा रहे हैं। क्षत्रियों के पास जमीन-जायदाद है ही। सवर्ण हिन्दुओं में से नौकरियों में अधिकतर ब्राह्मण और कायस्थ हैं। इनके बाप-दादा पहले से ही नौकरियों में रहे हैं। उनकी पेंशन आती है सो अलग। इनमें से बहुत से ब्राह्मणों के परिवार मन्दिरों से जुड़े हैं। वहाँ वे पुजारी का काम करते हैं, जहाँ पर खूब सारा पैसा चढ़ावे में आता है। यह उनकी अतिरिक्त कमाई है। हमारे पास क्या है?'

'हाँ, यह तो है।' मनोहर ने सहमति में सिर हिलाया।

'हमारे पास ले-देकर यह नौकरी ही है, इसके अलावा और कुछ नहीं है। हमारी नौकरी लग गई है तो हम यहाँ हैं, लेकिन हमारे ही बहुत से दोस्तों-सहपाठियों की नौकरी नहीं लगी, वे तो मजदूरी करने को ही बाध्य हैं न अपनी आजीविका चलाने के लिए। हमें नहीं मिलती नौकरी तो हम भी मजदूरी ही कर रहे होते। मजदूरी मतलब दूसरों की गुलामी। हमारे बच्चे नहीं पढ़ पाएँगे ठीक से या उनको नौकरी नहीं मिलेगी और अपना कोई काम शुरू करने के लिए भी धन नहीं होगा तो क्या करेंगे वे भी। मजदूरी ही न? तो कहाँ प्रगति हुई हमारी?'

'क्या बात कह रहे हो आप भी सुन्दरलाल जी। हमें वेतन तो मिलता है न। हम यदि व्यवस्थित तरह से चलें तो अपने वेतन की आय से ही बहुत कुछ कर सकते हैं। दूसरों की नकल कहाँ तक करोगे। जिन लोगों को ऊपर की कमाई नहीं है और केवल वेतनभोगी हैं, उनकी आजीविका भी तो चलती है न? उनके बच्चे भी पढ़ते हैं, उनके शादी-विवाह भी होते हैं और घर-मकान भी बनते हैं। उनकी सारी जरूरतें वेतन से ही पूरी हो जाती हैं। यदि वे ऐसा कर सकते हैं तो आप क्यों नहीं कर सकते?' मनोहर ने सुझाव देते हुए कहा।

सुन्दरलाल मनोहर की बात से असहमत दिखाई दिया। वह बोला, 'केवल उनके वेतन के साथ अपनी तुलना मत करो। यह देखो कि वेतन से अलग भी उनकी कमाई के कितने स्रोत हैं। उनमें एक-एक व्यक्ति के पास कई स्रोत होते हैं आमदनी के। जबकि हमारे पास ले-देकर नौकरी से होने वाली आमदनी ही एकमात्र आय का स्रोत होता है।...नौकरी में ऊपर की कमाई के मामले में भी वे हमसे बहुत आगे हैं। वे खुलकर पैसे माँग लेते हैं लोगों से, क्योंकि ऊपर उनके अपने अधिकारी हैं, उनको संरक्षण देने के लिए। हम खुलकर नहीं माँग पाते, झिझकते हैं, क्योंकि हमारा कोई गॉड-फादर नहीं है। कोई ऊँच-नीच हो जाए तो हमें कोई सपोर्ट करने वाला नहीं है। एक तो हमारे लोगों को ठीक ढंग की पोस्टिंग नहीं मिलती है, और जिनको ठीकठाक पोस्टिंग मिलती भी है, वे उतना खुलकर नहीं खेल पाते, जितना दूसरे खेल लेते हैं। हमसे कई-कई गुणा ज्यादा कमाई है उनकी। वे जब नौकरी में आते हैं तो उनके पास घर पहले से बने होते हैं। जबकि हमारे घर खाली कुएँ होते हैं। जब तक हम उन खाली कुओं को भरकर समतल बनाते हैं तब तक ये लोग इमारतें खड़ी कर लेते हैं। हम हमेशा इनसे पीछे रहते हैं। और ये हमसे सदैव सम्पन्न रहते हैं। कहाँ ठहरते हैं हम उनके आगे, उस पर भी तुम कहते हो कि हमें ऊपर की कमाई नहीं करनी चाहिए।'

'तुम्हारी इस बात से तो मैं भी सहमत हूँ।' मनोहर ने सहमति में सिर हिलाते हुए कहा।

सुन्दरलाल ने आगे कहा, 'ये लोग निजीकरण का समर्थन भी इसीलिए तो करते हैं क्योंकि इनके पास पैसे की कमी नहीं है। और सरकारी स्कूलों में ठीक से पढ़ाई नहीं होने का कारण वहाँ की खस्ता हालत है। सरकारी क्षेत्र में अव्यवस्था को लेकर हाय-तौबा वे इसीलिए मचाते हैं क्योंकि उनके पास पैसा है। वे प्राइवेट में करा लेंगे अपना इलाज, बच्चों की शिक्षा और सारे काम। हम कहाँ से करेंगे?...दूसरे, प्राइवेट संस्थान भी तो इनके ही हैं, और इनमें काम करने वाले अधिकांश कर्मचारी भी सवर्ण ही हैं। निजी क्षेत्र में आरक्षण नहीं है तो हम वहाँ कहीं नहीं हैं। निजीकरण से इनकी कमाई का एक और रास्ता खुल जाता है और हमारे रास्ते बन्द हो जाते हैं।...अब तुम ही बताओ, उनकी बराबरी में आने के लिए हमारे पास और कौन सा साधन है। ऊपर की थोड़ी-बहुत कमाई का अवसर यदि हमें मिलता है, वो भी हम नहीं करें तो क्या करें?'

सुन्दरलाल के इस तर्क का प्रतिवाद करते हुए मनोहर बोला, 'बातें तो तुम्हारी ठीक हैं, लेकिन तुम यह सोचने की कोशिश क्यों नहीं कर रहे हो कि तुम्हें यदि ऊपर की कमाई होगी तो उनको भी तो होगी। तब भी कहाँ उनके बराबर हो जाओगे तुम? उनकी बराबरी तब तक नहीं कर सकते जब तक हमारे पास भी आय के उनके समान स्रोत न हों। और देश की जो सामाजिक-आर्थिक व्यवस्था है उसके चलते यह सम्भव नहीं है। ना तुम्हें कोई अपने घर, दुकान या खेत में कोई हिस्सा देने वाला है, न मन्दिर में पुजारी बन सकते हो तुम।'

सुन्दरलाल को इस बात को लेकर गुस्सा आने लगा था कि वह इतनी अच्छी तरह से उदाहरण दे-देकर पैसे का महत्त्व समझा रहा था लेकिन मनोहर कुछ भी नहीं समझ रहा था। उल्टे वह अपना ही राग अलापे जा रहा था। मनोहर की बात सुनकर उसे खीझ सी होने लगी। खीझ भरे स्वर में वह बोला, 'तो तुम बता दो, तब क्या विकल्प है मेरे भाई?'

'उनकी सम्पत्ति का हमारे साथ कोई बँटवारा होने वाला नहीं है। इस बात का सपना दिखाया जा सकता है, लेकिन इस सपने का साकार होना सम्भव नहीं है। तो हमारी कोशिश होनी चाहिए कि हम उनकी तरह शोषक चरित्र का निर्माण करने वाले रास्तों पर चलने से बचें, उनका बहिष्कार करें। और इसके लिए सबसे पहले रिश्वत का बन्द होना बहुत आवश्यक है। एक बार रिश्वत बन्द हो जाए तो भ्रष्टाचार के दूसरे रास्ते भी स्वतः बन्द होते जाएँगे।' मनोहर ने दृढ़ता से कहा।

सुन्दरलाल को मनोहर की यह बात भावुकतापूर्ण लगी। वह सोचने लगा, 'यह आदमी भी अजीब है। कभी भावुक हो जाता है और कभी मूर्खों की तरह बात करने लगता है।' मनोहर को भावुकता से उबारने की कोशिश में उसे समझाते हुए वह बोला, 'अपना महकमा तो पहले से ही बदनाम है रिश्वत के लिए। रिश्वत

लो तो भी, और ना लो तो भी। कमिश्नर से लेकर मंत्री तक, अपने-अपने स्तर पर और अपनी-अपनी गुंजाइश के अनुसार सब रिश्वत लेते हैं। फिर इस बदनामी का फायदा हम भी क्यों न उठाएं। वे लाखों में लेते हैं। असली रिश्वत तो वह है। हमें क्या मिलता है। वैसे भी, हम सबसे रिश्वत माँगते कहाँ हैं। अपनी आवश्यकतापूर्ति के लिए वे ही हमारे हाथों पर रख देते हैं।'

मनोहर को सुन्दरलाल का तर्क सही नहीं लगा। वह नकारते हुए बोला, 'लेकिन चन्द रुपयों के बल पर ही वे लोग कितने अनैतिक और अनुचित कार्य कराते हैं तुमसे, यह सोचा है कभी ?...वे जो कुछ भी तुम्हारे हाथों में रखते हैं, वह केवल इसीलिए ताकि वे लाखों रुपए के टैक्स की चोरी कर सकें। यानी अपनी चोरी में वे हमें शामिल करते हैं। कन्धा हमारा होता है और बन्दूक वे चलाते हैं। यदि तनिक भी भूल हो जाए तो चोट तो हमें ही लगेगी। उनका क्या है, उन्हें तो हमारे जैसे दूसरे मिल जाएँगे इस्तेमाल होने के लिए, जिनकी पैसों को देखकर लार टपकती है।'

सुन्दरलाल को मनोहर का यह तर्क अपने विचारों के अनुकूल लगा। वह उत्साहित होकर बोला, 'जब तुम समझते हो कि यह प्रवृत्ति खत्म नहीं हो सकती, फिर क्यों आदर्श के पीछे पड़े हो। हमें चाहिए कि जितना हो सके उनसे रुपये ऐंठ लें ताकि हम भी उन्हीं की तरह अभावरहित जीवन व्यतीत कर सकें।'

मनोहर सहमत नहीं हुआ। वह प्रतिवाद करते हुए बोला, 'यह अपनी-अपनी धारणा है। मैं बात को अपने ढंग से ले रहा हूँ और तुम अपने ढंग से। मैं तुम्हारी धारणा से सहमत नहीं हूँ। मैं इस बात के खिलाफ हूँ कि हम इन पैसे वाले लोगों के हाथों की कठपुतली बन जाएँ। वे हमें पैसे का प्रलोभन दें और मनचाहे ढंग से हमें नचाएँ और हम उनके इशारों पर नाचें। यह तो एक तरह की पराधीनता है। इससे मनुष्य का स्वाभिमान और गरिमा, दोनों नष्ट होते हैं।'

सुन्दरलाल को मनोहर की यह टिप्पणी कुछ नागवार सी गुजरी। इस पर कोई प्रतिक्रिया व्यक्त न कर वह चुपचाप केवल मनोहर की ओर देखता रहा। मनोहर ने आगे कहा, 'दूसरी बात यह कि रिश्वत की मार अन्ततः गरीबों पर ही पड़ती है, जो कि प्रायः हमारे समाज के ही लोग होते हैं। बिना रिश्वत दिए उनका कोई भी काम नहीं होगा। कोई गरीब व्यक्ति ड्राइवर बनना चाहे और रिश्वत नहीं दे पाए तो उसे बार-बार टेस्ट में फेल कर दिया जाता है। उसका लाइसेन्स नहीं बन पाता। गरीब बेरोजगारों के बीपीएल कार्ड नहीं बनते और उसके अभाव में वे मनरेगा के तहत सरकार द्वारा वर्ष में न्यूनतम 100 दिन का रोजगार प्राप्त करने से वंचित रह जाते हैं। इतना ही नहीं, रिश्वत के पैसे नहीं हों देने के लिए तो गरीब आदमी अपना राशन कार्ड तक नहीं बनवा सकता। राशन कार्ड के बिना उसे सस्ता राशन नहीं मिलता। दो-तीन दिन पूर्व ही अखबार में छपी खबर तो पढ़ी होगी। एक

बच्चा भात माँगते हुए भूख से मर गया। क्योंकि राशन कार्ड नहीं बनने से उसके परिवार को सस्ते राशन की दुकान से राशन नहीं मिला।...इसलिए कह रहा हूँ कि जो लोग रिश्वत देते या लेते हैं वे गरीब-विरोधी काम करते हैं और गरीबों के शोषण की जड़ें मजबूत करते हैं।'

मनोहर के इस कथन को स्वीकार करते हुए वह बोला, 'यह बात तो सच है तुम्हारी।'

मनोहर ने अपना कथन जारी रखते हुए कहा, 'सच तो यह है कि रिश्वत या दो नम्बर का पैसा शोषक चरित्र का निर्माण करता है। दो नम्बर का पैसा कमाने वाले लोग उस पैसे के प्रभाव में अपने ही लोगों को दबाने की, उन पर वर्चस्व स्थापित करने की कोशिश करते हैं। मकान बना रहे हों तो रास्ते की जमीन घेर लेंगे या पास-पड़ौस में रहने वाले किसी गरीब की जमीन दबा लेंगे। वो आदमी पुलिस में चला भी जाए इस ज्यादती के खिलाफ न्याय के लिए तो पुलिस को रिश्वत देकर मामले को रफा-दफा करा देंगे। जरूरतमन्द गरीब लोगों की सहायता के नाम पर उनके घर, खेत औने-पौने दाम में खरीद लेंगे। या ऊँची ब्याज दर पर रुपए उधार देकर उसके बदले गिरवी रख लेंगे और उधार नहीं चुकाए जाने पर उन्हें हड़प लेंगे। इस तरह उनका शोषण करेंगे।'

सुन्दरलाल ने कहा, 'तुम्हारी यह बात भी ठीक है। गरीब लोगों के साथ तो ऐसा नहीं होना चाहिए। लेकिन हमारे विभाग में तो गरीबों से कोई वास्ता ही नहीं है। यहाँ तो व्यापारी ही आते हैं। हम कहाँ शोषण करते हैं गरीबों का।'

'ठीक है हमारे दफ्तर का वास्ता नहीं है गरीबों से, लेकिन जो व्यापारी हमारे दफ्तर में आते हैं और रिश्वत देते हैं, इस पैसे को कहाँ से निकालते हैं वे। हमारे जैसे दफ्तरों के लोग जब रिश्वत लेंगे और रिश्वत के पैसे के बल पर चमक-दमक का जीवन जीएँगे तो उनका चमकीला खर्चीला रहन-सहन और जीवन-शैली दूसरे दफ्तरों के कार्मिकों को भी रिश्वत लेने के लिए प्रेरित करेगा, जिन दफ्तरों से गरीब लोगों का वास्ता पड़ता है। यह है कि नहीं?' मनोहर ने अपनी बात कहने के साथ-साथ सुन्दरलाल की ओर प्रश्न छोड़ते हुए कहा और यह जानने के आशय से सुन्दरलाल की ओर देखा कि वह क्या प्रतिक्रिया देता है। किन्तु सुन्दरलाल ने कोई प्रतिक्रिया नहीं दी। मनोहर की बात सुनकर वह चुप लगा गया और कुछ सोचने की मुद्रा में अपना सिर और नजरें उठाकर ऊपर की ओर देखने लगा था।

मनोहर ने कुछ देर तक प्रतीक्षा की कि शायद सुन्दरलाल कुछ बोलेगा। किन्तु सुन्दरलाल को निरन्तर मौन में डूबा देख वह समझ गया कि इस विषय पर आज का संवाद समाप्त हो चुका है। वह भी सुन्दरलाल के पास से उठा और अपनी सीट पर आकर अपने काम में लग गया।

अगले दिन सुन्दरलाल ने मनोहर से कोई बात या मुलाक़ात नहीं की। दूसरे सहकर्मियों से भी उस दिन उसने अधिक बात नहीं की। उसके चेहरे पर भी रोज वाली चमक नहीं थी। वह दिन भर खामोश और उदास बना रहा।

सारे ऑफिस में सुन्दरलाल ही एक ऐसा व्यक्ति था जिससे मनोहर की सर्वाधिक घनिष्ठता थी और जिसके साथ घड़ी दो घड़ी वह अपने दुःख-दर्द की बातें कर लिया करता था। यदि मनोहर उसके पास आकर नहीं मिल पाता था तो वह मनोहर के पास जरूर जाता था। संयोग से उस दिन काम की व्यस्तता के कारण मनोहर भी उसके कक्ष की ओर नहीं जा सका था। आधा दिन व्यतीत हो गया और लंच का समय भी हो गया, लेकिन तब तक भी सुन्दरलाल उससे नहीं मिला तो मनोहर के मस्तिष्क में एक खटका सा हुआ, 'कहीं सुन्दरलाल को मेरी कल की बात बुरी तो नहीं लग गई है ? वह हर्ट तो नहीं हो गया है ?' मन में यह विचार आया तो वह सोचने लगा, 'यदि मेरी किसी बात से उसके मन में ऐसा कुछ आ गया था तो उसे मुझसे बता देना चाहिए था। उसने बताया क्यों नहीं ? मैं उससे खेद व्यक्त कर देता। हालाँकि इसकी जरूरत भी नहीं थी। इस तरह का वाद-विवाद और नोक-झोंक तो आपस में चलती रहती है। मित्रता में इसका बुरा नहीं माना जाता है। बल्कि, इससे तो मित्रता और अधिक प्रगाढ़ होती है।' मनोहर के मन में बार-बार यही विचार उमड़-घुमड़ रहा था। वह उद्विग्न हो उठा और फाइलें बन्द कर सुन्दरलाल के कक्ष की ओर चल दिया।

सुन्दरलाल एक बुत की तरह सिर नीचा किए अपनी सीट पर गम्भीरता में डूबा बैठा था। मनोहर के आने पर भी उस पर कोई प्रतिक्रिया नहीं हुई। उसे इस तरह देख मनोहर के मन में यह बात पुख्ता हो गई कि 'हो न हो सुन्दरलाल मुझसे नाराज है और इसीलिए वह मेरी उपेक्षा कर रहा है।' किन्तु सुन्दरलाल पर अपने मन की बात जाहिर न कर वह प्रतिदिन की भाँति अत्यन्त सहजता से उसके पास बैठते हुए बोला, 'क्या बात है सुन्दरलाल। आज तुम सुबह से दिखाई नहीं दिए, न कोई बात की। और अब भी गुमसुम से बैठे हो ?'

इस बार सुन्दरलाल ने चेहरा उठाकर मनोहर की ओर देखा। उसका चेहरा गहरी उदासी में डूबा था। उदासी भरे शब्दों में ही वह मनोहर से बोला, 'तुम ठीक कहते हो मनोहर। समाज में मेहनत और ईमानदारी की कमाई से ही मान-सम्मान मिलता है।'

उसके ये शब्द सुनकर मनोहर एक क्षण आश्चर्य से अवाक् रह गया। कल जिस रिश्वत की कमाई के पक्ष में वह दलील दे रहा था, आज उसके उलट विचार व्यक्त कर रहा था। अचानक उसका हृदय परिवर्तन कैसे हो गया। 'मैं तो कितने लम्बे समय से यह बात कहता आ रहा हूँ सबसे। आज तक किसी ने गम्भीरता से नहीं लिया मेरी बात को, सुन्दरलाल ने भी नहीं। फिर आज उसकी चेतना में

अचानक यह बदलाव कैसे? सुन्दरलाल के इस अचानक हृदय परिवर्तन ने मनोहर को संशय में डाल दिया था। बहुत समय तक वह संशय और अविश्वास की स्थिति में उलझा रहा। फिर अपना संशय प्रकट करते हुए बोला, 'कहीं तुम आज नशे में तो नहीं हो? और नशे में ही कुछ का कुछ कह रहे हो।'

सुन्दरलाल गम्भीर बना हुआ था। गम्भीर बने हुए ही उसने कहा, 'नहीं मनोहर, नशे में नहीं, मैं पूरे होश में हूँ। कल तक मुझे तुम्हारी बातें भावुकतापूर्ण और अव्यावहारिक लगती थीं। लेकिन आज एक घटना ने मुझे यह सोचने को बाध्य किया है कि तुम जो कहते हो वह गलत नहीं है बल्कि सही कहते हो तुम। कल तक मैं तुम्हारी बात को हल्के में लेता था, लेकिन आज मुझे तुम्हारी बात सही लग रही है।'

सुन्दरलाल के बात करने का ढंग बतला रहा था कि वह कोई दिखावा नहीं कर रहा था। बल्कि उसके मुँह से निकलने वाले शब्द उसके अन्तर की गहराई से निकल रहे थे। वह सच बोल रहा था। किन्तु, उसकी चेतना में अचानक आए इस परिवर्तन का कारण क्या है, मनोहर यह समझने में असमर्थ था। लगता था जैसे वह किसी हादसे का शिकार हुआ है और उसके चलते ही वह इतना गम्भीर बना हुआ है। लेकिन वह हादसा क्या हो सकता है, यह जानने की कोशिश में उसने अनुमान के विमान में भी उड़ान भरी, किन्तु वह कोई अनुमान नहीं लगा सका। अनुमान के विमान से यथार्थ की जमीन पर उतरते हुए उसने पूछा, 'आखिर हुआ क्या? तुम बहुत गम्भीर दिखाई दे रहे हो।...और तुम्हारे विचारों में भी आज अचानक यह बदलाव कैसे? क्या बात है, स्पष्ट बतलाओ ना।''

सुन्दरलाल ने बताना शुरू किया, 'मेरा बेटा प्रतीक छठी क्लास में पढ़ता है...'

बच्चे का मामला था। बेटे का नाम सुनते ही मनोहर को झटका सा लगा। तुरन्त उसके मस्तिष्क में प्रश्न कौंध उठा—कहीं सुन्दरलाल के बेटे के साथ कोई दुर्घटना तो नहीं हो गई है। सुन्दरलाल की बात बीच में ही काटते हुए वह हड़बड़ाकर बोल उठा, 'हाँ, वह तो मुझे पता है।...क्या हुआ उसे?...सब ठीक तो है?'

सुन्दरलाल ने बताया, 'नहीं, उसे कुछ नहीं हुआ है। ऐसी कोई बात नहीं है। वह बिलकुल ठीक है।'

मनोहर को यह जानकार तसल्ली हुई कि कोई परेशानी वाली बात नहीं हुई है। उसने सुन्दरलाल से पूछा, 'तो क्या हुआ है? तुम इतने परेशान से क्यों हो?'

सुन्दरलाल ने बताया, 'दो दिन पहले उसके स्कूल में पीटीए की मीटिंग थी। मेरी पत्नी मीटिंग में भाग लेने गई थी। लेकिन स्कूल से लौटकर आई तो बहुत परेशान थी। दिन भर उसने कुछ खाया-पीया भी नहीं और न बच्चों के साथ ठीक से बात की। मैंने उससे परेशानी का कारण पूछा तो उसने जो कुछ बताया उसने मुझे हिलाकर रख दिया।'

'क्या हो गया था सुधा भाभी के साथ स्कूल में, जिससे वह इतनी ज्यादा परेशान हो गई और तुम भी इतने परेशान हो?' मनोहर ने उससे पूछा।

सुन्दरलाल ने बताया, 'अब घर में गाड़ी है तो वह अपनी गाड़ी से ही गई थी। और बच्चे के स्कूल गई थी तो स्वाभाविक रूप से वह अच्छी सी साड़ी पहन कर गई थी और कुछ गहने भी।'

'तो इसमें कौन सी नई बात हो गई?' मनोहर ने टोका।

सुन्दरलाल ने अपनी बात जारी रखते हुए कहा, 'नई बात यह हुई कि वहाँ और भी कई स्त्रियाँ आई हुई थीं अपने बच्चों के साथ। कार से उतरकर जब वह मीटिंग रूम की ओर जा रही थीं तो वहाँ पर खड़ी कुछ स्त्रियाँ मेरे पत्नी के लिए आपस में कह रही थीं कि—पाँव जमीन पर नहीं हैं इस औरत के। दो नम्बर के पैसे पर इतराती है। नहीं तो इसका हसबेन्ड तो क्लर्क ही है। रिश्वत लेता है खूब, नहीं तो उसकी इतनी औकात कहाँ कि गाड़ी भी रखे और इतनी महँगी साड़ी और गहने खरीद सके।

दूसरी स्त्री कह रही थी—ऐसे लोग ही तो ज्यादा इतराते हैं जो भ्रष्ट होते हैं। मेहनत की कमाई पर चलने वाला कभी नहीं इतराता, ना झूठा दिखावा करता है।

तीसरी स्त्री की टिप्पणी थी—अरे, क्या दीन-ईमान होता है ऐसे लोगों का। समाज में खड़े होकर बता नहीं सकते कि कहाँ से आया यह सब। बात तो तब है जब मेहनत की कमाई से खरीदें कार, साड़ी और गहने।

मैंने उससे पूछा था—तुमने कुछ नहीं कहा उनको?

पत्नी ने कहा—नहीं, मैंने उन्हें कोई जवाब नहीं दिया। उनकी बातों को अनसुना सा करके मैं सीधे मीटिंग रूम में चली गई।

मैंने उससे कहा—कह देतीं तुम कि तुम्हें क्या मतलब है कहाँ से आता है हमारे पास यह सब। तुम भी खरीद लो। तुम्हें किसने रोका है।

पत्नी ने कहा—कह तो देती मैं यह सब। लेकिन कुछ सोचकर ही उनसे कुछ कहना उचित नहीं समझा मैंने। बेटा साथ में था। मैं नहीं चाहती थी कि बेटे के सामने कोई इस तरह की बात हो।

मैंने उससे पूछा—क्यों? उसके सामने बात करने से क्या फर्क पड़ता?

पत्नी ने बताया—तुम्हें पता नहीं है, कुछ दिन पहले प्रतीक ने स्कूल से आकर बताया था कि स्कूल में उसके दोस्त उसे दो नम्बरी की औलाद या दो नम्बरी कहकर चिढ़ाते हैं।

सुनकर मुझे आश्चर्य हुआ था। —दो नम्बरी?...क्यों? —मैंने उससे पूछा।

पत्नी ने बताया—वह खुला खर्च करता है, जबकि उसके दोस्तों के पास बहुत कम पैसे होते हैं। तो वे यह समझते हैं कि हमारे घर में दो नम्बर का पैसा आता है। उसी के बल पर वह इतना खुला खर्च करता है। आज जो स्त्रियाँ मुझ पर

अपमानजनक टिप्पणी कर रही थीं, उनमें से कई प्रतीक के दोस्तों की मम्मियाँ थीं। उनकी बातों को देखते हुए तो यह भी लगता है कि शायद उन बच्चों के मम्मी-पापा ने ही उनको यह बताया हो।

हाँ, हो सकता है। मुझे पत्नी की बात में वजन लगा था।

पत्नी ने आगे बताया—प्रतीक ने घर आकर मुझसे पूछा था—मम्मी, दो नम्बरी क्या होता है? मैंने कहा—दो नम्बरी होता है दो नम्बर का काम करने वाला।

प्रतीक ने तुरन्त अगला प्रश्न किया—और दो नम्बर क्या होता है?

मुझे यह नहीं पता था कि वह यह सब क्यों पूछ रहा है। मैंने सीधे-स्वभाव बता दिया—दो नम्बर का मतलब होता है गलत काम।

यह सुनकर वह चौंक गया। लेकिन बोला कुछ नहीं। केवल चुप लगा गया था। उस दिन मैंने उसकी बात को बहुत हल्के में लिया था और सोचा था कि शायद उसके किसी पाठ में ये शब्द आए होंगे और इसलिए वह इन शब्दों के अर्थ जानना चाहता होगा। लेकिन, लेकिन कल जब उन स्त्रियों ने मुझ पर टिप्पणी की तो मुझे प्रतीक की पीड़ा का अनुभव हुआ। जब से प्रतीक के स्कूल के बच्चों ने उस पर इस तरह की टिप्पणी करनी शुरू की है और उसे दो नम्बर के बारे में कुछ-कुछ पता चला है, तब से वह अन्दर से कुछ बुझा-बुझा और दुःखी सा रहता है। अब वह पहले की तरह अपने दोस्तों के साथ हँसी-मज़ाक नहीं करता। गुमसुम सा रहता है। यदि ऐसा ही रहा तो इससे उस पर मानसिक प्रभाव पड़ेगा जो उसकी पढ़ाई के लिए ठीक नहीं है।...हमारा एक ही बच्चा है, यदि वह भी इस तरह बुझा-बुझा रहेगा, उसका मानसिक स्वास्थ्य प्रभावित होगा तो उसका व्यक्तित्व कैसे निखरेगा। मुझे उसकी ओर से इस बात को लेकर बहुत चिन्ता होने लगी है। यह कहते हुए वह रुआँसी सी हो गई थी और अन्दर से बहुत चिन्तित और डरी हुई लग रही थी।

पत्नी ने जो कुछ बताया उसने मुझे भी झकझोर कर रख दिया है। एक ही बच्चा है, उसी के लिए तो सब कुछ कर रहे हैं हम और वो ही यदि ठीक से नहीं रहेगा, तो क्या करेंगे हम इस पैसे का। मैं और मेरी पत्नी, हम दोनों तब से बहुत चिन्तित हैं और इसी विषय पर सोच-विचार कर रहे हैं। दो रात से हम सो भी नहीं पाए हैं ठीक से यह सोचकर कि अभी बेटा छोटा है ज्यादा समझता नहीं है, इन बातों को। लेकिन कल वह बड़ा होगा और अपने साथी-सहपाठियों के मुँह से इस प्रकार की टिप्पणियाँ सुनेगा तो कहीं वह हीनताबोध का शिकार न हो जाए। यदि ऐसा हुआ तो उसके व्यक्तित्व पर बहुत प्रभाव पड़ेगा इस बात का। पत्नी ने तो साफ कह दिया है कि—कुछ भी करो, कैसे भी करो, लेकिन घर में दो नम्बर का पैसा नहीं आना चाहिए अब। भाड़ में जाए पैसा। मुझे पैसा नहीं, मेरा बेटा ठीक चाहिए।'

इतना कहकर सुन्दरलाल रुक गया था। किन्तु यह कहते हुए भी वह बहुत परेशान और अन्दर से पूरी तरह हिला हुआ दिखाई दे रहा था। उसकी पीड़ा और परेशानी उसके चेहरे पर भी स्पष्ट परिलक्षित हो रही थी।

उसकी यह मनोदशा देख मनोहर को भी दुःख हुआ। वह सान्त्वना व्यक्त करते हुए बोला, 'बात तो सच में परेशानी वाली है यह। बच्चे बहुत सेंसिटिव और कोमल होते हैं। वे छोटी-छोटी बात को महसूस करते हैं और उन पर सोचते हैं।'

सुन्दरलाल उसकी बात से सहमत होते हुए बोला, 'वही तो सारी परेशानी की बात है मनोहर बाबू। यही चिन्ता तो खाए जा रही है...।'

मनोहर ने उसके साथ हमदर्दी व्यक्त की, 'चिन्ता तो स्वाभाविक है सुन्दरलाल जी। लेकिन कुछ तो करना होगा आपको इस समस्या का हल करने के लिए। क्या करोगे? क्या उपाय सोचा है आपने इस समस्या से उबरने का?'

सुन्दरलाल ने बताया, 'मैंने फैसला किया है कि अब मैं आगे से कभी रिश्वत नहीं लूँगा। अपने वेतन से ही अपनी गृहस्थी चलाऊँगा। पैसा कम होगा कोई बात नहीं, हमारा बच्चा तो तनावमुक्त और हँसी-खुशी का जीवन जी सकेगा। हमें पैसा नहीं अपने बच्चे की हँसी और उसकी खुशी चाहिए।'

मनोहर ने एक भरपूर दृष्टि से सुन्दरलाल की ओर देखा और महसूस किया कि यह कहते हुए सुन्दरलाल के चेहरे पर सन्तोष और ग्लानि का मिश्रित भाव था।

सुन्दरलाल का यह निर्णय सुन मनोहर को सुखद अनुभूति हुई। उसने राहत की सी सांस ली, जैसे वह किसी बड़े तनाव और दबाव से मुक्त हो गया हो। वह सुन्दरलाल की प्रशंसा करते हुए बोला, 'बहुत ठीक निर्णय सोचा है तुमने सुन्दरलाल। इसके अलावा और कोई उपयुक्त रास्ता नहीं है। मैं तो निरन्तर इस बात पर ज़ोर दे रहा हूँ। तुम मेरी बात नहीं समझ पाए और उस पर कोई अमल नहीं किया, कोई बात नहीं। लेकिन, आज अपने बच्चे के भविष्य की खातिर ही सही, तुमने रिश्वत न लेने का बहुत सही निर्णय लिया है। मुझे खुशी है कि देर से ही सही तुम सही रास्ते पर आ गए हो।'

दफ्तर से घर लौटते हुए भी मनोहर सुन्दरलाल के साथ घटी घटना और उसकी चेतना में आए परिवर्तन के बारे में ही सोचता रहा। उसके मस्तिष्क में दूसरी स्त्रियों द्वारा सुधा भाभी पर की गई अपमानजनक टिप्पणियाँ गूँजती रहीं। सुजाता कहीं भी होती, उसके आने की आहट होते ही वह दौड़ी-दौड़ी उसके पास चली आती थी। आज सुजाता दिखाई नहीं दी तो घर पहुँचकर आँगन में साइकिल खड़ी करते ही उसने सबसे सुजाता के बारे में पूछा, 'सुजाता दिखाई नहीं दे रही है। कहाँ है वह?'

'सोई हुई है अन्दर। अभी थोड़ी देर पहले ही सोयी है।' माँ ने बताया।

वह सीधा कमरे में गया। देखा, सुजाता गहरी नींद में सोयी थी। वह आहिस्ता से सुजाता के पास बैठ गया और प्यार से उसके सिर पर हाथ फिराने लगा। आज

उसके मन में सुजाता के प्रति रोज से कहीं अधिक प्यार और स्नेह उमड़ आया था। सुजाता को प्यार करते हुए वह मन ही मन सोचता जा रहा था—कुछ भी हो जाए मैं अपनी बेटी की जिन्दगी से हँसी गायब नहीं होने दूँगा। मैं उसे कभी दूसरों के समक्ष अपमान और उपेक्षा की शिकार नहीं होने दूँगा। और मन ही मन बुदबुदाया, 'सुजाता, मेरी बेटी। मुझे खुशी है कि मैं रिश्वत नहीं लेता हूँ। मैं दो नम्बरी नहीं हूँ। कोई तुम्हें दो नम्बरी कहकर तुम्हारा अपमान नहीं कर सकेगा।'

सामने दीवार पर टँगे श्यामा के चित्र की ओर देख आज उसका मन दुःख से कहीं अधिक खुशी के उद्वेग से भारी हो गया था। सुजाता के पास से उठकर वह श्यामा के चित्र के पास जाकर खड़ा हो गया। और अपने हाथ की अँगुलियों से बहुत प्यार से उसके चेहरे को छूते हुए वह उसको सम्बोधित करते हुए बोला, 'श्यामा, काश, आज तुम मौजूद होतीं।...सुधा भाभी के अपमान से तुम भी अवश्य विचलित होतीं और शायद तब तुम यह महसूस करतीं कि मैं गलत नहीं था। और सुधा भाभी की भाँति लज्जित और अपमानित महसूस न कर, तुम गर्व और स्वाभिमान से सिर उठाकर, सीना तानकर चलतीं। यही सम्मान और स्वाभिमान की जिन्दगी मैं तुम्हें देना चाहता था। आज तुम बहुत याद आ रही हो श्यामा। बहुत मिस कर रहा हूँ मैं तुम्हें। काश, आज तुम यहाँ होतीं...।' यह कहते हुए उसकी आँखों में आँसू की बूँदें छलक आई थीं।